# 마른 대궁

박주원 소설집

뿌리출판사

작가약력
1948년 진주 출생
1993년 '자유문학'에 「포구」로 등단
1993년 '자유문학' 소설 신인상
1993년 '경남문학' 소설 신인상

한국문인협회 · 경남문인협회 · 진주문인협회 ·
경남수필문학회 · 경남작가회 회원이다.

# 마른 대궁

2001년 6월 15일 발행
2001년 6월 20일 1쇄


지은이 / **박 주 원**
펴낸이 / **윤 현 호**
펴낸곳 / **뿌리출판사**
주    소 / 서울시 동대문구 답십리동 463-11 동방빌딩 2층 우편번호 / 130-033
전    화 / (O2)2247-1115(代)    팩 스 / (O2)2247-7865
출판등록 / 서울시 등록(카) 제 1-551호 1987.11.23

값 / 8000원
ISBN 89-85622-28-5

*잘못된 책은 바꾸어 드립니다.
*인지는 저자와의 협의에 의하여 생략합니다.

# 차 례

# 작가의 말

책머리에, 또는 작가의 말이라는 글을 쓴 사람들이 참 부러웠는데, 내게도 이런 글을 쓰는 날이 오다니, 참 기쁘기도 하고 부끄럽기도 하다.

창작을 한다는 희열과 고뇌 속에 의식도 못한 채 먹어버린 나이에 대한 쑥스러움도 있다. 또 장르적인 특성 때문에 남의 엄마나 남의 아내, 남의 며느리로서의 역할에 시간적으로 많이 소홀했음에 대한 미안함도 함께 한다. 그리고 고물도 덜 찬 작품집을 엮는 데 대한 변명도 빼놓을 수 없다. 새 물을 담기 위해서는 드므를 깨끗이 가셔야 하며, 후갈이 작물의 생육을 위해서는 경작지를 각단지게 정리해 둘 필요가 있다며 격려와 용기를 얹어주신 하늘같은 선배님들과 가족들이 아니었으면 아직 엄두도 내지 못했을 것이다.

돌이켜보면 지나온 내 행보는 여성이라는 이름의 정체부정적인 환경과 관념에 대한 일탈이었다. 고정된 틀에서의 일탈의지는 작품기법에도 부지불식간에 작용되었고 이로 인해 불구스럽기조차 한 미완의 흠결이 곳곳에 드러나서 당황스럽기 그지없다. 그러나, 다음으로 묶어낼 계획인 장편 이후로는 매운 연기처럼 나를 감싸고 괴롭히던 생래적인 한계성에서 벗어나야 한다는 굳은 다짐을 한다. 작가는 끝없이 창작의 샘물을 퍼 올려야 하고 평범 속에서 비범을 포착해내는 능력에 따라 부끄러움을 떨쳐낼 수 있는 기회를 얻을 수 있을 것이기 때문이다. 이미 발표했던 작품도 안목이 성숙하는 대로 두고 두고 갈고 닦아서 작품의 성취도를 높이는 일은 생을 두고 풀어가는 업으로 삼을 것이다.

필명을 지어주시고 내 창작의 원천이 되어주신 아버지가 오늘따라 사무치게 그리워진다. 당신이 살아 계실 때 이 세상에서 마지막 잡숫고 가신 수박과 이 책을 올리고 싶다.

※ 등불도 없이 어두운 길 나선 이 사람에게 항상 희망과 격려의 말씀주시며 이끌어 주신 素心 김정희 선생님, 이재기 선생님, 그리고 김미정 선생님, 정말 감사합니다. 앞으로 더욱 열심히 갈고 닦는 자세로 보답하겠습니다.

2001년 초 여름 어느 날
박 주 원

# 서포 젓장수

세상 아이들이 모두 상전 대접받는 날인데도 이 집 새끼들은 그좋아하는 아이스크림 하나 못 얻어먹고 지나갔구나.

가슴에 꽃을 단 노친네들이 어울렁더울렁 춤을 추고 있는 텔레비전 화면에서 눈을 떼며 할미는 혼자 중얼거렸다. 나는 이제 아무래도 괜찮지만. 할미는 기어이 티브이를 꺼 버리고 말았다. 어버이날인데도 꽃 한 송이 달려 있지 않은 자신의 민숭한 가슴보다 그날이 그날인지도 모르고 어린이날을 지나쳐 버린 일이 할미의 마음을 새삼스럽게 짠하게 했다. 혹시 그 이유 속에 묵은 찌꺼기 같은 이 할미의 존재도 포함돼 있는 것이 아닐까. 그런 생각을 끼워 넣자 앉은 자리가 송구스러워져서 저 만큼 있는 걸레를 집어당겨 닦을 것도 눈에 띄지 않는 방바닥을 이리 저리 휘저어 본다. 그리곤 손자녀석이 얼쩡거리고 있는 주방켠을 홀겨본다. 미안해 할매. 주물주물 젖가슴을 더듬으며 녀석은 그렇게 너스레를 떨었다. 벌써 사흘이나 외박을 했지만 구실은 언제나 당당했다. 또 제 남편이 없는 사흘 동안을 가겟방에서 뻗대고 있을 제 아내에 대한 변명도 섞여 있음이었다. 무슨 공산당 칠 장한 일이라도 하고 다니느라 저 모양인지. 이제는 타이른다고 들을 나이도 아니라서 할미는 타는 속을 억누르면서 손자 내외의 눈치만 보고 있을 따름이다. 여자라 고 오질 없나. 나라도 그랬을 게다. 요새 여자들 치고 네 계집 같은 것도 없다. 제발 정신 좀 차리거라. 전에 한 소리를 모았다면 녹음 테이프 여러 장은 되었을 것이다. 그러나 할미의 입만 아팠지 내림 으로 받은 역마성은 고쳐지지를 않는다. 잘 움직여지지도 않는 몸 을 이끌고 열심히 가사를 돕는다 고는 하지만 언제나 손자며느리 의 눈치가 보인다. 갈수록 태연해지는 손자놈 하는 짓거리를 보면 가방 챙겨서 내밀며 양로원으로 쫓아도 할말이 없을 듯하다.

집안이 시끄러울 때마다 자신이 누구 편을 들어야 할지 할미는 종종 난감함을 느낀다. 손자는 남자다운 것 때문에 항상 말썽을 일 으킨다. 친구 일 선배 일, 나서야 할 일은 왜 그렇게 많은지. 그러 나 물려 준 가게가 없는 것도 아니고 아내가 번 돈을 남편이 쓰는 그 당연한 일을 가지고도 이 집에는 항상 파도가 인다. 초반에는 다소곳이 타이름을 듣는 것 같던 손자며느리도 이제는 삵쾡이가 다됐다. 할미가 편들어서 남편을 더 못쓰게 만들었으니 손자 데리 고 어디 잘 살아보라며 몇 번 보따리를 싸기도 했다. 남자가 바깥 일을 하려면 돈도 들고 시간도 든다. 아울러서 자연히 집안 일에 등한해지는 것도 정한 이치다. 쏟아버리는 것이 돈하고 시간 뿐인 줄 아세요. 할머니는 복도 많아요. 손톱에 새파란 매니큐어 칠한 그 년 데려다가 집안일 거들게 하세요. 손자며느리는 세상 끝장이 라도 낼 듯이 새파래진 얼굴로 악다구니를 했다. 사람을 상대하다 보면 여자도 있고 남자도 있지. 별걸 다 신경 쓰고 지랄이네. 남자 가 잘 나면 또 열 계집은 못 거느릴까. 할미는 속으로 코웃음을 쳤 었다. 그러나 세상은 달라졌다. 손자며느리랑 목욕을 갈 때마다 할미 자신도 천상 여자임을 인정하지 않을 수 없었다. 그리고 이제는 늙었다. 뒷전에서 가만히 옹색한 자신의 이승살이나 지켜야 할 밖에 달리 도리가 없었다. 산목숨이 조금은 덜 송구스럽게 열심히 증손자를 돌보고 집을 지키지만 앉은 자리는 언제나 가시방석이었다. 평소에는 가장으로 별로 대우해 주지도 않으면서 싸움을 할 때만은 아주 대단한 직무유기라도 한양 손자의 멱살을 잡고 나대는 손자며느리의 꼬락서니를 보면 세상 말세라는 생각이 들다가도 자식 낳고 살림하고 제 할 일 다하면서 돈까지 같이 버니 여자의 기세가 등등할 만도 하다는 생각이 들 때도 없지 않다. 그러나 팔은 안으로 굽게 되어 있듯이 할미는 손자 편에 많이 기울어 있는 자신을 발견하곤 했다.

지금처럼 제 아내가 없는 날이면 주방에 들어가서 라면을 끓이거나 볶음밥 따위를 하는 손자녀석을 보면 아주 슬픈 느낌에 젖어든다. 사마귀 같은 놈. 언젠가, 증손자의 그림책에서 본 충격적인 내용이 뇌리에서 사라지지 않았다. 돋보기 속으로 언뜻 읽혀진 설명은 사마귀의 생태에 관한 것이었다. 사마귀 암컷은 지금 자신과 사랑에 빠져 있는 수컷을 머리부터 먹어 치우고 있었다. 잉태된 제 새끼들이 잘 먹고 살아날 영양공급을 위해서라고 학자는 밝혀 놓고 있었다. 독한 것, 제 남편인데, 제 새끼의 아비인데…. 자신의 머리뼈를 아작아작 씹는 소리를 생식기로 들으며 죽어갈 수사마귀의 얄궂은 운명에 대한 연민은 두고두고 할미의 심장을 저리게 했다.

남자가 정줏간에 들어가면 불알 떨어진다. 시어머니나 친정어머니께 들은 소리를 할미는 어지간히 아들에게도 일러 듣기며 길렀다. 어머니도 시대에 뒤떨어진 말씀 어지간히 하세요. 때로는 하얗게 눈을 흘기면서도 며느리는 또 그렇게 심한 반발을 하지는 않았다. 그러나 그 에미의 밥을 먹고 자란 손자녀석은 아예 방장 밖에서 잉잉거리는 모기 소리만큼이나 할미의 말을 흘려듣는다. 어쩌다 반응을 보인다는 것도 아직 여기 이렇게 건재하고 있으니 걱정 말라며 제 바지춤을 툭툭 쳐 보이는 게 고작이다. 안쓰러운 마음으로 할미가 참견을 하면 들으나 마나 '에미는 가게에 있는데 안 굶으려면 제가 챙겨 먹어야죠' 하며 손자는 볼멘 소리를 할 것이다. 그러면 할미는 긁은 부스럼 격으로 질기고 긴 자신의 목숨에 대한 원망으로 가슴만 쓸게 될 것이다. 말이야 바른 말이지 이나마 반듯한 집간을 가지고 값진 것은 아닐지라도 옷 밥 주리지 않고 사는 것은 모두 생활력강한 손자며느리의 덕 아닌가. 그런데 그 손자며느리가 덜컥거리는 주춧돌처럼 집안의 안위를 불안스럽게 한다. 할미는 이제 자신도 늙었다는 것을 이럴 때면 자인하지 않을 수 없다. 전 같은 건강만 있어도 '남자가 옷 밥에 집착하면 큰일을 못한다' 며 손자의 사회활동을 편들어 주었을 것이다. 그러나 이제는 언제 저승사자가 데리러 올지 차표를 예매해 놓은 상태다.

교통사고로 아들 며느리를 동시에 먼저 보내고 손자 하나 반듯하게 기른답시고 할미는 어지간히 노력을 했다. 잠자리에서 쏙 빠져나와 밥 먹고 제 치송하여 가게로 나가 밤 늦게야 들어오는 손자며느리 내외의 뒷수발을 비롯하여 강보 때부터 받아서 키운 증손자 남매가 놀이방과 유치원으로 갈 때까지 그야말로 손발이 닳고 닳았다. 그러나 이제 낮 시간 동안 조금씩 졸아도 될 정도의 시간 여유가 생기자 지팡막대를 뽑아 버린 덩굴 식물처럼 할미의 무릎은 처져내리기 시작했다. 관절염이며 골다공증이며 어디 숨어 있다가 병마는 그렇게 한 몫 들어 붙었는지. 조금만 움직여도 병이 덧나기 때문에 국으로 가만히 있는 것이 손자 내외를 도와주는 격이 되고 말았다.

〔할머니 어서 잡숴. 에미는 계모임이 있어서 밖에서 먹을 거야〕

차린 밥상을 들고 손자가 마주 와서 앉을 때까지, 할미는 마냥 무용지물이 된 자신의 처지에 대한 궁색스러움에 젖어 있었다. 밖에서 아무거나 한 그릇 사 먹어도 될 것을 자기 때문에 일껏 들어왔을 손자를 바로 보기도 민망스러웠다. 여든 다섯. 아들 며느리도 앞세운 나이. 너무 많이 살았다 싶은 미안함까지.

〔변명 안해도 다 안다. 너 어쩌려고 그냐?. 어제는 또 어떤 친구네 아부지가 밥숟가락 졸업했더누?〕

〔에이 할매도, 그냥 밥이나 자슈〕

손자는 서둘러서 할미의 손에다 수저를 챙겨 들려서 밥 위에다 꾹 눌러 박는다.

〔야 이놈아, 요새 여자들 드센 거 너도 알잖나. 이 할미나 네 에미 때하고는 다른 거 몰라?〕

〔제깟 게 가 봐야 어디로 가겠어. 할매는 애맨 걱정은 아예 하시질 말고 가만히 그냥 계시면 된다니까〕

〔야 이놈아, 나야 이제 오늘 저녁에라도 눈감으면 그만이다만 계집한테 달달 볶이고 살아야 될 니놈 신세가 안타까워서 그렇지〕

〔헛 그 참〕

못마땅한 듯 눈을 부라리고 암상을 부리려던 손자가 생각난 듯이 씹고 있던 밥을 꿀꺽 삼키고는 입을 열었다.

〔참 아까 가게로 자매실 아재한테서 전화가 왔는데, 할머니는 '가물치'가 누군지 알아?〕

〔갑자기 웬 가물치는?. 철이에미 철이 낳고 나서 참기름에 달달 볶아서 과맥인 거 그기 가물치 아이 더나〕

〔아, 그런 물고기 가물치 말고 사람 별명 가물치 말야. 통 생각이 안나? 생판 모르는 사람한테 부고가 올 턱 있나〕

〔부고라꼬?〕

〔그래 사람이 죽었다카데. 가물치라카마 할매는 알끼라꼬〕

〔이놈 아야 좀 차근차근하게 말해라. 할미 총기가 옛날 겉은지 아나〕

〔뭐 고향에, 아, 할매하고 한 동네 살았다카더마〕

〔그으래?, 아이고 맞다, 그 여편네가 가물치 아이가〕

할미는 상기된 옛 기억으로 무릎을 치며 목소리를 높였다. 불안하기 그지없는 손자네의 가정사 때문에 가슴을 잔뜩 짓누르고 있던 무엇인가가 한 순간에 스르르 무너져내리는 것을 느꼈다.

가물치는, 할미가 서포 젓장수 그 여자에게 붙여준 별명이었다. 새우젓이 든 동그란 나무통을 이고 오는, 참나무 막대처럼 목이 튼실하고 턱없이 큰 엉덩이를 가졌던 여자. 서포 젓장수.

서포는 할미의 친정 자매실에서 멀리 떨어진 서녘 어디에 있다는 바다 마을의 이름이라는 것만 알 뿐 거리는 얼마나 먼지 어떤 곳인지에 대해서 할미는 잘 몰랐다. 그저 서포 여자 그 사람이 뚝심좋게 무거운 새우젓을 이고 마을마다 도붓장수를 하는 것에만 약간의 연민을 하여, 모지락스럽게 되 깎지 않고 쌀이나 참깨 따위의 알곡을 내어 새우젓을 사주는 것으로 안면을 익히다가 이웃이 되었던 사이였다. 천상 갯가 여잘세. 저 억센 궐대 좀 보래. 저 참나무 몽둥이 같은 목덜미는 어떻고. 아마 남편은 없는 모양이고 자식들은 우그리 많은 모양, 이라고 사립을 벗어나는 서포 젓장수의 뒷등에다 대고 모여 앉은 여자들은 속살거렸다. 때로는 가을곡식을 받기로 하고 연포갈치나 뻬득하게 말린 쌀가자미며 멸치나 해우 따위를 마을에다 풀어먹여놓고는 했는데 외상이 잘 걷히지 않으면 어쩌거나 퇴깽이같은 내 새끼들 쫄쫄 굶기겠네, 혼잣소리를 하고는 했던 것이다. 그 여자가 그렇게 욕심이 많고 뚝심이 센 것을 안 것은 장정 둘이서 맞들고 얹어준 곡식꾸러미를 이고 한 톨이라도 떨어뜨릴까 조심하며 지름길인 마을앞 고갯길로 올라서는 것을 바라보면서였다. 그때 서포 젓장수와 동년배의 젊은 아낙이었던 할미는 그 억척스러운 힘을 역동적으로 분출해 내는 서포여자의 어기적거리는 엉덩이를 바라보며 남모르는 부러움을 느꼈다.

  그녀는 그때, 만주로 갔다거나 여자를 끼고 일본의 긴자거리를 비틀거리며 걷고 있는 것을 보았다거나, 소문만 분분하게 남긴 채 종적이 묘연해진 남편을 기다리다 못해 아들 하나를 데리고 혼자 된 여인들이 그러하듯 친정동네에 등을 붙이고 있었다. 혼자 몸으로 어떻게든 자식을 키우고 살아야 할 처지는 비슷했지만 살아온 태생이 달랐기 때문에 아무래도 서포여자같은 완력은 쓸 수가 없었다. 먹고 살 재산도 없이 내몰라라 처자를 버리고 멀리 가 버린 남편이 그립기보다 원망스러운 날이 더욱더욱 많아지는 것은 그만큼 고단한 삶의 켜가 두꺼워지고 있었음이었다. 그 무렵 그녀에게는 여기저기 재혼 자리가 나서고 있었다. 목전에 닿은 딸자식의 고생을 보다 못한 친정아버지마저 딸자식 남의 후실로 주느니 삶아 먹겠다고 극언을 서슴지 않던 곧은 성질을 누그러뜨리고 모르는 척 슬그머니 뒷전으로 물러앉았다. 그녀는 기로에 서 있었다. 하 많은 낮밤을 어떻게 혼자 살 거냐, 지금은 자식 키우는 재미도 있을지 모르지만 그 자식이 커서 어미의 그런 정성을 알아줄까 보느냐, 천하없어도 홀시어미 모시겠다는 며느리는 없는 법인데 그때 가서 찬밥 신세 되지 말고 젊고 꽃다운 시절 가기 전에 갈길 찾아가야 된다고 권하는 사람이 한 둘 아니었다. 그런가 하면 또 한 번 그릇친 사주팔잔데 어디 가면 용상 차려 놓고 기다리는 곳 있을까 보냐, 도적을 피하면 강도를 만난다는 짝으로 왜백정놈같은 새서방 만나서 고생하느니 차라리 신간 편케 혼자 사는 게 낫다는 사람도 있었다. 외기러기처럼 혼자 사는 꼬락서니는 아무래도 못 보겠다며 시내 한정통에 사는 고모가 중매를 하여 아이의 장래에 대한 대책까지 꽤 구체적인 일까지 진척된 적도 있었다. 그러나 할미는 선을 보지도 않았다. 어미만을 믿고 천지 모르게 재롱부리는 어린 것을 의붓아비의 눈칫밥을 먹게 할 수가 없었다. 사는 대로 살다가 안되면 고이 안고 같이 죽을 밖에. 그렇게 옹골차게 마음을 먹자 자식과 둘이 걷는 외길 밖에 그녀에게는 보이지 않았다. 누구도 그녀의 이런 결심을 비난하거나 칭찬하지도 않았다. 그 길은 그녀 혼자 결정 짓고 혼자 책임질 수 밖에 없는 길이었다. 그녀는 호기심 반 우려 반인 시선을 의식하며 외롭고 고단한 삶일망정 태연하게 살아내야 했다. 그 무렵 그녀의 시야로 서포 젓장수, 그 억척스러운 여자가 들어왔던 것이다.

그녀는 그날 홍씨의 논에서 나락단을 묶고 있었다. 끊어질 듯 아픈 허리를 펴고 마악 오후 새참을 먹으려는데 반 너머 비운 새우젓 통을 이고 서포 젓장수 그 여자가 다가들었다. 허기져하는 여자에게 새참을 나눠주는 대신 반찬으로 짭쪼롬한 새우젓을 받아냈음은 말할 나위가 없다. 제 돈을 아끼기 위해 밥은 얻어먹고 잠은 과숫댁네를 찾아서 자는 그 여자의 이악스러운 계산 속에 동네 여자들은 얄미움을 느끼고 있었던 것이다. 그때였다. 동네에서 객적은 소리 잘 하기로 소문나 있던 젊은 머슴이 눈짓을 끔뻑해 보이며 홍씨네 집에 빈방이 많은 것을 서포 젓장수 그 여자에게 가르쳐준 것은. 모두들 까르르 웃었다. 중늙은이 홍씨는 재작년에 상처를 했는데 아들 며느리가 이웃에 분가하여 살고 있는데도 혼자 빈집을 지키며 살고 있었던 것이다. 농담으로 받아들이며 그 자리에 있던 홍씨의 아들도 같이 웃었다. 웃음들은 야릇했다.

여자 팔자는 버드나무 팔자라는 옛말이 있다. 생명력이 강한 버드나무는 아무 땅에나 심겨져도 잘 적응하며 살아낸다 해서 그렇다던가. 또 남자는 나비 여자는 꽃이라는 말도 있다. 이 꽃 저 꽃을 마음껏 희롱하며 자유롭게 날아다니는 나비에 비해 상대적으로 손해보는 쪽이 여자라는 점을 표현할 때 이 말은 주로 쓰였다. 그러나 단언컨대 잘못된 비유라고 할미는 말할 수 있다. 도덕이라는 굴레로 자신을 결박하지 않는 한 여자는 절대 불리하지 않았다. 찬서리 내리는 계절이 오면 윤기를 잃고 찢긴 날개를 퍼덕이다 가랑잎처럼 흔적도 없이 나비는 사라져 간다. 그러나 내년 봄 다시 피울 새 생명을 품고 꽃은 스스로 자신을 갈무리한다. 남들이 눈치 못채게 남들의 눈길이 미치지 못하는 찰나에 태연하고 능청스럽게 꽃들은 그 일을 해낸다. 그 여자 서포 젓장수도 그 시절에는 분명히 장미꽃 같은 미색은 못될지라도 깨꽃 정도의 매력은 충분히 간직하고 있었다. 그리고 튼튼한 체격에 비해 기민한 구석도 없지 않았다.

입맛이 당기지 않아 젓가락 방아만 찧고 있던 홍씨 영감의 대문 안으로 서포여자가 들어선 것은 다음 해 봄이었다. 홍씨의 밥상에는 군내나는 김치찌개 한 양재기가 얹혀 있었다. 아직 들판에는 푸른 빛도 성기기 전이라 장반찬 아니면 용빼는 재주 없는 며느리도 김치찌개를 믿고 오늘 내일은 오지 않을 것이다. 짜증을 내다 보면 그나마 며느리 얼굴 보기도 어려울 것이라, 참고 있으려니 더욱 외롭고 생각나느니 애교라고는 없이 나무막대로 천장 짓지르는 시늉밖에 할 줄 모르는 여편네였지만 죽은 아내 밖에 없다. 그런 곤고한 홍씨의 앞으로 서포 젓장수 그 여자는 다가들었다. 산다는 말도 하지 않았는데 젓통을 내려놓고 홍씨의 밥상을 능청스럽게 들여다보며 말했다.

〔애개 이 영감님네야 반찬 없는 밥 먹고 모은 살림 누 좋으라꼬

그리 청승은 떨고 있능교]

그럴 줄 몰랐다는 듯이 홍씨를 나무란 여자는 시키지도 않았는데 부엌에서 내온 종지그릇에다 제 젓갈을 듬뿍 들어내서는 여자라서 익숙할 수도 있는 솜씨로 갖은 양념을 해서 홍씨의 밥상 위에다 얹어 놓고 어이없이 당돌한 모습을 지켜보고 있는 홍씨를 보고 다그치듯이 말했다.

〔얼음에 궁글어진 황소 눈으로 쳐다만 보지 말고 비상 안섞었은께 마 잡숴 보이소. 돌봐줄 사람 없는 이는 지 몸 지가 챙겨야지 별수 있능교. 무슨 보가 좋네 무슨 보가 좋네 해도 밥보가 젤이라꼬 밥 잘 묵는 거 이상 좋은 보약이 없능기라예. 요놈이 그 유명한 밥 도둑놈 아잉가배요. 보이소. 이기 요새는 철이 쪼끔 지내서 냄새는 이리 꼬리탑탑하지만 맛은 그래도 그만인기라요〕

그래도 아직 뚱한 채로 있는 홍씨의 손을 덮어 쥐듯이 끌어당겨 밥 한 숟가락을 떠놓고 그 위에다 고춧가루며 파 마늘 깨소금 양념이 맛깔나게 버무려진 젓갈 한 젓가락을 쿡 박아서 얹어 입으로 밀어 넣는다. 어허참, 어허참, 시키는 대로 한 숟가락 두 숟가락을 거퍼 먹히고 난 홍씨의 입에서 선웃음이 절로 나왔다.

〔젓 팔아 묵는 재주도 가지가질세 그려〕

담뱃대를 물고 이죽거리는 홍씨를 빤히 올려다보며 그 여자가 해반죽하게 웃었다.

〔양념 값은 이 집 것인께 안받을께요〕

다음날 홍씨의 작은며느리는 홍씨가 통째로 산 새우젓갈을 끼니때마다 들 반찬으로 내와서 사람들의 우스개를 샀다.

그 후로 서포여자는 홍씨를 위해서 반찬거리가 될 만한 것이면 무엇이든 가져와서 홍씨의 집을 들렀다. 홍씨가 손수 못하는 매운탕 요리를 만들어서 겸상하여 같이 식사를 하기도 했고 어떤 때는 며느리에게도 감춘 속옷가지를 죄 찾아내서 빨아주기도 했다. 빈 틈없이 깐깐한 홍씨와 그 여자가 어떻게 그런 사이가 되었는지 사람들은 고개를 갸웃거렸다. 남들이야 뭐라 건 아랑곳없어진 홍씨는 멀리 사는 여동생이라도 배웅하듯 그 여자가 돌아갈 때마다 무거운 도붓짐을 옮겨가서 몽탕 몽탕 차에다 얹어 주었다.

여자를 두고 둔갑 여우라는 소리도 한다. 여자의 속성은 종잡을 수가 없다는 뜻이기도 할 터였다. 서포 젓장수는 한 동안 마을에 나타나지 않았다. 누군가 하동장에서 생고기 함지를 놓고 있는 그네를 보았는데 얼굴에 기미가 새까맣게 끼고 삐삐 야윈 게 못 알아볼 정도로 얼굴이 많이 상했더라고 했다. 왜 이렇게 변했느냐고 물어도 대답 없는 그녀를 대신해서 옆에 있던 재첩국 장수가 귀띔을 해주는데 오래 앓던 남편이 죽은 지 얼마 되지 않았다는 거였다.

정말로 얼마 만에 마을을 찾아온 그녀의 왼쪽 귀 뒤에는 실로 맺은 하얀 상장이 꽂혀 있었다. 적성에 맞는 일은 그것 밖에 없다는 듯 그녀의 머리에는 다시 무거운 젓갈통이 얹혀 있었다. 그 해 가을 무렵이었다. 시아버지에게 드릴 반찬을 챙겨 들고 찾아갔던 홍씨의 작은며느리는 물 건너 앞마을에 있는 큰동서네로 기암한 듯이 달려갔다.

〔형님, 형님 그 여자가 정짓간에서 아부님 밥상을 차리고 있어요〕

홀시아버지 모시기는 목매기소 드그매 우에 끌어올리기보다 더 어렵다는 말을 그들은 이미 실감하고 있었다. 그냥 모른 척 하고 싶었다. 홀로된 부모 짝 찾아주는 게 가장 효도하는 거라던 거북스러운 소리 들으면서 살얼음 디딘 듯이 엿보던 눈치 안봐도 되고 아침저녁 반찬 신경 안써도 되고 한참에 여러 가지가 해결되는 셈이었다. 그러나 작은 동서의 숨결은 가빠졌다.

〔형님 우리는 아직 재산 분배도 못받았는데 그 여자가 곳간 열쇠 차고 앉으면 어쩌라고─〕

〔그런 염려는 붙들어 매게. 우리 아부님이 어떤 분인가. 돌아가신 어머님한테도 좁쌀 한 되를 용납 않던 분이니〕

그렇지만 그냥 있을 수는 없는 일이었다. 두 동서는 도둑이라도 잡을 듯이 홍씨의 집으로 내달아갔다. 밥 먹은 상을 치우고 있던 여자가 두 며느리를 향해 발등거지를 했다.

〔세상에 효자 자식이 불후악처만 못하다는 말 하나도 거짓말 아니네요. 이렇게 장한 며느리가 둘이나 있음서 아부님 밥상에 찬개가 그게 뭐요〕

각 집에 사는 것을 핑계로 소홀했던 점이 많았던 두 며느리는 입을 쥐어박힌 듯 할말을 잃어버렸다. 씻던 그릇을 팽개쳐 두고 서포 젓장수는 일어섰다.

〔두 며느리 왔으니 인제 나는 갈라요〕

그 날 이후로 홍씨는 전에 없이 드러내 놓고 짜증을 부렸다.

사람들은 모두 입을 다물었다. 너무나 뻔한 이유를 알기 때문이었다. 시달리다 못한 두 며느리는 서포 젓장수에게 다리를 놓았다. 그런데 그들은 쉽게 먹은 나이 따라 아직 속이 여물지 못했다. 자기네 속에도 엄연히 존재해 있을 수 있는 여자의 속성을 그만 깜빡 간과하고 말았던 것이다.

그 여자 서포 젓장수의 다섯 아이들이 줄줄이 홍씨의 집으로 찾아든 것은 한두 번 아이들의 먹을 것과 입성 따위를 준비해 가곤 하던 여자가 홍씨의 반대로 발길을 끊고 있던 겨울 참이었다. 여자는 겨울이 되자 자주 머리를 동이고 드러누웠다. 홍씨 영감이 애써 쑤어 온 죽도 먹지를 않았다. 두고 온 자식들이 눈에 밟혀 죽겠는데 편한 잠이 당기나 하며 맛난 음식이 목으로 넘어가겠느냐고 영감의 모진 성품만 타박을 했다.

아이들이 오자 한 덩어리로 엉켜 붙어서 울고불고 하던 여자는 언제 그랬더냐는 듯이 생생하게 자리를 털고 일어나 밥도 먹고 영감 시중도 잘 들었다. 여자가 일어나 움직이자 집안에 드리워져 있던 시름이 걷히고 모처럼 사람 사는 집 같은 냄새가 풍겼다. 영감으로선 수 십 년 전에 겪어 본, 그립던 날들이었다. 아이들이 와서 쌀 말이나 축나는 것쯤 별 게 아닌 성싶기도 했다. 장차 이 일이 어떻게 돌아갈 것인가. 눈치를 보며 뻔질나게 드나드는 것은 큰아들 작은아들 내외였다. 어떨 때는 아버지를 자기네 집으로 모셔 가서 한참을 보내지 않을 때도 있었다.

서포 젓장수 그 여자는 어느 날 며느리들을 불렀다. 고양이 쥐 생각하듯 한껏 생색낸 음성으로 이런 말을 했다.

[알고 보니 내 아이들 때문에 비상이 내린 것 같은디 늬들이 싫어하면 오늘이라도 당장 아이들 데리고 떠나 주마. 한데 알고 보니 늬시아버지는 이만저만 까탈스런 남정네가 아녀. 알고 보니 늬들 시어머니가 명대로 못산 것도 다 그런 연유가 있었던 건데 시아버지 시중 들지 않을 수 없는 늬들 중 누군가도 머잖아서 죽은 시어머니꼴 안당한다는 보장 있나?. 나야 지금이라도 어디 간들 내 노력하면 밥 주리고 살지는 않는다만 늬들 일이 큰 일이다]

아무래도 큰일 난 쪽은 장자로서의 책임이 있는 맏며느리 쪽이었다. 단단하고 인색하기 이럴 데 없는 시아버지의 성정을 잘 아는 큰며느리는 잔꾀를 썼다. 믿는 척 눈물마저 글썽거리며 서포여자의 손목을 잡았다.

[어머니 그건 오햅니다. 사실 돌아가신 어머니나 지금 어머니나 아버님과 사시니까 어머니라 부르는 것은 마찬가지 아닙니까. 저희 아버님만 잘 모셔 주시면 저희야 어머니가 계시는 쪽이 백 번

천 번 낫지요. 누가 어떻게 생각는다 그런 섭한 말씀은 마시고 그
냥 우리랑 오래도록 같이 살도록 하세요〕

〔그래 너희들 생각이 그렇다면 내게도 생각이 있다〕

못이긴 척 꾸리고 있던 보따리를 다시 풀어놓은 서포여자는 방
으로 들어갔다. 그리고는 들에 나간 홍씨를 불러들였다. 아울러서
그날 저녁에 큰아들 내외와 작은아들 내외는 홍씨의 방에서 서포
여자가 만든 음식으로 거한 저녁상을 받았다.

방안에는 화기애애한 분위기가 감돌았다. 동생들도 같이 와서
먹자고 하지요. 눈앞에 얼씬도 않는 서포여자의 아이들을 큰아들
이 챙겼다. 그것들이 여기가 어디라고. 서포여자는 죽은 쥐새끼처
럼 제 아이들을 멸시한 음성으로 일언지하에 거절을 했다. 서포여
자의 이 말 한마디는 두 아들 며느리의 속내에 도사리고 있던 서포
여자에 대한 의심의 꼬리를 여지없이 잘라내 주었다.

거나해진 뱃속에다 숭늉까지 들이켜고 나자 엄숙하기조차 한 목
소리로 서포여자는 홍씨의 옆구리를 찔렀다.

〔영감 뭘하고 계십니껴〕

못들은 척 홍씨가 딴청을 부리며 미적거리고 있자 이번에는 아
들네들 쪽을 보고 말했다.

〔이제 나도 이 집 식구가 됐으니 하는 말인데 자네들도 딸린 식
구가 있는데 논밭 좀 갈라 주시라고 했네. 영감이야 네 것 내 것이
어딧느냐고 하시지만 그래도 살림 사는 맛은 그게 아니지. 자식 낳
이하는 재미도 재미지만 살림 늘리는 재미도 사람 사는 재미 아닌
가〕

듣던 중 반가운 소리여서 아들과 덩달아서 며느리들의 눈이 빛
났다. 아버지 앞에서 쩔쩔 매기만 하던 진짜 어머니의 생전에는 기
대해 보지도 못했던 신선한 충격이었다.

〔참 영감은 복이시우. 아버지 처분만 기다리는 이렇게 착한 아들들이 어디 있어요. 이런 아들들을 속상하게 하는 것은 부모된 도리가 아니지요. 주세요, 다만 얼마라도 내 앞에서 주세요〕

홍영감의 할멈이 된 서포여자는 우정 영감의 무릎을 흔들며 금방이라도 땅문서를 나눠주라고 졸라대었다. 영감은 소태씹은 듯 인상을 잔뜩 구긴 채 애꿎은 잇몸만 성냥꼬치가 부러지게 후벼 대고 있을 따름이었다.

다음다음 날 홍씨의 아들들이 아버지로부터 받아 든 등기문서에는 달랑 논 두 마지기씩이 등재되어 있었다. 땅부자인 아버지의 인색하기 짝이 없는 처분이었지만 그들은 그것도 감지덕지해서 새어머니인 서포여자에게 인사를 했다. 서포여자는 영감을 더 이상 설득하지 못한 것이 미안하다는 감을 얼굴 전체에 덧바른 채 점잖은 소리로 말했다.

〔내 입김이 들어서 그만이라도 된 줄 알아주니 고맙기 그지없네. 보란 듯이 열심히 해서 아부지 보다 더 부자가 되어 보세나〕

제 새끼를 다섯이나 데리고 서포 젓장수 그 여자가 홍씨의 장한 살림을 능구렁이처럼 차지하고 들어앉자 할미는 움터 연못에서 본 가물치를 떠올렸었다. 튼실하고 검은 살빛이며 살찐 몸매 뿐 아니다. 누가 제 새끼들을 건드리나 음습한 물풀 속에 몸을 숨기고 있다 빨래 방망이라도 얼씬하면 쏜살처럼 튀어 올라 방망이를 공격하고 가는, 미물의 짐승이 보이는 행위여서 으스스하기조차 했던 강한 모성.

자린고비 홍씨를 서포 젓장수 그 여자가 어떻게 설득했는지 사람들은 몰랐다. 서포여자는 홍씨와 댈 바 아니게 너른 땅을 밟아본 사람이었다. 그는 치마만 둘렀지 여자가 아니었다. 그 여자의 서슴없는 동작 속에는 불굴의 저력 같은 것이 깃들여 있었다. 홍씨 따위 농투성이가 본 것은 고작 여자의 겉모습에 불과했다. 자식을 다섯이나 낳아본 서포여자가 남자는 어떤 순간에 특히 약해지는지 모를 리 없었다. 그러나 서포여자는 절대 그런 티를 드러내지 않았다.

전남편의 아이들을 데리고 오기 전에 서포여자가 연출했던 일 중 이런 일이 있었다.

〔영감도 이제 내 말을 새겨서 들으세요. 할멈 죽고 산소에서 돌아왔을 때 저 며느리들이 영감 옷을 갈아입으라고 먼저 챙겨 드립디까 즈네 냄편들 옷을 먼저 챙겨 줍디까〕

영감은 할말이 없었다. 할멈이 죽기 전날 갈아입은 옷을 사흘 초상을 치르고도 다음 날, 그것도 자신이 맡아도 못 배기게 지독한 땀내를 견디다 못해 뒷골 깨밭 밑 개울에서 몰래 씻어 입었던 것이다. 삼일 탈상을 하기로 한 삼우젯날 상복을 태우고 어쩌는 차제에 생각난 듯이 며느리가 새옷을 꺼내 주었지만 이미 홍씨의 마음에 깊이 자리잡은 고적감의 뿌리는 뽑혀지지를 않았다. 앞 뒷산 비둘기가 구슬프게 구구대는 산천에다 에미를 묻고 돌아오는 길이건만 냇물에서 고기잡이를 하는 제 아들놈을 치켜들고 장난질치며 으르던 작은 아들놈의 행위까지 홍씨의 뇌리에는 흑판처럼 자리잡고 있었다. 서포여자는 다시 영감의 아픈 곳에다 날카롭게 가시를 들여댔다.

〔동지섣달 긴긴 밤에 혼자 끙끙 앓고 있어도 백비탕 한 그릇 따끈하게 끓여주는 이 없는 거는 그렇다 치고, 영감이 혼자 입맛 없는 밥상을 받고 있을 때 각 집에 사는 어느 자식이 때 조석마다 수발든다고 한 번이나 마주 앉아본적이 있쉐까?〕

이 여자에게 들킨 군내나는 김치찌개는 두고두고 부끄러운 상처였다. 세상에 혼자 뿐인 고아나 다름없는 신세 아닌가. 그날만 해도 삼부자는 똑같이 한 논빼미에서 일을 했지만 공교롭게도 두 며느리 모두 집을 비우고 없는 처지여서 들밥을 낼 수 없었다. 건너 마을에 사는 큰아들은 논에서 바로 헤어지고 한 동네에 사는 작은 아들도 동구 밖까지는 같이 왔지만 다정하거나 살갑지 못했던 성격대로 각각의 거처로 끼니 해결을 위해 갈라져 갔다. 홍씨의 반응을 기다리지도 않고 서포여자는 다시 입을 열어 조이듯이 매김질을 했다.

〔나 역시 현처가 될 수 있을지 없을지는 이녘 하기에 달렸지만 효자 자식이 불후악처만 못하다는 말은 벌써 느끼고 있을 겝니다. 영감이 나 마다하면 나도 밥 굶을까 봐 예 있을 사람 아닌 거, 나도 내 밥거리는 충분히 하고 사는 사람인 거, 이녘도 아시듯이 지금이라도 당장 떠나 드리겠시다. 내가 이 집에 있고 없고는 영감 결정에 달렸으니 영감이 한 마디만 내리소〕

무슨 말을 어떻게 해야 할지, 이런 일을 당해본 경험도 상상도 해본 적 없는 홍씨는 입술만 바작바작 탔을 뿐 입을 열지 못했다.

〔알겠소, 자식들과 의 안 상하고 살기는 틀린 것 같은께 나는 이만 물러 갈라니 그리 아시소〕

바늘끝 같은 예리함이 느껴지는 눈길로 쏘아보던 서포여자는 팽돌아 나서며 챙겨 두었던 보따리를 끌어당겼다. 참으로 난감했다. 아차 하는 순간에 기회는 사라지고 후회만 남게 될지도 모른다. 죽은 아내의 무덤 옆에서 돌이킬 수만 있다면 얼마나 좋을까, 죽은 아내의 시체라도 떠메 오고 싶던 후회스러움에 가슴치던 일이 홍씨를 옥죄이기 시작했다. 그 순간 방안의 기척을 훔쳐보고 있던 바깥의 아들들에게서 작은 소요가 일어났다. 그렇다. 저들은 이제 내 자식이기보다 남의 남편이고 남의 아비일 뿐이다. 귀가 번쩍 뜨인 홍씨는 서포여자의 존재에다 큰 목소리로 무게를 실어주기로 했다.

〔아, 배고파 죽겄구만 임자는 밥상 안차리고 뭘하는 게야!〕

난감해진 것은 큰아들 내외와 작은아들 내외였다. 도대체 어느 장단에 추임새를 넣고 어느 장단에 춤을 추어야 할지 분간이 가지 않아 어쩔 줄을 몰라했다.

다섯 자식을 거느리고도 당당하게 홍씨의 안방을 차지하게 된 서포여자는 마치 정해진 순서를 밟듯이 머잖아서 홍씨의 열쇠꾸러미를 넘겨받고 느물쩍 농사일 감독까지를 떠맡게 되었다. 새어머니의 주선 아니었으면 논마지기도 얻지 못했을 것으로 알고 있는 아들들은 친어머니에게도 못해본 정성으로 서포여자를 떠받들었음은 말할 나위도 없다. 서포 젓장수 그 여자의 변신은 정말 감쪽같았다. 일꾼들의 삯전을 셈해 내놓는 그녀의 모습 속 어디에도 전날의 구접스럽던 젓갈장수 티는 남아 있지 않았다. 전날의 허물을 말끔히 벗어버리고 누구도 따를 수 없는 재산가의 확실한 안주인으로 변신을 한 모습은 음충스럽기까지 했다.

할미는 그때 참 많은 갈등에 시달렸다. 비록 날품으로 호구를 해야 될 처지였지만 할미는 언제나 홍씨네의 일만은 퇴짜를 놓았다. 서포여자의 여자답지 않은 배짱과 기지가 사실은 얼마나 부러웠는지 모른다. 선망의 시선을 외로 꼬며 비난을 한 것은 단지 어쩌면 정도 없는 사내에게 옷 밥을 목적으로 치마를 걸 수 있는가, 의문 아닌 의문 때문이었다.

죽은 사람으로 탕쳐서 제사까지 지내려던 할미의 남편이 돌아온 것은 그 얼마 후였다. 늙어서 핏종지 말라지면 갈 데가 어데 있노. 반드시 늬 찾아서 온다. 시어머니의 말이 그대로 들어맞았다. 자식을 감싸기 위한 교활한 늙은이의 사탕발림식 교화로 여겼으나 남편은 어김없이 늙었고 병까지 짊어진 몸으로 그녀를 찾아왔다. 남자 그게 허우대만 커다랬지 어디 야무진 구석이 있나. 밥해 바쳐야지 옷 해 입혀야지, 한 가지도 여자 손 안거치면 되는 게 있나. 그러고도 큰소리치는 것 보면 천상 철부지 언내 아니더냐. 그러고 보니 모든 나이든 여자들은 뒷날의 삶을 훤히 꿰고 있었던 것이다. 나아가면 어디쯤 가시밭길이 있고 어디쯤 너덜경이 있는지 잘 알고 있는 대로 자식을 버리고 어미는 절대 마음마저 멀리 못 가는 것임을 며느리들에게 일러왔던 것이다. 간혹 색정에 무른 여자들이 없는 것은 아니지만 대개의 여자들이 남자를 필요로 하는 것은 제가 낳은 새끼를 창 들고 지켜줄 든든한 문지기가 필요했던 것임을, 그래서 그 이름을 남편이라 하고 이왕이면 그의 씨를 받아서 낳고 길렀던 것임을 은연중에 인지시켰던 것이다.

　요란스럽게, 할미의 긴긴 상념을 헤뜨리며 전화벨이 울렸다. 점심을 같이 먹고 나간 손자였다. 목소리가 다급했다.

　〔할머니 난데, 철이에미 좀 붙잡아, 철이에미〕

　〔철이에미가 어뎄다고 그러냐?〕

　〔금방 그리로 갈 거야. 집 나간대. 더 이상 나하고는 못살겠대〕

　〔잘 한다. 내 그럴 줄 알았다〕

　할미는 천천히 치마말기를 뒤집어서 흐리게 덮어오는 눈의 안개를 닦았다. 잘못 맞춰진 농짝처럼 처음부터 삐걱거리던 부부였다. 가난이 아교풀 구실을 했던 것일까. 여기 저기 돈을 둘러서 가게를 늘이고 한참 동안은 찍 소리 없더니 제법 통장이 불어난다 싶자 다시 찌그덕거리는 소리가 나기 시작했다. 여자는 남편의 바람기를 탓했고 남자는 아내의 잔소리를 숨막혀 했다. 고양이 삼신님이 내렸는지 밤마다 싸우면서도 아이는 둘이나 낳았다. 자식은 에미 애비를 묶는 족쇄인 걸. 딸 하나에 아들 하나가 더해지자 할미는 속으로 안도의 숨을 쉬었다. 금방이라도 갈라설 듯이 이혼서류를 작성하고 도장을 찍어도 법원문 앞까지는 가지 않는 것 같았다. 그러나 이번에는 단단히 어떤 매듭을 지어야 한다. 아이들 교육상으로도 이런 환경이 오래 지속되는 것은 좋지 않다. 손자며느리는 그런 결심을 한 것 같았다.

지친 듯이 발을 끌며 현관으로 들어선 손자며느리는 할미에게는 눈길도 주지 않은 채 제 방으로 들어가 가방을 챙겨 나왔다. 앞을 막아서 있는 할미 때문에 길이 없었다. 주춤 멈춰 선 채로 거실 바닥에 늘어 놓여진 아이들의 장난감이며 개다 만 빨래를 훑었다. 버려서 안되는 물건은 깨지기 전에 잘 챙겨야 한다. 할미는 시치미를 뗐다.

〔철이애비 전화 받았다. 애들은 어쩔래?〕

할미는 걸림돌을 내지르는 심정으로 아이들을 들먹였다.

〔제가 알 게 뭐예요〕

마치 몸에 붙은 진딧물을 퉁기는 듯했다. 소름끼치는 냉정함이었다. 할미는 파르르 속이 떨리는 것을 눌렀다. 자식을 버리고 가는 에미가 어디 간들 하루나 마음 편히 살 날 있을까. 아무리 바람난 여자라도 색은 잠깐인 법인데 하물며 남자답고 약지 못한 남편의 버릇을 가르치자고 오기로 나서는 길인데, 자식이 눈에 밟혀 걸음인들 제대로 뗄 수 있을까. 할미의 그런 기대는 일시에 위기를 맞고 있다. 요즘 에미들. 할미는 아무리 아들 하나를 위해 생과부로 살아야 했던 자신과는 다르다고 요즘 여자들을 이해하려 해도 되지 않았다. 손자며느리도 유아원이나 유치원 등의 위탁시설에다 자식들 교육을 맡기고 의식주만 풍족하게 만들면 되는 것으로 아는 평범한 요즘 여자였다. 직업을 갖고 돈을 벌어야만 남자와 대등해지는 줄 아는 것도 그랬다. 참을성이나 인내란 말은 여성의 희생만을 강요하는 말이라 쇠뇌되어 치를 떨며 분노를 터뜨리는 것도 똑 같다.

색 없이 굳어진 얼굴로 할미가 어쩔 줄 모르고 있는데도 손자며
느리는 차가워 보이는 표정으로 태연하게 제 소지품들을 챙긴다.
손자며느리는 요즘 여자들 중에서도 똑 소리나는 여자였다. 벗어
나고 싶은 욕구만 솟구치면 그게 누구이건 상관없이 헌옷처럼 서
슴없이 관계정리를 한다. 남편과 헤어지는 마당에 자식은 무슨 소
용이냐. 자식이란 새 출발하는 데 걸리적거리기만 하는 애물이다.
텔레비전 연속극에서 이혼하는 여자들이면 열에 일곱은 그렇게 행
동했으며 그게 바로 요즘 여자들이 만들어가는 사회의 윤리라는
것을 할미는 알고 있었다. 옛날에 남편이 한창 읍내의 신식 여자랑
몸달아 어울릴 적에 나는 뭐냐, 오기가 뻗친 할미도 이혼을 결심했
던 적이 있었다. 그러나 할미는 내 새끼 남의 눈치 안받고 살게 하
겠다며 아이만은 한사코 자신이 데리고 가겠다고 버텼다. 그러나
지금은 시대가 다르다. 파출부가 직업이라는 소리를 태연하게 하
는 남자 대졸 자도 있고 저마다 여왕벌의 꿈을 가꾸는 여자들로 모
성은 변질되어 가고 있다. 이 일을 어떻게 하나. 할미는 한 많은 생
을 바쳐서 버텨온 자신의 둥지가 한 순간에 찌그러지는 위기를 느
꼈다. 그러나 다음 순간 할미의 의식을 반짝 띄우는 흔적 하나가
떠올랐다. 손자며느리의 아랫배에 있는 제왕절개 자국이었다. 비
록 나 몰라라 하고 버린 자식이지만 몸에 있는 상처 자국을 볼 때
마다 자신의 내장을 비집고 생산해낸 생명이 있음을 한 번쯤은 상
기하게 되리라. 옷을 벗고는 살 수 있지만 속을 빼이고는 살 수 없
다. 고로 여자는 자식을 떠나서는 살아도 산 목숨이 아닌 것이다.
그러나 아직 손자며느리는 인생 초년생이다. 할미가 제 앞으로 나
서기만 해도 대뜸 할머니 저도 제 인생이 있어요, 할 것이다. 그래
네게도 네 인생은 있지. 그것을 주장해 볼 권리도 있지. 할미의 얼

굴에는 어느 새 희미한 미소가 떠올랐다.

차고 단단한 가면은 다 찾아서 뒤집어쓴 것 같은 얼굴로 손자며느리는 가방을 들었다.

할미는 아무 말 없이 속바지를 내리고 주머니를 꺼냈다. 줄이 닳은 빨간 복주머니 속에는 할미의 용돈이 들어 있었다.

〔아가, 이거 얼마 안되지만 여비에 보태라〕

휘둥그런 눈으로 할미를 보며 손자며느리가 굳어졌다.

〔아직 생쌀 씹을 정도는 아니니까 집안 일은 걱정 말고 니 맘대로 해라. 기다리고 참는 것도 한도가 있다. 좃찬 것들 좃값 하는 게 어디 어제 오늘이더냐〕

〔할머니〕

울 듯한 음성으로 손자며느리가 다가왔다. 어떤 뜻으로 해석을 해야 할지 모를 당황스러운 눈치였다. 사실은 할미도 자신이 하고 있는 일에 확신이 없기는 마찬가지였다. 그러나 간절한 마음으로 믿고 싶었다. 어미라는 존재들의 불가해한 속성을.

〔할미도 여자다, 왜 네 속을 모르겠노. 다 안다, 할미는 다 안단 말이다〕

〔도대체 뭘 할머니가 안다고 그러세요〕

〔마 그렇다면 그런 줄이나 알고, 애비 오기 전에 어서 가거라〕

할미는 겉으로 허허 웃으며 손자며느리의 등을 밀어냈다. 내 나이가 팔십하고도 다섯이다. 밥숟가락에 괴기반찬 얹은 듯이 한 순간에 뚝딱 먹어치운 나이 아니란께.

현관문을 당기며 돌아서는 할미의 눈에는 가물치, 서포 젓장수 그 여자의 상기도 그대로인 옛 모습이 어룽져 왔다. 그렇다. 여자는 어미다. 그러므로 암컷이다. 모든 암컷들은 새끼를 갖기 위해 수컷을 필요로 하는지도 모른다. 새끼를 잘 키우기 위해 수컷의 노

동을 빌 때 수컷이 원하는 색을 교환하며 잠시 상열(相悅)의 감동을 표시할 뿐. ●

# 마른 대궁

이럴 줄 알았으면 약속하기 어렵다고 말이나 해 둘걸.

친구들과의 약속 시간은 얼마 남지 않았다. 그렇지만 기다려도 기다려도 아내는 돌아오지 않는다. 시장에서 친구들과 어울려 옆길로 샌 것이 분명했다. 그는 다시 시계를 본다. 지금 집을 나선다고 해도 차가 밀린다면 정시에 도착하기는 어렵다.

우리 늙은 자유인들끼리 모이기로 했으니까, 마나님 치마 속에서 노라리나 하고 있지 말고 썩 벗어나서 나와 봐. 친구들로부터는 또 재촉 전화가 올지도 모른다. 그는 어쩔 줄을 몰라하며 집안을 맴돈다. 찻길이 빤히 보이는 문 앞으로 나갔다가 다시 돌아와 시계를 보기도 한다. 그런데 또 일은 벌어져 있었다. 녀석은 이제 노란 찰흙처럼 아예 손으로 쥐었다가 던지기도 한다. 주무르고 놀기 좋은지 칭얼거리는 것도 잊은 채 사뭇 그 장난에 빠져 있다.

야, 이 놈아 똥을 쌌으면 쌌다고 하면 좀 좋으냐. 아무리 자정이 뚝뚝 묻어나는 사랑스러운 목소리를 내려고 해도 잘 되지 않는다. 그나마 침착한 동작으로 그는 온도 조절한 샤워기를 대야에다 내려놓고 제 부자지가 어떤 모양새를 하고 있는지도 아랑곳없이 그저 벌죽벌죽 웃기만 하는 녀석을 그 옆에다 앉혀 놓는다.

야, 이놈아 너 날 골탕 먹이기로 작정했지? 언제 너 할미랑 둘이서 쏙닥거린 거야.

비누를 챙겨 놓고 작은 대야에다 바가지로 물을 옮겨 담고. 그 사이에도 똥내는 변함없이 증식하여 제법 향기로운 화장실 공기를 영 엉망으로 만들어 놓고 만다. 그는 밖으로 나온다. 더운 김으로 땀이 맺힌 이마에 수건질을 하며 담배를 찾는다. 녀석이 이유식에 입질을 시작하고부터 냄새가 여간 고약해진 게 아니었다. 사랑으로 감수해야지 싶지만 매번 한 각오를 배반하고 담배부터 찾게 되어 어떤 때는 할애비가 이래서는 안되지 반성을 한다.

담배를 피워 물고 그는 죄송스러운 마음으로 기억하기조차 괴로운 한 얼굴을 떠올린다. 거동이 자유롭지 못한 아버지를 모셔 본 적이 있었다. 노환으로 자리보전을 하고 계시던 아버지가 미처 의사소통을 못하시고 대변이라도 본 날에는 온 집안이 소란통이 되었다. 화농한 종기처럼 늙은이의 뱃속에 끼어 있던 버캐가 삭아 내리면서 뿜어내는 냄새는 그의 감각을 모두 마비시킨다. 그렇다고 오물로 칠대반죽이 된 아버지의 아랫도리를 아내에게 맡길 수도 없어 그나마 자신이 집에 있을 시간에 그 일이 일어나는 것을 고마워해야만 했다. 그러나 처음부터 그가 그렇게 대견한 마음을 먹었던 것은 아니었다. 한 번은 욕실에서 뛰어나온 그가 벌컥벌컥 물을 마시다 말고 먹은 물과 함께 아버지의 것과 진배없는 오물을 부엌에다 그냥 토해낸 적이 있었다. 그 어이없는 상황을 바라보고 있던 어머니가 얼굴에다 노여움마저 띄우고는 끌끌 혀를 찾다.

우리는 빨갛게 짓무른 네 똥구녕을 가제로도 닦기 안타까워서 입으로 핥아 가며 키웠다.

좀 무안했지만 그렇게 해 달라고 그가 원했던 것도 아니어서 그 당시에는 죄의식이 그리 오래 가지 않았다. 사람은 왜 사람에게 보호를 받으며 살게 만들어졌을까. 저 오랑우탄이나 침팬지처럼 살았다면 잘 하건 못하건 비난에서 훨씬 자유스러울 것을. 어쨌든 그는 전날의 잘못을 재탕하지 않기 위해 녀석의 뒤치다꺼리도 성의껏 하려고 마음을 먹은 지 오래다.

  윗대의 할머니 어머니들이 그랬듯이 일선에서 물러난 그와 그의 아내도 아들 내외가 마련해 준 밥상머리에 손자들과 마주앉아 가시발린 생선을 손자들의 밥숟가락에다 얹어주며 효성스러운 자식들로부터 결코 귀에 거슬리지 않는 지청구를 듣고 사는 그런 평화스럽고 단란한 노후를 그려 왔다. 그러나 일은 묘하게 꼬여들었다.

  죽는 날까지 짐을 끌어야 하는 이 놈의 노새 팔자.

  며느리가 아기 가졌다는 소리를 듣고 외손자를 먼저 키워 본 경험이 있는 그의 아내는 대뜸 절망적인 소리를 냈다. 그로 인해 그들 내외는 그날 제법 짜부락짜부락 언쟁을 했다. 외손자를 첫손자로 받았을 때만 해도 아내는 참 용감했다. 늙은 몸이 천덕꾸러기 안되려면 애 보는 기술이라도 익혀야지 별수 있어요. 세상에 할아버지 할머니보다 더 미더운 보모가 어딨어요. 그랬던 깐에다 대면 이번에도 '하나 벌이는 온통 양육비로 내놔야 된다는데 남의 손에 넘기는 금액에다 조금만 용돈을 더 얹으면 자식은 아주 생색나는 효자가 될 수도 있잖아요' 그렇게 말해야만 했다. 그렇지만 아내는 무엇으론가 단단히 앵돌아져 있었다.

  이제 오십 고개를 넘고 육신이 여기 저기 어깃장을 놓는데 더 이골이 나기 전에 아껴서 잘 간수해야지 이도 저도 몸을 못쓰고 누웠으면 어느 자식이 대신 아파 줄 거유?. 어린애 키우는 게 인형 가지고 놀다가 목욕이나 시키고 하는 것하고 같아요?

전에는 그랬지만 이젠 나도 집에 있으니까 둘이서 교대로 하면 뭐 그리 어려울 것도 없잖아.

싫어요. 그러다가 애가 아프거나 다치기라도 해봐요. 세상에 생색 안나는 게 그 일밖에 없어.

인생 사십 년을 책상머리에서 주판만 굴리며 밥을 벌어온 그였다. 아내가 언제부턴가 자유부인 행세를 하는 것이 그는 싫었다. 아내는 계모임으로 온천을 가네 관광여행을 하네 전에 없이 나돌아다니는 재미로 들떠 있다. 아내가 없는 빈 집안에서 손수 식사해결을 하는 등의 궁상으로 시간을 죽이는 일은 정말 지루하고 막막했다. 아내의 발목을 꼼짝 못하게 집안에다 묶어 두는 족쇄로 손자 이상 가는 소재는 없을 것이었다. 속뜻은 어떨지라도 할아버지 할머니가 손자를 키우는 일은 얼마나 미덥고 아름다운 양속일 것인가. 뒤에 안 일이지만 그 순간 아내의 컴퓨터도 그의 것 이상 재빨리 작동되었던 것으로 드러났다. 퇴임을 하자 친구를 만나네 취미생활을 하네 하면서 직장 다닐 때보다 더 많은 용돈을 쓰고 다니는 그를 거머잡아 두는 방법으로 손자 키우기 그보다 효과적인 방법이 없었으므로 빼는 척하면서 놓치지 않고 그 그럴싸한 명분에 동의를 해서 녀석을 받아들인 것이었다. 그는 아내가 조금만 인상을 찌푸려도 자기가 아이를 볼 테니 걱정 말라고 아내를 달랬다. 며느리의 말대로 사돈댁에다 아이를 맡기면 손자만 빼앗기는 게 아니라 며느리와 아들까지 빼앗기고 마는 격이라 그는 더 적극적으로 소매를 걸었다. 그리고 반듯한 집 한 채 등기해서 넘겨주지 못한 어미 아비의 약점으로 오래 행사하고 있을 거부권이 아니라는 것이 내외간의 합일점이 도출된 더 깊은 이유일 수도 있었다.

사실 말이지 아이 보기는 여간 힘든 노동이 아니다. 하지만 생글생글 웃는 아이와 눈을 맞추고 있으면 아이의 맑은 정령이 옮아오는 것 같아 여간 신선하고 마음이 맑아지는 것이 아니다. 게다가 감정이 격앙되면 이게 내 대를 이을 내 피를 받고 난 나의 후손이거니 하는 흥분으로 으스러지게 뜨거운 포옹도 하게 된다. 그러나 으슬으슬 한기가 들고 삭신이 쑤시기 시작하는데 이 천진난만한 어린 친구는 자꾸만 밖으로 나가자고 보채고 찡얼거리면 짜증이 나고 괴로워서 죽을 지경이다. 거기다가 한 술 더 떠서 이 애가 초등학교에 들어가면 나는 만으로 몇 살이 되는가, 이 아이가 중 고등학교를 졸업할 때는 어떻게 세상이 변해 갈까, 나는 그때 어떻게 되어 있을까. 그때는 아마 흙밥이 되어 있겠지, 따위의 부질없는 상념에 빠져들기 시작하면 손자든 뭐든 다 귀찮고 거치적거리는 물체로 바뀌어 보인다. 아내의 발뺌을 충분히 이해하고도 남는다.

그러나 아내가 아이를 종일 데리고 있어 본 적은 별로 없다. 슈퍼에 물건을 사러 간다, 누구한테 전해 줄 물건이 있다, 구실만 있다 하면 나가서 삼 십 분이 세 시간이고 한나절은 하루가 되기 일수다. 양은 얼마큼, 몇 시 몇 시가 우유 먹일 시간이라는 것만 일러 주면 다 저녁때가 되어서야 들어오면서도 그에게는 언제나 내가 언제 손자 봐준다고 했수, 당당하기만한 아내. 애 보는 할미가 이게 무슨 짓이냐고 소리를 질러도 오늘 딱 한 번 나가 보았던 사람처럼 되려 큰소리를 지른다.

나는 큰아이 작은아이 셋째 넷째, 게다가 외손자까지 키웠으니 언내 오줌냄새만 맡아도 골이 아픈 사람이요. 내가 뭐 당신네 집에 애 보기로 태어난 사람이요. 나도 인생 좀 즐기면서 살아봅시다. 제발 이제는 역할 좀 바꿔서 해보자고요. 덤으로 주는 참 사랑까지 값으로 치면 우리가 손해지요 뭐. 이건 남의 할미도 아니고 돈주는데 싫어선지 제 시간에 퇴근하는 꼴을 못 봐요. 일요일은 또 무슨 일이 그렇게 많은지 특근이다 야근이다 입에 달고 살잖아요. 당신

성씨 받은 당신 손자니까 당신이 더 가깝잖아요.

 그 속에 들어 있는 또 다른 불만을 그도 모르는 바는 아니다. 일 벌레처럼 시부모 취급하는 며느리다. 이하 동감이다 싶었지만 그는 꿀 먹은 벙어리로 불평은 자제한 채 담배만 피워대는 것으로 편찮은 심기를 곰삭이고 있을 뿐이었다. 따지고 보면 아내의 말이 틀리는 것은 아니다. 그렇지만 지금 초등학교에 다니는, 큰딸의 아이를 키워 주었던 때와는 여간 다른 게 아니었다. 그때는 어미가 돼 갖고 그것도 안돌봐주면 나중에 어떡해요. 하면서 불평하는 그를 눈 흘기며 입을 막았다. 그러면서 내용상으로는 더 오는 것도 없는 것 같았건만 딸애가 준 돈이라고 외손자의 옷이나 장난감을 심심찮게 사들였다. 그런데 며느리에게서는 그보다 더 많은 액수를 공식적으로 받으면서도 언제나 힘들어하고 찡그린 인상을 편 날이 드물었다. 물론 그때보다 몇 살 더 나이가 들어 힘도 부친다. 온전히 낮잠 한숨을 즐길 수도 없이 사생활이 온통 어그러진다. 아이를 데리고는 외출은커녕 누가 초대를 해주어도 손님 노릇을 제대로 할 수가 없다.

 손자를 봐주는 일은 당연한 일일 것이다. 처지가 이렇게 되기 전까지만 해도 할아버지라는 이름의 그의 설계도는 여간 근사한 게 아니었다. 자식을 키우면서 미숙해서 못다하고 후회스럽던 부분도 육아로 활용을 하면 세계적인 인물로 키워낼 수도 있을 것 같았다. 그런데 그는 때때로 아들 내외 앞에서 주춤해질 때가 있었다. 그는 주인의 뜻에 따라 물과 거름이나 주는 묘목밭의 인부나 다름없는 기분을 종종 맛보았다. 조기 교육에 관한 이론부터 맞지 않아 몇 번이나 의견대립을 했다. 너희들만 자식 키우냐. 우리도 자식 키워 본 부모다, 소리가 입술에까지 달렸으나 아내의 눈짓으로 그래 시대를 따라야지 케케묵다는 소리나 듣지 싶어서 입을 다물고 만다.

그는 조롱조롱 손자 녀석들을 데리고 들판이나 산길을 걸어가면서 그의 할아버지가 그에게 그랬듯이 산에 들에 널려 있는 전설이나 사람들의 살아가는 이야기를 들려주고 싶었다. 아랫목 따뜻한 곳에다 손자들을 앉혀 놓고 군밤이나 군고구마를 만들어 주며 할아버지는 늘 웃으셨기 때문에 지금도 잊지 못하는 그리운 존재로 머릿속에다 간직하고 있는 대로 그도 그런 할아버지가 되고 싶었다. 그렇지만 지금의 아이들은 다르다. 금이야 옥이야 길러 준 외손자 놈들만 해도 금방 와서도 할아버지에게 인사만 하고는 저희들이 좋아하는 장난감을 갖고 놀거나 텔레비전 아니면 컴퓨터 오락을 하다가 저희 부모들이 돌아가면 발에 묻은 흙먼지를 떨구어 놓고 미련도 없이 그를 버리고 떠난다. 부룩소 뿔따귀처럼 문득문득 치솟는 울화를 삭여 보지만 가슴속에는 꽁하게 무엇인가가 쌓여가고 있다.

아내가 언제부터 노골적으로 아이를 그에게 넘기기 시작했던 것일까. 정확하지는 않지만 아마도 그것은 다른 일을 해보면 한다며 퇴출 비슷한 희망퇴직을 아들이 하고 나서, 적금이네 주택부금의 뭉이 세다고 의논 아닌 엄살을 한 바탕 늘어놓고 간 며느리로부터 차일피일 양육비 명목의 용돈이 전달되지 않고부터일 것이다. 그는 기가 막혔다. 등골이 휘게 직장 생활해서 처자식을 벌어 먹인 놈은 어느 놈인가. 많지는 않지만 결코 적다고도 할 수 없는 퇴직금까지 타다 안겼다. 평생 날건달로 살았던 사람처럼 취급하다 못해 이제는 늙어서 할 일이 그것 밖에 더 있느냐는 듯 눈치를 줄 때는 세상 살맛이 사라져서 정말 어디든 정처없이 떠나 버리고 싶었다.

그는 노는 일에 너무 서툴렀다. 남들처럼 낚시나 등산을 해 볼수는 있었으나 그 일을 진행하는데 투자해야 될 부담이 여러 모로 성가시기 짝이 없었다. 성격에 맞는 취미로 바둑이나 서예라도 좀 익혀 두었더라면 좋을 것을 새삼스럽게 돈 들고 시간 드는 일에 할 애를 할만큼 그의 하루하루는 결코 여유롭지를 못했다. 그러나 어 쨌건 한량없이 널브러져 있는 시간을 어떻게든 치러야겠기에 처음 얼마간은 용돈을 타서 넣고 다니며 오래 못 만났던 친구를 만나 술도 마셨고 이런 저런 놀이판에도 끼여 보았다. 그러나 크게 놀자면 용돈도 크게 필요한 법, 얇은 지갑을 만지작거리며 좀팽이 노릇을 하느니 차라리 바깥을 등지고 사는 것이 그나마의 품신이라도 지키는 길임을 터득했다.

그러나 그는 인생에 관한 한 꽤 낙천적인 관을 가지고 있는 사람이었다. 음식은 담을 탓이고 생각은 방향 탓이라고 했다. 그는 삶의 장치처럼 정교하고 오묘한 배열도 없다는 생각으로 이 팍팍해 지기 시작하는 일상에다 양념을 친다. 학교에 다니기 싫을 때쯤 되면 대학을 졸업하고 사회생활에 진력을 느낄만하면 이성을 만나 결혼을 하고 신혼재미가 시들해질 때 맞추어서 아기가 태어나고 아이들 젖먹이고 학교 보내느라 정신 쏟고 있는 동안에 부부간의 권태기도 권태기라는 의식도 없이 흘려 보낸다. 그러다 보면 또 사위 들이고 며느리 맞이하고 노년의 적적함을 달래라고 재롱부리는 손자들이 생겨나고…. 그럴 때면 어느 결엔가 보고 자란 할아버지 할머니들의 인생유전이 떠올랐다. 그리곤 그들에게서 들은 '부모란 자식의 종노릇하려고 태어났다'는 말도 상기되었다. 그렇다. 그렇게 자기 자신을 낮추고 위로하는 길 밖에 달리 도리가 없는 노릇이었다. 저 들판의 나무나 풀을 보아도 그렇다. 해가 바뀌는 봄이 되면 그들은 새로운 싹들에 장애가 되지 않게 스스로 이울어져 간다. 그렇지만 다행스럽게도 사람의 자식들은 부모를 배척하지 않고 늙은 부모가 그 자손의 재롱을 보며 노화를 잊고 청명한 새

생명으로부터 생기를 얻기를 바란다. 종족보전의 확인을 기꺼이 여기며 남은 생을 그 자손의 안위를 염려하며 보내는 것은 사실 따지고 보면 너무나 당연하고 순리적인 조부모의 행위 아니겠는가.

그런데 오늘은 다르다. 친구는 왜 하필 오늘 같은 날 불러내서 이렇게 감질나게 분초를 따지게 하는가. 다시 시계를 보며 문 앞으로 갔다. 아내가 돌아올 골목길은 온통 다른 사람들의 차지가 되어 있다. 그는 담배를 끄고 목욕탕에서 철벅거리고 있는 녀석을 생각해 낸다.

고층은 감질나게 수압이 낮다. 그는 욕실에 들어가기 전에 거실 바닥에다 커다란 목욕타월을 깔아 놓고 파우더며 귀저기, 갈아 입힐 옷까지 준비해 놓는다. 발육이 좋은 녀석은 순순하게 몸을 맡겨 놓지를 않기 때문에 아내가 있을 때에도 둘은 옷을 갈아 입히는 일로도 이대 일의 씨름을 해야 했다.

아자자자⋯. 대야에서 넘친 물에 누런 부유물이 뜨는데도 녀석은 좋다고 물장구를 친다.

젠장.

그는 밉잖은 눈길로 아이를 흘기며 옷을 벗는다. 물일을 마음대로 하려면 옷을 벗는 편이 수월하다. 늙고 어린 두 남자가 벌거숭이로 욕실에 마주 들어앉았다. 침팬지의 손 같은 거친 그의 두 손이 비단결 같은 아이의 피부에 닿자 아이가 잠시 잡혀 있는 육체의 일부분을 비틀었다. 그렇지만 그는 전혀 개의치 않는다. 물에 젖은 아이를 미끄러지지 않게 안기 위해 옆구리에다 아이의 상체를 끼우고 앉아서 등과 배에다 따뜻한 물을 먼저 칠한다. 갑자기 물을 끼얹으면 아이가 놀라서 경기를 일으키기 쉽다고 아내는 초등학생을 가르치듯이 늘 이런 것 저런 것을 일러들겼다. 그런데 이번에는 그가 자지러지게 놀랐다. 무언가 부드럽고 따뜻한 것이 젖가슴에

덥석 올라붙은 것이다. 깜짝 놀란 그가 몸을 떼며 바라보자 젖꼭지를 졸지에 뽑힌 입술을 모양 그대로 벌리고 손자녀석이 바라본다.

야, 이 놈아 너는 어째서 뭐든 그렇게 입을 대냐.

싫지 않은 음성으로 녀석을 나무라면서도 속은 짠하다. 아이는 제 손 감각으로 무엇을 거머잡기 시작하면서부터 무엇이든 입으로 먼저 점검을 했다. 휴지나 옷가지, 심지어 플라스틱으로 된 장난감 같은 것은 그런 대로 이 날 자리가 근질거리니까 생리적인 현상으로 하는 짓이려니 하고 봐줄 만도 하다. 하지만 나무나 쇠붙이로 된 물체까지 입으로 가져갈 때는 아무리 먹어야 산다는 본능적인 삶의 터득에 의해서라지만 해도 너무한다고, 알아듣지도 못하는 녀석을 나무라며 그와 아내는 아이의 손이 닿을 만한 곳에 있는 물건들을 치우기에 정신이 없다. 언젠가는 녀석이 자신의 발가락을 빨고 있는데 그냥 두고 본 적이 있다. 수면제라도 먹은 것처럼 낮잠은 오는데 곧 오겠다는 아내는 나간 지 한 시간이 넘었는데도 오지 않고 아이는 칭얼거리다가 발가락을 빨면서 잠잠해졌던 것이다. 이 녀석은 모유를 모른다. 그래서 그는 어쩌다 아내와 둘만 있을 때 우유 광고가 나오면 손자 녀석을 보고 네 엄마 저기 있다, 그렇게 말해서 아내의 눈총을 받곤 한다. 아내 역시 비슷한 마음인지 아이가 실없이 보채고 열이 날 때는 자신의 앞가슴을 열고 쭈그러진 식은 젖꼭지를 물린다. 그러면 아이는 용케도 포근한 곳에서 잠든 어린 강아지처럼 아내의 품에서 쌔근쌔근 단잠이 든다.

허허허, 웃던 그는 야 요놈아 이 노릇을 해 가지고도 먹자 타령이냐, 지청구 아닌 지청구를 혼잣소리로 늘어놓으며 우선 배설물로 칠갑된 그 장한 부자지를 원상 회복시켜 놓는 일에 착수했다. 똥이라지만 녀석의 배설물은 똥이 아니다. 말기 조선의 어떤 왕자처럼 항문 없는 병이라도 갖고 태어났으면 어쩔 뻔했나. 녀석이 마음대로 먹고 싸는데 지장 없는 신체를 갖추고 태어난 것만도 한량 없는 은총을 받은 것이라 여겨야 한다. 녀석의 배설물에서는 기름기가 반지르르 느껴지고 달착지근한가 하면 구수한 냄새도 난다. 천상 할아비 신분은 못속인다고 이 부분에서 그는 힘든 미소를 짓는다. 엄지와 검지를 맞비비면 해질 것 같은 보드라운 피부가 감싸고 있는 앙증스러운 물건. 꼿꼿해진 고추에다 시원시원 물을 끼얹고 비누칠을 한다. 이 속에서 인류의 생성과 멸망이 비롯된다. 인생의 온갖 희비가 교차되기도 한다. 녀석은 아무런 두려움도 염치도 없이 태연하게 몸을 맡기고 있다. 그는 히물 하회탈 같은 웃음을 흘리며 이마에 흐르는 땀을 팔뚝으로 훔친다.

이 놈아, 젊은 놈인 네가 할아비를 씻어 줘야지, 이 늙은 할애비가 네 놈 부자지에 묻은 똥 씻게 돼 있냐. 이 놈아, 이 고얀 놈아.

비누칠 한 사타구니를 주물주물 훑어대자 녀석은 꺄르르 꺄르르 간지럼을 탄다. 목욕을 하면서 울지 않는 아이는 장차 애주가가 된다. 아내가 했던 말이 생각났다.

요 놈 보게, 이 놈이 한 수할 놈이네. 에이 고얀 놈, 이 놈.

그는 지금 무아경에 빠져 있다. 어린애 장난하듯 미끌미끌 비누를 칠하고 거품을 씻는다. 미끄러진 몸이 옆으로 나눕기도 하고 아이를 안은 채 두 다리가 공중으로 쳐들리기도 한다. 그는 자신이 지금 무슨 일을 하고 있는지도 잊어버렸다. 언제까지나 잠겨 있어도 지루하거나 짜증스럽지 않을 순간이다. 아내의 예언대로 어른이 되면 술깨나 마시려는지 녀석도 물에 담긴 채 마냥 아자자자, 깨륵깨륵이다.

자식을 키울 때 느껴 보지 못했던 정이 손자에게는 있다. 손자 사랑에는 부담이 없기 때문이라고 아내는 말했다. 정말이지 목욕 하나를 시켜도 큰아이 때는 어지간히 신경을 썼다. 걸핏하면 아르

레기 반응이 일어났기 때문에 비누 하나도 마음대로 쓰지 못했고 이 녀석을 어떻게 이런 고통에서 구해낼까 궁리하느라 목욕 후의 정갈함이나 상쾌함을 제대로 만끽하기가 어려웠다. 그렇지만 손자는 에미 애비야 아이한테 좋단다, 이것 해 오너라 저것 해 오너라, 부담 없이 주문을 하고 보고만 하면 된다.

그러나 손자가 생기고 할아버지가 되는 것은 역시 서글픈 일이다. 할아버지라는 호칭을 처음 듣는 순간 가슴 철렁 내려앉았던 경험을 그는 갖고 있었다. 병원에서 큰딸애가 해산을 했을 때였다. 언제 그 아이가 커서 아이 엄마가 되었을까. 첫애를 낳았다고 돌잔치를 하고 학부형이 되었다고 수줍게 설레었던 기억이 엊그제 같은데 그 애가 벌써 어미가 되었다니, 대견스럽고 고마워서 그는 장미꽃을 많이 꽂은 커다란 꽃바구니 하나를 들고 딸애의 산실을 찾았다. 회복실에는 사위와 안사돈과 딸의 시누이까지 들어차서 발 디딜 틈이 없게 비좁았다. 축복 받은 아름다운 분위기로 풍선처럼 부풀어 있는 공간 속으로 그가 들어서자 난데없이 손뼉 소리가 터져 나왔다.

축하합니다. 외할아버지!.

그 순간 그는 하마터면 주저앉을 뻔했다. 할아버지라는 단어는 그의 뇌리에 잘못 입력되어 있었다. 주름투성이의 검붉은 얼굴에 불결한 수염과 해소 기침. 항상 불만에 찬 음성으로 누군가를 나무라기만 하는 괴팍한 고함소리. 해뜨는 동쪽보다는 산그늘 내리는 저녁 어둠이 먼저 연상되었던 분위기며 구슬픈 상여 소리와 함께 언제 사라졌는지 모르는 불필요한 물건처럼 현실에서의 사라짐을 아무도 아쉬워하지 않는 존재. 그 순간 그는 그런 막다른 곳에 이르러 있는 존재가 되어 있었던 것이다.

그는 비칠거리는 마음을 감춘 채 태연하게 자애어린 낮은 음성으로 산모의 안부를 물었다. 아빠. 만감이 교차하는 음성으로 딸아이가 그의 눈을 바라보자 그는 뜨겁게 솟구치는 눈물을 감출 수가 없었다. 수고했다. 네가 벌써 아이 어미가 되다니. 그는 후들거리는 다리를 애써 곧추세우고 멀어지는 자신의 젊음에 대한 송별을 해야 했다. 밝고 아름다운 곳보다는 음습하고 냄새나는 곳으로 자꾸 밀려나게 될 자신을 의식하며 나는 이제 할아버지가 되었다, 좀처럼 실감되지 않는 사실을 자신에게 깊이 인지시키지 않으면 안 되었다.

다행히도 외손자나 친손자나 아직까지는 건강하고 무탈하게 자라 주었다. 그러나 아내는 사사건건 안좋은 것만 기억하고 있었다. 백일해, 파상풍, 디프테리아, 소아마비…. 어린아이를 넘보는 악마의 그림자가 도처에 숨어 있었다. 새삼스럽게 옛날 기억을 되살려서 아기 수첩에다 꼭꼭 표시를 해 두건만 잊어 먹은 날은 허둥거리게 웬 예방접종은 그렇게도 많은지.

외손자가 세 살 때 한 번은 이런 일이 있었다. 놀이터에서 놀고 있겠거니 여겼던 아이가 같이 잘 놀던 동네 언니를 따라 가 버린 것을 유괴라도 당한 줄 알고 아이 이름을 부르며 여기 저기를 울부짖고 다녔다. 파출소에 미아신고까지 해 놓고 있으려니 소식을 듣고 달려 온 사위가 어찌 아이를 혼자 두었다가 그랬어요, 대뜸 힐난하는 음성으로 말하는 것이 아닌가. 아아, 덩치만 컸지 너희들은 아직 어른되려면 멀었다. 제 손자를 잃어버리고 싶어하는 조부모가 어디 있으리. 움직이지 못하는 인형도 아닌 아이가 아장아장 어디인들 시야 밖으로 벗어날 가능성이 없으리. 한 줄로 꽁꽁 묶어 놓은 물체도 아닌데 어디 화장실을 따로 갈 일도 없을 텐가. 그러잖아도 상심해 있는 어른들한테 말이나마 '괜찮습니다. 어디 있겠지요. 설마 하늘로 솟았겠어요. 땅으로 꺼졌겠어요' 넉살스럽게 위로라도 해줄 수는 없을까. 서러워하고 있는데 같이 놀던 동네 언니 방에서 잠들었던 아이는 저녁 늦게야 잠투정을 부리며 깨어나는 바람에 발견되어 무사히 집으로 돌아왔다. 아내는 이 설음 저 설음이 북받쳐 아이의 부모보다 더 서럽게 외손자를 안고 울음을 터뜨렸다. 뒤늦게 송구스럽다고 말하는 사위의 뺨이라도 한 대 올려주고 싶은 마음을 꾹 누르고 아내는 또 하하 웃으며 외손자를 안아들였다. 그러고는 잘 키운 표는 없어도 못 키운 벌은 호되게 받는 게 손자 키우는 거라고, 자기 친구들에게는 함부로 손자 키워줄 요량 말고 제 새끼 제 키우게 하라고 충고를 했다.

아닌 게 아니라 손자는 올 때 이마가 예쁘고 갈 때 뒤통수가 예쁘다는 말이 맞았다. 이제 어지간히 인생정리하고 좀 조용히 간편하게 살려는데 요놈들이 떼로 몰려오면 질서정연하던 집안을 온통 아수라장으로 만들어 놓는다. 이 놈들이 온 지 불과 몇 시간 지나지 않아도 재산 목록 일호쯤 되는 골동품 라디오가 그만 속을 뒤집고 나둥그러지고 채널을 비틀린 텔레비전은 얼쑤절쑤 제 멋대로 춤을 추며 정신착란증에 걸려 버린다. 그 뿐일까. 할아버지 등긁개로 칼싸움을 해서 우는 놈, 소파를 안고 뒤집어지는 놈, 잘 키워 놓은 화초들이 죄 뜯겨지고 넘어져서 단속을 미리 하지 않으면 안 된다. 또 있다. 할미는 할미대로 화장품을 치우고 장롱 문을 함부로 여닫지 못하게 줄로 묶어 놓아야 한다. 그야말로 사흘이나 나흘이나 그들이 머무르는 동안 어서 가라는 소리는 못하고 전쟁을 치러야 한다. 우는 놈 싸우는 놈 고자질하는 놈 전구를 깨트리고 진열장 유리를 테이프로 모자이크하는 놈, 성격대로 노는 것도 가지가지며 맵다 짜다 먹는 것도 가지가지다. 그렇지만 며느리나 사위 보는 데는 일일이 그들의 잘못을 나무라지 못하고 개성이라 평해 주고 희망의 싹이 보인다며 웃어 주어야 된다.

그는 또 딩동 소리에 귀를 기울이며 손을 멈추었다. 아내가 오는 갑다. 택시를 타면 지금 나서도 그렇게 늦지는 않을지 몰라. 그는 아이를 씻기다 말고 손부터 헹구면서 화장실 벽에 걸려 있는 통닭집 시계를 보았다. 그러나 옆집 현관문 닫히는 소리였다. 동지라고 여겼던 아내에 대한 얄미움은 어떻게 표현을 해야 할지 모르겠다. 이러려면 애초에 안된다고 딱 자르지 엉거주춤 녀석을 받아들여 놓고 개개비 집에 탁란해 놓은 뻐꾸기처럼 저 혼자만 어디서 노닥거리고 있는 것일까. 그는 녀석의 머리를 감기려다 말고 곤혹스러움을 느낀다. 눈에 샴푸가 들어가면 녀석은 사지를 버둥거리며 소리를 질러 운다. 술 잘 먹으려는지 목욕을 좋아한다고 대견해 했던 것이 무색하게 행동이 돌변하는 것이다. 하나는 샴푸 칠하고 하나는 헹구고 손발이 척척 맞아야 성내기 전에 얼렁뚱땅 해치우는데 울음을 한 번 냈다 하면 끝이 질긴 녀석이라 달래는데 여간 애를 먹지 않는다.
　오늘은 하루 목욕을 건너 뛰어도 되니까 괜찮아요.
　이런 돌연변이한 사태는 왜 그 자칭 여우아줌마가 예상하지 못했을까. 남은 이렇게 속타는 줄 모르고 어느 집에서 재미지게 해해거리고 있을까. 아마 모르긴 해도 장 여사를 만났다면 그 집 패거리들과 어울려서 백 원짜리 고스톱을 치고 있으리라. 잃고 와서도 아내는 항상 땄다고 한다. 잘난 돈 천 원 따려고 하루 종일 걸렸느냐고 하면 다문 일원이면 땅을 열길 파서 나와요, 스무 길 파서 나와요, 반박을 해 놓고는 남 말 안하고 기중 건전하게 노는 거는 그것 밖에 없다고 화투 옹호론을 편다. 사실, 분수만 지킨다면 앉은 자리에서 그만큼 짜릿하게 스릴을 즐길 수 있는 경제적인 놀이는 없다. 여자들도 간이 크면 짓고땡이니 아도사끼니 해서 수억도 날린다더만 여기 물색들은 불은 만두피 같은 가정주부들이라 그리

간 큰 짓은 애초에 벌리지를 않는다. 한 마디로 어느 것이 된밥인지 진밥인지 정도는 가릴 줄 아는 살림꾼들이라는 거다. 어쩌다 친구들이랑 맥주도 한 잔하고 산 조상 죽은 조상 받든다고 여행 삼아서 절도 찾기는 하지만 나서서 돈 쓰는 일에는 애초부터 인색한 아내여서 그쪽으로는 안심을 팍 비끄러매 놓아도 된다. 그런 야물딱진 아내 덕분에 오늘 날 이런 집이라도 지니고 산다 믿기 때문에, 되도록 그 아내를 도와주고자 퇴직해서 따분할 것 같았던 생활을 손자 보는 재미에 맡기고 있지만 이럴 땐 정말 해도 너무 한다 싶다.

그는 이제 반 체념 상태로 손자의 등을 먼저 씻는다. 사내녀석이라고 포동포동한 등짝이 제법 넙적한게 여간 믿음직스럽지 않다. 꽃이 아무리 예쁘다 해도 사람꽃만 할까. 돌아가신 할머니가 아직 어린 그를 안고 그러셨듯이 그도 이제 어느 새 할아버지가 되었고 할머니 그 말씀의 참뜻을 새김질한다. 녀석을 씻겨서 쌔근쌔근 잠재워 놓고 들여다보며 냉맥주 한 잔을 들이키는 맛은 일품이다. 안주가 없어도 상관없다. 어느 순간에 취기가 오르면 조손이 대(大)자로 한 자리에 누워 동상이몽을 꾼다. 아기는 놀이터에서 미끄럼 타고 전자놀이기구 놀리는 희망찬 내일의 세계로 무지개다리를 건너 뛸 것이고 늙은이는 저승사자에 쫓겨서 다리야 나 살려라 도망 다니는 꿈으로 식은땀을 흘리기도 한다.

녀석의 머리를 감기다 말고 그는 아이의 울음소리 속에 끼여드는, 언제부터 계속되었는지 모르는 한 소리를 문득 듣는다. 딩동, 딩동, 딩동 동동…. 홍, 그놈의 빤스는 공장에까지 가서 만들어 오나. 그는 못들은 척 아이의 머리에다 샴푸를 들어부었다. 숙이지 않는 머리의 뒤통수를 억지로 누르니 저항하는 몸짓으로 아이가 옆으로 넘어가다 대야 모서리에 이마를 찧었다. 제풀에 놀란 아이가 얼른 일어나려는 몸짓을 하며 두 팔을 허우적거리다 비눗물을 뒤집어썼다. 더욱 놀라며 눈 코 입을 마구 비비던 아이의 입에서 격렬한 울음이 터져나왔다. 심통이 난 그는 아내를 마냥 밖에다 세워 둘까 하다가 아이의 울음을 달래는 재주는 역시 할미라 인정하고 수건으로 얼굴만 대강 훔친 아이를 안고 현관으로 나갔다. 첫돌바기 아이지만 맨몸에 안긴 아이는 그 무게로도 자꾸만 아래로 미끄러져 내렸다. 그는 일부러 옷을 걸치지 않은 것에도 개의치 않았다. 난장판 속에 서 있는 힘든 모습도 보여주어야 느끼는 구석이 있을 것이다.

오늘 아침 아내의 외출 이유는 참으로 같잖았다. 속옷 세일하는 데가 있다는데 갔다 올께요. 순간 참 별난 이유도 다 댄다 싶어 코웃음이 나왔다. 빤스는 무슨, 언제는 옷 벗고 살았나. 당신, 정말 해도 해도 너무 하네요. 나도 이만큼 종살이했으면 이제 속옷 하나 반반한 거 입을 만큼은 했잖아요?. 할말이 없어진 그는 일부러 담배를 피워 물었다. 연기를 좇아 무연히 흘려 보내던 시선 속으로 일찍 씻어 넌 빨래들이 바람에 할랑거리는 것이 눈에 들어왔지만 여러 개의 속옷이 널린 가운데 여자용은 하나도 없었다. 모르긴 해도 지금 아내가 입고 있는 것도 그의 낡은 팬티가 아니면 청색이 회색으로 변한 아들의 것이 분명할 터였다. 고무줄이 조금 늘어져서 그렇지 말짱한 걸 버리기는 왜 버려요, 하는가 하면 씻은 공이 아깝다는 등의 핑계를 대며 아내는 낡아서 본인들이 입기를 거부하는 것들을 챙겨 놓고 입는다. 딸이 시집가기 전에는 딸의 속옷까지 알뜰히 물려받아서 입었다. 그가 알기로 딱 한 번 마음먹고 아내가 자기의 속옷을 사들였던 적이 있었다. 며느리 들일 날이 받아지자 아내가 마음먹고 준비했던 일 중에 옷장을 정리하는 일이 있었다.

며느리가 혹시 시어미의 옷장을 열어 보면 흉본대요. 우리 시어머니는 그런 옷만 좋아하나 보다 하고 저 못 입는 것도 모아서 주면 억울해서 어떻게 해요.

조사해본 적은 없지만 아내의 옷장 서랍에는 아직 전시용의 그 새옷이 들어 있을 것이 분명했다.

우리도 이젠 속옷이나마 제대로 좀 입고 살아야겠어요. 당신도 당뇨 있지 나도 혈압 있는데 언제 어떻게 돼서 남의 손으로 옷 벗기게 될지 모르잖아요.

오늘 아내는 아마 그의 것까지 내킨 김에 무겁게 새 속옷들을 사 들고 들어올지도 모른다. 그는 목에다 일부러 심통스러움을 올리며 소리쳤다.

누구요!.

으레 아내겠지 여기며 습관적인 동작으로 현관문의 손잡이를 잡는 찰나, 그는 하마터면 녀석을 떨어뜨릴 뻔했다. 내 꼴을 보면 나 아닌 다른 사람이면 어쩔 거냐, 망령 났느냐고 빽빽 소리를 지르겠지. 멀쭉하게 벗은 자신의 알몸을 내려다보며 상상하던 장난기가 싹 가셨다.

저 왔어요, 아버님.

무엇인가가 와장창 무너져 내리는 것 같았다. 입도 발도 굳어 붙었다. 목석이 되어 버린 듯 온몸의 감각이 없어져 버렸다. 어서 어서 몸을 숨겨야지. 그러나 생각만일 뿐 몸이 움직여지지를 않는다. 그 바람에 미처 비누 만진 손까지 씻어 주지 못했던 녀석은 매운 눈을 비비며 더욱 앙칼스럽게 울어 젖힌다.

아버님, 애가 왜 그렇게 울어요? 어서 문 열어 주세요.

으응, 그, 그래. 그래, 조금만 기다려.

그는 간신히 입술을 움직이는데 성공했다. 그때 우렁우렁하는 또 다른 음색이 문밖에서 섞여 들었다. 아들의 목소리였다.

여태 안들어가고 뭐해?. 쟨 또 왜 저렇게 울지?.

아들의 기척을 느끼는 순간 억누르고 있던 성깔이 왈칵 곤두섰
다. 에미나 자식이나 이것들이 애비 훈련시키느라 모두 작당을 했
구나. 불에 덴 듯 더욱 기승해지는 어린애의 울음소리 때문에 강력
접착제를 밟은 듯이 발은 더욱 굳어지기만 한다. 그는 경직된 근육
을 풀기 위한 방법으로 아주 천연덕스러운 목소리를 낸다.

웬일들이냐, 오늘 토요일도 아닌데.

녜에 아버님, 오늘이 친정아버지 생신 날이라서 저녁에 모두 모
이기로 했어요.

그 순간, 그는 부리나케 몸을 돌려 아이를 도로 욕실에다 데려다
놓고 안방으로 달려왔다. 아들에게도 열쇠가 있었다. 처갓집 일이
라면 물인지 불인지 구별 안하는 성급한 놈이 안에서 곱다시 문을
따도록 기다리지 못하고 제 손으로 벌컥 문을 열지도 몰랐다. 방문
을 안으로 잠가 놓고 서랍을 뒤적거렸다. 젖가리개. 팬티. 티셔츠.
블라우스. 이것저것 손에 걸리는 것이라고는 여인네 옷밖에 없다.
그는 급한 김에 아무거나 속옷을 하나 집어 아래에다 꿰고는 눈에
띄는 대로 손쉬운데 걸려 있는 외출용 겉옷을 걸어 입었다.

어머, 아버님도 이제 막 들어오셨나 보네요?.

엉거주춤한 자세로 그가 마주 나가자 먼저 현관을 들어서던 며
느리가 아이 소리가 나는 욕실과 그를 한 눈에 훑어보며 물었다.

어머니는요?.

녹은 아이스크림 꼬락서니로 비누거품을 쓴 채 울어대는 아이를
급한 김에 껴안고 울상을 지으며 며느리가 물었다. 그는 왠지 자신
이 아이를 씻기는 중이었다는 말을 할 수가 없었다.

몰라 할망구가 망령이 났는지, 어데 슈퍼라도 갔겠지 뭐.

하고 보니 그럴 필요도 없었고 궁색하기만한 변명이었다. 소매를 걷고 제 아들을 들어올리던 아들이 못마땅한 얼굴로 혼자 구시렁거렸다.

차암 엄마도, 애를 이렇게 혼자 놔두고 슈퍼에 가다니.

그는 울컥 부아가 치밀었다. 아들의 말은 곱씹을수록 듣고만 넘길 일이 아니었다.

야 이놈아 그럴 수도 있지. 너만 자식 키우냐. 우리 다들 그렇게 자식 키웠다.

그만한 말도 못하게 화를 내냐 싶었던지 아들 내외는 저들끼리 멀쑥한 표정을 교환했다. 여전히 납득 안가는 어정쩡한 얼굴을 한 채 아들과 며느리는 녀석을 헹구고 닦고 옷을 갈아 입히는 일에 열중하는 척했다. 알 수 없는 고적감이 그의 가슴을 적시고 들었다. 어떻게든 몸을 움직여야지 잠자코 한 곳에서는 도저히 삭힐 수 없는 허황함이 일었다.

늦거든 먼저 가거라.

현관을 나서면서 그는 무릎 위의 다리를 몇 번 뒤꼬아서 털었다. 아무래도 넙적다리께가 얼얼했다. 고무줄로 꼭 졸리는 넓적다리를 비척거리며 그는 밖으로 나왔다.

뭘 많이 사러 가셨어요?.

아버지가 어머니의 마중을 가는 줄 알고 아들이 따라 나설 채비를 했다. 또 울컥 무엇인가가 목젖을 누르며 틔어 올랐다. 얄미운 것들. 그는 또 참아야 했다. 혀끝까지 나온 말을 눌러 참는다. 늬들이 뭘 많이 사게 돈이나 줬냐.

이놈의 할미, 들어오기만 해봐라, 내 그냥.

누구에겐가 모함을 당한 듯한 억울한 심정을 안고 그는 화단 옆 의자에 앉았다. 철 지난 꽃대궁들이 바람에 쏠리우며 지탱되지 않는 몸을 곧추세우기 위해 안간힘을 쓰고 있는 것이 보였다. 나온 김에 후루루 친구들이 있는 곳으로 가고도 싶지만 그에게는 지금 땡전 한 잎도 없다.

찻길에서 들어오는 아내의 모습은 아직 눈에 띄지 않는다. 혹시 다른 무슨 일이 생긴 것은 아닐까. 문득 고개드는 불길한 생각을 서둘러서 지우며 그는 얼른 담배를 피워 물었다. 돌덩이라도 져나른 듯 어깨가 무거웠다. 가만 가만 어깨를 주무르자 기다렸다는 듯이 등이 쑤시는가 하면 옆구리도 결리기 시작했다. 담배 연기조차 목구멍에 걸려 쿨럭쿨럭 기침이 터져 나왔다.

어머, 아빠 여기 계셨네요.

옆길로 아이들과 재재거리며 지나가던 여자가 반색을 하며 다가오는데 돌아보니 딸과 외손자들이었다. 못된 짓을 하다 들킨 것 같은 기분이 들어 그는 아무런 반응도 없이 딸을 멀건히 바라보았다. 그의 기색 따위는 아랑곳없이 딸은 저희들끼리 툭탁거리고 있는 제 아들과 딸을 그의 앞으로 밀어붙이며 상기된 음성으로 지껄였다.

아빠 선물요.

선물?. 그는 또 노여워졌다. 나도 저 나이 때에는 별스러웠을 라고, 이해하는 마음 아니면 정말 못봐줄 만큼 자식들이란 깍쟁이들이다. 생전 효자는 딸이라는 말도 있더만 딸은 제 돈이 아까우면 빈 손으로 달랑 와서 제 새끼들만을 떠안겨주면서 '아빠 엄마가 좋아하는 선물'이라고 아양을 떤다. 그래 우리한테 웃음을 주니 그 말도 일리 없지는 않다고 웃어 넘겼으나 오늘 같은 날은 천만의 말씀이다.

정 서방이 부장님 생일이라고 가자는데, 저희들끼리 나눴다가는 또 코피 터지고 물건 하나 남아나는 게 없을 텐데 어떡해요.

아무런 대꾸도 하지 않고 자리에서 일어선 그는 딸로부터 등을 돌렸다.

아빠 어디 가세요?.

집에 데려다 놔. 늬엄마 오면 들어갈 거니까.

길도 아닌 화단 가운데로 걸어 들어가는 그의 옷자락을 딸이 거머잡았다. 걸치고만 있던 그의 상의가 벗겨져 딸의 손에서 디룽거렸다. 저만큼 나무 그림자 사이로 걸어가는 그를 바라보며 딸은 발을 동동 굴렀다.

아빠 왜 그러세요?, 왜 그러시냐니까요.

아, 네 엄마가 아직 안 들어왔잖아.

그는 남아 있는 시간을 가늠하며 저녁놀 붉어지는 먼 데 하늘로 눈길을 돌렸다. 문득 불안해지는 바람 한 자락이 그의 구부정한 어깨를 스치고 지나간다. 🔴

# 風媒花

녹고 있는 동태처럼 누추한 땀을 흘리며 명구가 들어섰다. 뜻밖이었다.

이 사람아, 자네가 웬 일인가.

나는 물이 뚝뚝 떨어지는 붓을 들고 놀라며 그를 맞이했다.

오래간만이건만, 아니 그가 내 집에 이렇게 불쑥 단독으로 찾아오는 건 몇 년 전의 그때 말고는 처음이건만 반갑다는 인사치고는 아무래도 접근 금지의 금을 먼저 그은 듯한 어감이 내 귀에도 어색하게 들려 속으로 미안해졌다.

참 누님도, 내가 여기 못올 집인교?

그래 그렇긴 하지.

사촌도 핏줄인데, 천만에다 못올 데라니. 그런데도 나는 찬물 수건 하나 낼 생각도 잊은 채 명구의 위아래를 슬쩍 슬쩍 훔쳐보며 내가 감지할 수 있는 정보를 최대한으로 긁어모아 보려는 노력을 멈추지 않았다.

땀에 젖은 후줄근한 티셔츠와 연갈색 면바지에는 칠장이 작업복처럼 여기 저기 녹황색의 물이 들어 있고 손바닥과 얼굴 가운데만 조금 해끔할 뿐 목덜미며 손목이나 손가락 따위에는 흙가루와 소나무껍질의 가루 같은 때꼽이 구접스럽게 들어 붙어 있었다.

참 우리 누님도 세월 탓은 못이기네. 뭘 그리 넋 놓은 듯이 보고 계시우? 시원한 물이나 안내오고. 참 내가 가서 좀 씻고 올께요.

욕실이 저기라고 가르쳐줄 것도 없이 제 스스로 화장실을 찾아 들어간 명구의 뒷모습을 바라보며 나는 굳었던 안면근육을 풀 수가 없었다. 태성이 좀 느물거리는 아이였다. 아무리 안변하는 것이 태성이라지만 훤한 대낮에 저 꼴로 찾아온 것은 필경 무슨 곡절이 있으리라. 혹시 또?. 하는 순간 나도 몰래 미간이 찌푸려졌다. 나는 버럭 경계심이 도는 눈길로 푸아푸아 물소리가 요란한 화장실 켠을 쏘아보았다. 그렇다. 언젠가도 명구는 머리카락에 꽂혀 있는 대팻밥도 털지 않은 저렇게 경황없는 모양새로 느닷없는 걸음을 했던 적이 있었다.

우리들 중 그래도 누님이 제일 형편이 낫다 싶어서. 소작농마저 떼이자 무작정 부산으로 내려가 공사판의 날품으로 연명을 한다더니 미장이 조수로 본격적인 노가다 밥을 먹기 시작한 지 다섯 해 만에 제법 돈도 모으고 제 아래로 사람을 셋이나 쓰는 대목이 되었다는 소리를 듣고 있던 중이었다. 확 불어닥친 건설 붐을 타고 그들에게도 때가 온 모양이었다. 그래, 부모 복은 없었지만 죄들 복이라도 있어야지. 불쌍한 것들. 그랬는데, 그들의 호시절에 먹구름이 드리운 것을 표정에 있는 어두움으로 단박 짐작을 할 수 있었다.

없는 놈이 장사를 시작하모 가리(가루) 파는 날 바람 불고 소금 파는 날 비 온다던마 겨우사 나도 한판 시작해 보자한께 이놈으 오가리 장사가 됐시니…. 땅이 그럴사한 게 있어서 둘이서 시작을 했는데, 사람을 너무 믿었던 게 내 실순기라요.

곧 죽을 만큼 갑갑하지는 않다는 여유를 보이기 위해 불끈거리는 성대 밖에 보이는 것 없는 야윈 목을 횃장닭처럼 길게 뽑고 명구는 과장스럽게 웃었다. 결국 돈 얼마를 빌려 달라는 말이었는데, 내게는 엄청 큰 액수였다. 그러나 내가 할 수 있는 이야기는 너무나 평범했다.

애야, 너무 미안하다.

대학부터 중 고등학교까지 늘어서 있는 세 아이들이 아침마다 손을 벌리는 통에 어디든 도망을 가 버리고 싶은 아침의 풍경을 어떻게 내 입으로 말하나. 수입이 시원찮은 말단 공무원의 아내라는 게 그처럼 부끄럽게 느껴진 적이 또 있었던 것 같지 않았다.

그렇지요.

명구는 의외로 선선하게 시인을 했다. 크게 기대하지 않았다는 말은 그러나 부담을 덜었다는 홀가분함보다 더한 수치심이 되어 얼굴을 간질렀다.

명구가 떠나고 난 뒤에야 나는 아차, 했다. 명구가 정작 내게 기대를 하고 온 것은 내 생활의 저축금이 아니라, 힘내라 너는 능력도 있고 성실하니 어떻게 바른 길이 나서겠지, 등이거나 맨드라미 흐드러지게 피어 있던 장독대 옆에서 우리가 유년시절에 심어 놓았던 정의 뿌리를 보약 마시듯이 접해보고 싶었던지도 몰랐다. 함에도, 나는 그의 심연에서 아직도 꼬물거리고 있을 그리움의 싹을 무시해 버리고 현실 위에서만 모면할 구실을 찾고 있었던 것이었다.

하지만 나는 또 불안했다. 감감 무소식이던 사람이 이렇게 불쑥 찾아온 데는 필히 무슨 이유가 있을 것임이었다.

씻고 온 명구의 모습은 처음보다 훨씬 윤기있고 부해 보였다. 항상 오소소하게 소름이 돋아 있어 닭살이라 놀리던 그의 추워 보이는 긴 목을 기억하지 못한다면 남편으로부터 집수리를 부탁 받고 견적을 뽑으러온 여느 업자로 여길 수도 있게 풍채가 제법 돋보이기도 했다.

저 그림 누님이 그리던 건가 봐?.

물에 젖은 머리에다 마른 수건질을 하며 펼쳐져 있는 화구를 보고 알은 체를 했다. 명구는 그림이 그려질 종이 옆에 있는 글귀를 장난 삼아 읽어본다.

민들레꽃이 피면 산에 들에 봄이 온다.

봄이 오면 사람들이 벗는 것은

껴입은 옷만이 아니다.

녹슬어 앙다물린 마음의 빗장도 연다.

……

나는 그때 민들레를 그리고 있었다. 시화전을 여는 동갑내기 여류 시인의 주제는 언제나 들꽃이었다. 일요회원들이 하나씩 그림으로 부동을 하기로 했는데 나는 한때 '촌년뺀'이라는 유행을 만들었던 그 노란 꽃을 그려 넣는 작업을 맡았다.

누님은 참 그래도 자형을 잘 만났어. 뭣한 남자들 같으면 어디 저런 걸 합네하고 여자들이 번질번질 펴놓겠어.

애도, 요즘은 안그래, 취미 생활 활발하게 하는 여자들이 얼마나 많은데.

말하다 보니 문득 코끝이 아렸다. 명구의 표현대로 나의 뿌리는 아직도 여자들에게는 더욱 척박하기만한 그 조그만 마을의 음습한 뜨락에 있었다. 아무래도 가늠되지 않는 명구의 출현에 대한 의혹에서 자맥질하며 펼쳐져 있는 화구를 건성 옆으로 밀었다.

오늘이 종중 벌초날 아인교.

감춘 것은 숨겨도 드러날 수 밖에 없나 보다. 시원하게 꿀물 그릇을 비우고 난 명구는 나를 향해 놀리듯이 싱긋 웃는다. 나는 천상 쥐띠였다. 의혹은 그래서 더욱 증폭되었다. 종중에 벌초가 있으면 분명히 친동생인 명수와 명도도 왔을 것인데, 왜 이 친구만인가. 그러자 몇 년 전 맛보았던 그 곤혹스러움이 또 다시 상기되었다. 직장 신용조합에 대출금이 있고 농협의 마이너스 통장도 반이나 줄어 있는 것을 어떻게 설명해야 하나. 누님도 엄살 떨지 마시오. 명구는 그렇게 말할지도 모른다. 빚져 가면서 돈도 안되는 그림은 무슨 그림, 하고 속으로 비웃을지도 모른다. 그렇지만 실상 나는 오늘도 시장을 가지 않을 핑계로 그림을 붙들고 앉았다.

모두들 지칫거리고 있는데 누님한테 볼일이 있어서 나만 먼저 왔거만. 실은 다른 게 아니라.

제발. 나는 숫제 호흡을 모았다. 전과 같은 용건으로 고통을 받기는 싫다. 식물원에서 본 그 어이없이 매끄럽고 단단하던 나무의 화석을 떠올렸다. 그 순간의 긴장된 내 얼굴이 꼭 그럴 것 같아 화선지의 펄렁거림을 막기 위해 꺼 놓았던 선풍기를 명구 쪽으로 일부러 돌려놓고 틀었다. 그는 내 속에서 먹구름처럼 커지는 경계심을 눈치챈 것일까. 아주 단호함이 내비치는 자세로 허리를 먼저 곧추세우고 앉음새를 고쳤다.

엄마 주소 좀 알려고.

아, 이 무슨 뚱딴지란 말인가. 풀린 긴장과 함께 터져나오는 한숨을 막지 못했다. 아아, 저 아이는 끝내 만회하지를 못했구나. 사업실패로 폐인이 된 여러 사람들을 떠올리며 나는 명구의 눈을 유심히 살폈다. 표 안나게 약간 뒤로 물러앉기도 했다. 안좋아도 어디가 몹시 안 좋아진 모양이구나. 겉이 멀쩡하니 신경계의 이상을 어림해 볼 딱 맞는 정황의 연속이었다. 엄마라니. 그는 분명 엄마라고 했다.

그는 천연스럽게 앉아서 내 대답을 기다린다. 엄마라니. 정말 엄마라고 했느냐 물어보아야 했지만 단어를 입에 올리기가 두려웠다. 그의 엄마는 그가 다섯 살 때 폐병으로 죽었다. 시도 때도 없이 피를 토하던 명구의 엄마는 갓 돌 지난 둘째 아들을 두고 병 나아서 돌아오마, 남아 있는 사람들에게 약속하고는 찬물도를 믿으러 갔다. 진심으로 받들어 믿으면 찬물만 마시고도 병이 낫는다는 종교의 영험스러움을 의지하고서였다. 그러나 일년도 안되어서 집으로 돌아온 명구의 엄마는 아주 작은 사각상자에 담겨 있었다. 흰보자기에 싸인 믿을 수 없이 변한 명구 엄마의 앞에는 두 돌바기 어린애인 명구 동생을 안은 큰아버지가 목을 뽑고 앉아 있었다. 객사한 영구는 집에 들이지 않는 풍습대로 사랑채 앞 언덕에 멍석을 깔고 놓았다. 그때 여섯 살이 된 명구는 병풍을 쳤지만 다 가려지지 못한 제 엄마의 유골함을 신기한 구경거리나 되는 양 흘금거리며 제게 몰리는 사람들의 연민을 사랑으로 착각해서 깨금발로 꽁닥꽁닥 까불고 있었다. 저런 철부지들을 두고…. 사람들은 눈시울을 더욱 붉혔다.

참 누님도, 지금 무슨 생각을 하는지 알겠네. 내가 설마 뼈도 삭고 없을 내 낳은 엄마 소식을 물을까 봐, 현자 엄마 말이오, 현자 엄마.

그렇다면 말은 된다. 현자 엄마는 명구의 집에 들어와서 십 년이 넘게 그들의 수발을 들었다. 그렇지만 그렇게 탐탁잖기는 마찬가지였다. 현자 엄마는 명구의 아버지가 병으로 세상을 떠나자 삼 년도 되지 않아서 개가를 했다. 나이나 젊었으면 몰라, 육십이 다된 늙은이였다.

누님 친구의 이웃에 산다던만?

내 친구 이웃에 사는 게 아니라 친구 이웃 사람의 시어머니가 되어 그 사람들 고향집에서 산다는 소릴 들었어. 그런데 지금은 거기서도 떠났다던데. 그렇다면 현자한테 직접 물어 보지. 너네 외갓집 일보고 있다며?

작년까지는 그랬지.

그럼 걔도 어디로 가 버렸단 말야?.

나는 아지랑이처럼 눈앞이 아물거리는 어지럼증을 느꼈다. 갑자기 재채기가 나고 콧물이 주르르 흘렀다. 봄에 앓던 비염이 또 도지는 것 같았다. 저 창밖을 보십시오. 눈처럼 날아다니는 것들 보이시죠?. 저게 원인입니다. 되도록 마스크를 하시고 바깥출입을 삼가시는 게 좋습니다. 저들도 섭리대로 움직이는 생명의 활동인데 체질이 과민한 사람들에겐 참 골치 아픈 현상이죠. 의사는 만물이 생동하는 계절이어서 봄을 참 좋아한다고 했다. 그러나 나는 남들처럼 마음놓고 나들이 한 번을 제대로 할 수 없었다.

그럼 현자랑 같이 살까? 어디서.

현자?.

그래 죄엄마 만난다고 여기 왔었다, 지난 해. 그렇지만 헛걸음만 했어.

에이 누님도, 그 모녀간을 몰라서 그래요?.

그렇지만 핏줄의 끌림이란 그렇지 않은 거야. 죄엄마 찾으러 왔다고 분명히 그러더라니까.

나는 완벽한 알리바이를 제시해야 할 의무라도 있는 것처럼 그날의 기억을 자세하게 떠올렸다. 그리고 나는 책장에 꽂아 놓았던 연극 팜프렛을 찾아냈다. 신의 아그네스. 젊었을 시절에는 어린 아이를 키운다는 핑계로 지나칠 수도 있었지만 16년만의 재공연을 그것도 이 고장의 예술회관에서 한다는데 절호의 기회였다. 공연

광고와 예매처가 떴다. 그러나 늘 못본 듯이 외면을 했다. 나를 달
랬다. 너는 특히 연극을 좋아하거나 거기 출연하는 배우의 열성 팬
도 아니잖니. 입장료 삼만 원이면 며칠간의 찬거리를 살 수가 있고
아이들 용돈을 나눠 줄 수도 있어. 그렇지만 나는 머릿속에다 늘
신의 아그네스를 띄우고 지냈다. 남편과 앞서거니 뒤서거니 공연
장으로 들어가고 싶었다. 이 나이쯤은 그런 여유를 누리고 살아야
하는 것이 당연하지 않은가. 그런데 나는 선뜻 내 마음대로 표를
예매하지 못했다. 한 푼 벌어 보태지도 못하면서 입맛대로 가려먹
는 호사는 남편 보기에 너무 염치가 없었던 것이다.

그런데 직장 동료들과 등산을 가려던 남편이 도시락을 챙기다
말고 무언가를 내밀었다.

표를 살려니까 매진이라나. 현장에서 구입하면 된대.

3시. 6시. 공연 시간이 적힌 쪽지와 새파란 지폐 두 장.

어머 당신 눈치채고 있었어요?.

말은 안해도 남편은 내 마음을 읽고 있었다. 이것이 오래 같이
산 가족의 이심전심이라는 거구나, 감격하면서 전에 없이 차 타는
곳까지 그를 배웅했다.

예술의 향기를 취할 줄 아는 고상한 취미를 가진 사람들은 너무
많았다. 두 줄로 늘어선 긴 행렬을 비집고 매표소로 가니 2층, 2만
원은 벌써 매진되고 빨간 가위표가 얹혀 있었다. 시장으로 둘러 갈
요량으로 넣어 왔던 여분의 만 원을 보태야만 안으로 들어가는 길
이 허락될 것이었다. 나는 잠시 망설였다. 내가 꼭 이 연극을 안보
면 안 되는 이유는 무엇일까. 그런 게 있을 리는 없었다. 정서함양
이라는 아름다운 이름을 빙자하여 지적 허영심을 채우려는 것일
따름이다. 나는 마음이 변하기 전에 매표구에다 과감히 삼만 원을
밀어 넣었다. 허영이든 사치든 나도 나를 한 번 위해 보자. 할 수

있는 일도 안해 놓고 그 피해의식에 눌려 가족들에게 짜증을 부리는 것도 못난 짓이다.

공연장 문 앞에서 팜프렛을 팔고 있었다. 연기자의 프로필도 있고 작품의 줄거리나 이해를 도울 수 있는 내용들이 적혀 있다. 만약 2만 원 짜리 표를 살 수 있었다 해도 나는 저것을 샀을까. 아마 사지 않았을지도 모른다. 전에도 사기는 했지만 옆 사람 것을 빌려 보아도 됐고 한 번 보고 나면 그만이었다. 그런데도 팜프렛에 대한 미련이 질기게 발길을 끌어당겼다.

알코올 중독자인 방탕한 어머니 밑에서 열 일곱 살까지 기형적인 과잉보호를 받으며 살다가 수녀가 된 스물 한 살의 아그네스. 그녀는 아이를 낳아서 탯줄로 목을 감아 죽인다. 여동생이 수녀원에서 죽은 이후 신에 대한 믿음을 잃어버린 닥터 리빙스턴, 그리고 신의 기적을 그리워하는 원장수녀. 아그네스의 법정 정신과 의사인 리빙스턴의 과학적인 분석과 신앙에 관련된 믿음과 기적을 주장하는 미리암 원장수녀와의 대립. 그 과정에서 팽팽하게 주고받는 수준급 연기자들의 농염한 연기력은 관객들을 충분히 매료시켰다. 우리는 얼마나 기적을 원하고 있는가. 내레이션을 겸한 배우의 독백은 삭막한 이 세상 사람들에게 정녕 필요한 것이 무엇인가를 여운으로 제시했다.

밖에는 겨울 바람 같은 봄바람이 몰아치고 있었다. 오늘이 춘분인데. 하기사 삼월의 꽃샘바람 속에는 순결하게 피어오른 백목련을 처참하게 얼려 버리는 잔인함이 있다. 그러나 옷깃을 여며야 함에도 불구하고 마음은 내내 훈훈했다. 옆구리에 낀 지갑 옆에는 팜프렛이 같이 끼여 있었다. 돈이 있었다면 내지 못했을 용기로 소유하게 된 물건이었다. 주위에 사람이 없는 틈을 이용해서 매대로 접근한 나는 솔직하게 사정 이야기를 했다. 표 살 돈 이만 원과 팜프렛 살 돈을 여분으로 가지고 왔었는데 이만 원짜리가 매진되어 특석을 사느라고 돈을 다 썼어요. 내가 한 약간의 거짓말에 속아넘어간 아가씨가 웃으면서 팜프렛을 건네주었다. 공연을 유치한 사람들이니 훗발을 봐서 보인 선심일 수도 있었지만 나는 이것도 인간의 정이 통한 기적은 아닐까, 라는 즐거운 마음으로 추위 타지 않고 바람 속을 걸을 수 있었다.

그 흐뭇한 마음 끝에 현자 그녀가 서 있었다. 엄마, 이모라는 분이 오셨어요. 문을 열어주는 딸아이의 뒤에 웬 낯선 얼굴이 보였던 것이다.

나 현자야, 언니.

나는 내가 간직하고 있는 가련하고 선량해 보였던 현자의 옛 모습과 연결시켜 보려고 했다. 그러나 크기가 맞지 않는 신발처럼 너무 어색했다. 기름기 없이 푸슬거리는 긴 머리는 저 황막한 사막을 건너온 지친 사자의 갈기처럼 거칠게 쭈뼛거리고 있다. 옆에 놓았던 숄더백을 습관처럼 거머쥐며 일어서는 현자는 청바지 차림이었다. 수수깡 같던 긴 다리의 피멍이 어제 일로 선연하게 보이는 듯했다.

언니 많이 보고 싶었어요.

제 엄마와의 인연을 관련시킨다면 우리는 이제 아무 관계도 아닌 남남이었다. 이미 정리해 버린 정감은 선뜻 피어나지 않았다. 머뭇거리고 있는 내게로 다가와서 어깨를 먼저 감아 안은 것은 그녀였다.

언니, 내 다리에다 약 발라 주고 짚동 사이에 숨어 있으면 먹을 것 가져다주던 모습이 더 새록새록 생각나는 거 있지.

현자는 식어 있는 내 가슴에다 모닥불을 지피고 싶어했다. 깊어진 망각의 강에다 섶다리라도 놓고 싶은 안타까움이 절절해 보였다. 그녀는 의자에 앉으면서도 선머슴같이 변한 목소리로 연신 말을 이었다.

저 그림 언니가 그렸다며? 부모 복이 반복이라더니 그 말이 맞아.

파랗게 언 현자를 위하여 생강차에다 꿀을 넣어 젓다 말고 나는 픽 실소를 머금었다. 부모 복이라고?. 하긴 저 애의 기준으로는 구존한 부모 밑에서 성장했다는 것만도 대복 축에 끼일 것이었다. 저게 무슨 꽃인가?. 감싸쥔 찻잔을 코밑에다 댄 채 그녀는 꿈꾸듯 가늘게 뜬 눈으로 건너편 벽의 액자를 바라보았다. 작년 봄 회원전에 냈던 백운사의 만발한 단풍이었다. 화가가 되기로는 어른들의 인식이나 경제가 턱없이 부족했던 어린 시절을 생각하면 가난의 독소 앞에 무엇이 부스러지며 무엇이 견뎌나는가, 그 잉걸불같이 붉은 색소 속에는 사뭇 복잡한 상념이 응축되어 있었다. 내 힘으로 마친 고등학교의 졸업장이 남편을 만나게 해준 다리였지만 현자의 표정에는 노골적인 부러움이 드러나 있다.

현자의 방문은 너무나 뜻밖이었고 단절되었던 인연의 길이를 냉큼 이어 줄 아무런 매개가 없다. 그러나 그녀가 나를 잊지 않고 찾아 주었다는 것에 대한 고마움은 표시해야 하리라. 아랫사람에게 품고 있는 정을 표시하는 방법은 이름을 불러 주는 것이 으뜸이라는 것을 알면서도 나는 이름을 부르지 못했다. 현자라고 자신이 불려지는 순간 벌컥 화를 내지는 않을까 자꾸 멈칫거려졌다. 숙자야. 그건 또 어떨까. 되찾아서 많이 불려지고 싶을지도 모른다. 그렇지만 실제로 입에 오르지를 않는다. 지금은 그녀를 위해서 아예 잊어버린 듯이 묻어놓아야 할 적출된 환부일지도 모른다.

나는 현자에게 어떻게 살았냐는 상식적인 안부도 묻기가 망설여졌다. 생모의 구박을 받으며 겨우 초등학교를 졸업하자 남의 집 아이보기로 집을 떠나갔던 아이. 성질 고약한 팥쥐어미도 제 자식을 사랑하기 위해 천하의 악녀가 되었거늘 내가 큰어머니로 불렀던 현자의 엄마는 이해할 수 없던 어미였다. 어디를 어떻게 떠돌다 그렇게 되었는지, 십여 년 후에 전해진 소문으로 서울로 간 현자는 나이 많은 청과 중개인의 화첩이 되어 있었다. 행인지 불행인지 아이는 생기지 않았다. 중독적으로 마시는 술과 줄담배가 자궁을 망쳐 버렸던 것은 아닐지. 게다가 당뇨까지. 그러나 아비처럼 잘 해주던 중개인의 늙은 품에서나마 지친 영혼을 치유받을 수 있었던 보금자리는 본부인의 습격으로 산산조각이 나고 말았다. 앞니까지 빠지는 중상을 입고 입원해 있던 그녀는 겨우 몸을 추스르자 명구네 외삼촌을 찾아가서 식당일을 거들며 지냈다. 종업원이야 일 잘하면 그만이다. 그렇지만 그녀는 사장 내외를 어릴 때의 습관대로 외삼촌이나 외숙모로 불렀다. 이제는 아무 것도 아니니 거북한 호칭 삼가랄 수도 없는 기이한 인간관계가 호칭으로 연장되고 있었다. 그것은 의지가지 없는 그녀가 생모에게서 받은 유일한 혜택이었다. 명구의 외조모가 살아 있을 때 현자의 어머니는 뻔질나게 찾아다니며 며느리나 친딸도 얼굴 찌푸리는 중풍환자의 수발을 마다하지 않고 들었다. 어머니 어렵다 생각 마시고 뭐든지 시키세요, 하니 죽은 내 딸이 살아와도 저렇게는 못할 것이다, 늙은이는 움딸의 손을 어루만지며 감동의 눈물을 펑펑 쏟았던 것이다.

언니. 나 많이 늙었지?.

늙은 게 너 만이냐.

아냐, 겉 모습만 조금 달라졌지 언니의 눈빛은 지금도 여전해.

천만에 나도 다 삭았어. 나이가 몇이냐.

아니야. 겨울에…, 눈이 많이 왔잖아. 발목까지 빠지는 눈길을 헤쳐서 내가 처음 왔을 때, 날 아랫목에다 앉혀 주고 이불을 덮어

주었지. 언니가.

　어느 결에 아득해진 그녀의 목소리에 먼 봇도랑의 물소리 같은 쓸쓸함이 실렸다. 개가한 어머니를 찾아왔던 아홉 살 계집아이의 낡은 추억장 속에 박혀 있는 나. 시골에서는 흔치 않은 검정 비로도 치마 저고리를 입은 계집아이한테서는 양귀비꽃 같은 향기도 났다. 조그만 옷보퉁이 한 개와 방학 숙제를 하던 이학년 짜리 교과서와 학용품들. 나는 왠지 나보다 나은 차림에도 불구하고 그 애가 몹시 측은했다. 달랑 연필 한 자루가 들어 있는 필통 속에다 연필 몇 자루를 깎아 넣어 주었고 내가 쓰던 크레용도 주었다. 어린 현자를 데리고 왔던, 밀가루를 뒤집어 쓴듯 하얗게 분을 바른 늙은 여자가 제 자식에 대한 생모의 학대를 씨뿌려 놓고 갔을까. 딸 데리고 들어왔으니 제 새끼 끼고 들어앉아 전실 자식들 찬밥신세 만들면 어쩔까, 대소가의 예상은 너무 빗나갔다.

　봄이 되자 현자는 새로운 땅에서 다시 태어났다. 웬일인지 삼학년으로 진급을 하지 않고 일 학년에 재입학을 했고 의붓아비인 큰아버지의 호적에 입적되면서 안숙자라는 이름도 김현자로 고쳐졌다. 사촌언니 중에 이미 숙자가 있었던 것이다. 그 일이 있고 나자 현자는 한동안 벙어리처럼 말수가 줄었고 사람들과 마주치기를 꺼렸다. 엄격히 따지만 현자도 숙자도 아닌데 누가 제 이름을 부를까 겁부터 냈다. 어디서 살았었니?. 광양 이모집. 그녀는 작은 소리로 대답했다. 그리곤 고향에 대한 얘기나 광양 이모집 이야기 따위는 일체 입에 올리는 법이 없었다. 애 어른처럼 그 곳에 가고 싶어하는 기색 한 번도 밖으로 나타내지 않았다.

　엄마가 날 때릴 때 울면서 막아주던 것도 언니였지.

　그래 다른 건 다 잊었는데 지금도 변두리 동네를 지날 때면 문득 문득 그 때 생각이 떠올려지곤 했어. 여자들의 악에 받친 고함소리, 날아오는 몽둥이나 물바가지 세례를 피해 도망치는 아이들.

나도 그래, 엄마를 이해할 수 없어야 하는 건데, 우리 모녀는 왜 이런 팔자를 타고 났을까 싶고 엄마가 막 불쌍하고 보고 싶고.

핏줄이란 그래서 떨어져 있어도 환지통을 앓는 것이다. 자신이 지쳐서 주저앉을 때까지 매질하고 할퀴던 악마의 화신같은 어미였지만 그래도 그녀의 마음속에서 그리움은 촉을 틔운 것이다. 추억이랍시고 아무 이야기나 끌어내서 가슴에 깊이 묻힌 상처를 덧나게 해서는 안됐다. 엄마를 이해한다니. 이해란 완벽한 체험의 산물이다. 비록 남남이 되었지만 이 아이를 어떻게 더 울리나. 나는 되도록 그녀가 떠올려서 늘어놓는 이야기들을 대수롭잖은 것들이라서 기억하지 못하는 것처럼 무심하게 대꾸했다. 많은 부분을 생략하려니 흐름이 뚝뚝 끊어졌다.

학잣골에 그대로 계셨으면 좋았을걸.

내 아쉬운 푸념을 현자는 아무 말도 없이 듣고 있었다. 제 살길 찾아 떠난 전실 자식들의 무엇을 믿고 거기 있으란 말이냐고 속으로 빈정거릴지 몰랐다. 당시의 상황으로서는 틀리지 않는 말이었다. 딸들은 시집가고 명구네 형제까지 객지로 나갔다. 마른 서까래가 쩍쩍, 괴이쩍은 소리로 우는 휑뎅그런 고가에서 외로움과 무서움을 견디며 버텨내야 할 아무런 근거가 없었다. 그렇지만 집안 어른들은 현자 엄마의 노후를 거두지 않으면 벌받으리라 내심으로 자리를 마련하고 있었다. 현자의 어머니는 암에 걸린 큰아버지가 살아 계실 때 종기에서 흘러내리는 피고름을 입으로 빨아내었다. 의학상식으로 전무한 기이한 치료방법이었다. 토악질을 하면서도 멈추지 않던 그 원시적이고 극진한 간호 장면을 아무리 냉정한 타인들인들 보았다면 어찌 잊어버릴 수 있으랴.

현자가 언 몸을 녹인 후 그녀와 나는 현자 어머니의 며느리 친구를 찾아갔다. 그러나 현자의 어머니는 이미 거기의 시어머니로 정착해 있지 않은 지 오래였다. 논 얼마를 등기해 주마 약속 받고 들어갔었는데 감기몸살처럼 실없이 앓다 영감이 저 세상으로 가자, 지니고 있던 현금 얼마만을 지니고 슬그머니 자취를 감추었다는 것이었다.

내 뿌리는 어디에 있는지 물어 보고 싶었는데….

망연한 눈길로 먼 하늘가의 흰 구름을 쫓고 있던 현자가 허탈한 음성으로 내뱉았다. 겨울 수숫대마냥 메말라 보이는 그의 몸에서 마른 풀 냄새가 전해 왔다.

어디로 갈 거냐고 묻지 못했다. 후일을 기약하고, 소식을 듣고 전할 아무런 끈이 없는 사이였다. 그 후, 닷새장날에 우연히 만난 고향 사람으로부터 괴이한 소리를 들었다. 현자 엄마가 어느 눈오는 겨울 날 큰아버지의 산소에 와서 잔 부어 놓고 앉아 있는 것을 보았다던 거였다.

나이를 먹고 보니, 그 어머니한테 부끄럽고 걸리는 게 많아.

아직 미완인데, 볼 줄 아는 것처럼 요모조모 그림을 살펴보면서 명구는 무슨 말이든 단절 없이 이어 붙이려고 애썼다.

자기가 모자라서 그렇지. 그 헤프고 조신스럽지 못한 행신으로 집안 망신은 또 얼마나 시켰니.

그게 아니고 누님, 내가 엄마라고 부르는 게 귀에 걸리나?.

필요없는 짓을 한다는 책망으로 들렸던 모양이었다. 나는 대답을 회피했다. 새삼스럽게 그 너절한 끄나풀을 이으려는 발상 자체가 참 억지스럽게 여겨졌다.

사실, 나 오늘 이거 가지고 왔었수.

명구는 현관 옆에 던져 두었던 가방을 끌어다가 속을 끌어내기 시작했다. 풀물이 퍼렇게 든 면장갑과 선그라스, 카메라, 땀 젖은 수건과 티셔츠를 들어내고 금은방에서 사용하는 노란 색 주머니가 집혀지자 의자 끝으로 나앉았다.

한 번 보시우.

뭐냐 이게?

그렇게 반문하는 동안 가슴 속 깊은 곳에서 어떤 떨림이 만들어졌다. 만져지는 사각의 작은 케이스, 거기 들어 있을 물건, 현자 엄마, 부끄럽다는 명구의 말.

현자 엄마는 학잣골 종부라는 신분보다 쑥대머리라는 별명으로 더 많이 알려져 있었다. 한 잔 거나하게 취한 그녀에게 '쑥대머리' 한 번 들려 달라고 하면 사양도 없이 늘어놓던 청승스럽던 가락.

쑥대머리 귀신형용 적막옥방 찬 자리에 생각난 것이 임 뿐이라. 보고지고 보고지고 한양 낭군을 보고지고 오리정 정별 후에 일상 서를 내 못봤으니….

현자 엄마가 얼마나 많은 판소리를 알고 있는지 그것을 익히게 된 어떤 경로에 대해서는 아무도 몰랐다. 다른 것도 들려 달라고 취한 김에 재청 삼청을 하면 꽁무니를 빼 버리곤 했던 것이다.

그 여자 현자 엄마가 큰집으로 들어온 것은 가을 저녁의 어둠 발이 내릴 무렵이었다. 저런 여자가 없는 살림 살면서 붙어 있겠나. 큰숙모와 어머니가 부엌문으로 그녀를 엿보며 수군거렸다. 이방인 냄새가 확 풍기게 말씨조차 어긋졌다. 명색 시집오는 날이니 치장을 한 것일 터이나 쏙 뽑은 자주색 비로도 치마저고리에 칼 같던 하얀 동정, 양볼이 도톰한 뽀얀 얼굴에 유난히 도드라져 보이는 붉은 입술 연지가 초등학교 육학년이던 내 눈에도 몹시 도발적인 인상을 주었다. 그러나 무엇보다 압권인 것은 양초처럼 기름한 하얀 손가락에 껴 있는 놋요강처럼 무지하게 커 보이던 한 쌍의 황금반지였다.

어머니들의 예감은 적중하기 시작했다. 살림살이에 대해서 그녀가 잘 하는 것이 있다면 형편도 무시한 화려한 요리로 큰아버지의 밥상을 차리는 것 뿐이었다. 농사철이 되었는지 봉제사를 어떻게 받들어야 하는지 따위는 도통 젬병이었다. 한 번은 제사 음식을 장만하러 갔던 어머니가 어이없어 하며 아버지께 일렀다. 사람 들어오면 짐 좀 덜려나 했더니 참 큰일이네요. 산적 꼬지 하고 육편 할라고 사다 놓은 쇠고기 볶아서 서방님 밥상에 올려놓고 같이 술 먹고 있대요. 아주버님도 참말로 왜 그리 무량하실꼬.

고개를 숙인 채 듣고 있던 아버지는 쓴 입맛을 쭉쭉 다셨다. 사별한 두 형수의 올망졸망한 자식들을 비롯하여 왔다가 일년을 못살고 가 버리는 여러 여자들 탓에 외기러기처럼 홀로 기죽어 산 형님인데 그에게도 웃는 날이 있기를 바라던 바였다. 그러나 새 사람이 들어와서 감 잡고 살면 나아지겠지 했던 계산은 착오였다. 너무 깊이 멍들었던 큰아버지의 흐리멍덩한 증세는 갈래 잡은 현실로 헤쳐나오지 못했다. 집사 노릇을 겸하고 있던 아버지는 새 형수가 된 현자 엄마에게 이미 이 집은 어떤 어떤 집이니 안주인은 어떠어떠해야 한다고 친절하게 설명했었다. 대소가내에 흠 잡히지 않도록 나름대로는 북돋우고 대접을 했다. 하지만 그녀에게 못고칠 병은 그것 뿐 아니었다. 누구에게나 친절하고 붙임성이 좋은 반면 말을 참지 못하는 버릇이 있었다. 이 사람에게 들은 말을 저 사람에게 옮길 때는 반드시 각색하고 기분대로 부풀렸다. 다시 입밖으로 나돌면 안되는 말인데도 또 듣고 싶으면 현자 엄마를 꾀이면 됐다. 분위기에 녹고 말장난에 넘어가면 머리 꼬리가 엉뚱하게 만들어져 있는 것도 예사였다.

나와 직접적으로 관련된 일도 한 번 있었다. 내가 미술학교에 진학하고 싶어 열병을 앓자 부모는 형편이 안된다고 딱 잡아뗐다. 계집애는 소홀하게 대접하는 고약한 가풍이 있었고 밑으로 사내 동생이 넷이나 됐다. 뒤꼍에서 울고 있는 내 모습이 불쌍해 보였는지 살금살금 다가온 현자엄마가 귓속말을 했다. 너 아버지가 안말 정씨 집에 장리나락 준 거 있다. 졸라 봐라. 가여운 것, 재주가 아까워서 어쩔꼬. 그만 어른들 좋아하는 고추나 하나 달고 나왔음 선착순으로 다 네 차지 아니가. 나는 귀를 바짝 세웠다. 새끼치고 새끼치는 볏섬이 더 많을지도 몰랐다. 나는 딸자식은 자식 아니냐고 가문에 없던 항거를 했다.

터무니없이 부풀려진 소문의 진상을 가리기 위해 너 오너라, 너도 오너라, 불려 다니는 일이 잦아지자 동네 사람들은 창피해서 못 살겠다고 비명을 질렀다. 종부는 큰아버지 한 사람의 아낙이 아닐 수도 있었다. 집안 사람들 이간질이나 시키는 사람에게 언제까지나 관대함을 베풀 수는 없었다. 모여 있는 종중 사람들의 분위기에서 위기를 느낀 현자 엄마는 큰아버지에게 매달려 엉엉 울었다. 가란 소리만 하면 좋다구나 떠날 줄 알았으나 전혀 뜻밖이었다. 용기를 얻은 큰아버지도 이 사람 없이는 나 못산다, 깎이는 체신을 무릅쓰고 고백을 했다. 한번만 더 용서하는 쪽으로 몇 번의 축출은 막아졌다. 그러나 정작 인심이 베풀어진 것은 어제 한 다짐도 저버리고 또 저지르는 행망쩍음이 사실은 악감정 없는 푼수기 때문이라는 것을 아는 사람은 알고 있었기 때문이었다.

큰아버지는 체격이 당당하고 인물이 준수했다. 옛날 같으면 참새 세 마리가 굶어 죽어야 끼니를 거른다는, 대소가의 비호를 한 몸에 받을 종손이었다. 게다가 빛나는 기지도 있었다. 동경유학 시절에 있었던 일화는 유명했다. 고향친구와 오랜만에 만나자 서로의 주머니만 믿고 술을 마셨는데 막상 아무에게도 돈이 없는 것을 알았다. 하마터면 타국에서 경을 칠 판국이었다. 큰아버지는 싱글 싱글 웃는 태연한 얼굴로 주인을 찾았다. 서로 술값을 내겠다 싸우다가 좋은 안을 냈는데 주인장이 좀 도와주어야겠소. 둘이 요 앞 골목까지 달리기를 해서 먼저 돌아오는 사람이 술값을 내기로 합의를 봤으니 심판을 좀 봐주시오. 영문 모르는 주인은 쾌히 승낙했고 주인의 수신호에 따라 두 사람은 멀리 멀리 줄행랑을 놓았다.

거듭되는 상배와 가난은 한 자리해도 크게 할 것으로 기대되던 큰아버지의 기질을 가을 담벼락의 능구렁이처럼 느리고 게으르게 뒤틀어 놓았다. 일년도 못살고 보따리 싼 여자가 몇이나 되는 가난 속에서 현자 엄마가 끈질기게 살아낸 이유는 미스터리였다. 아우, 아우, 소리 지르고 난 아침 현자 엄마의 얼굴에 복사꽃처럼 피어나던 홍조. 서로의 아픔을 쓸어주고 위무받는 두 사람만의 비밀스러운 통로는 어디에 있었던 것일까.

누님은 사잣밥이 얼마나 기막히게 맛있는지 모르지?.

뜬금없는 명구의 물음에 나는 과장되게 큰 주름을 눈썹 사이에다 그렸다.

애, 그걸 사람이 어떻게 먹냐. 사잣밥은 죽은 사람 데리고 간다는 저승사자가 먹는 거 아냐. 사람 죽은 집 문 앞에 짚신하고 같이 놓여 있는 거.

명구는 내 반응이 민망스러운 듯 한참동안 천장에다 눈길을 박고 있었다. 그리곤 거기 있는 누구에게 말하듯 목 메인 소리를 했다.,

한 번은 양식 팔러 장에 갔다 온 엄마가 빈 자루를 마루에다 휙 집어던지는데, 그 안에 든 봉다리에서 그야말로 눈부신 하얀 쌀밥이 삐져 나오겠지. 우리는 그게 어떤 밥인지도 모르고, 얼마나 맛있던지 입이 찢어지게 마구 퍼 넣었는데….

언제 현자 엄마의 손에서 반지가 없어졌던가. 미처 타작을 못한 보리가 장마 비로 시퍼렇게 싹이 나고 뻘겋게 낱알이 썩어 갔던 그 여름은 아니었을까. 큰아버지가 기술도 없으면서 특용작물을 시작 했던 그 해의 실농 때문은 아니었을까. 갚을 능력 없었던 큰집의 누적된 빚더미를 알기 때문에 겉보리 한 됫박도 동네에서는 빌리 기가 어려웠다. 재 너머 장날이면 옷 감당도 힘든 야윈 허리를 끈 으로 질끈 동이고 나가 빈 자루에다 곡식을 채워다 놓고 흰자위가 드러난 희멀건 눈으로 거친 숨결을 고르던 현자 엄마. 영감이 돈 벌면 더 큰 걸로 해준다고 했어. 반지 흔적만 잘룩하게 남아있는 손가락을 만지며 천치같은 웃음을 짓던 그녀. 여자는 무엇으로 사 는 것일까. 좋은 옷도 맛있는 음식도 아니었다. 오직 친자식을 잘 기르겠다는 목표도 없었고 그 외의 어떤 꿈도 희망도 그녀는 내비 치지 않았다. 토박이 집안의 완고한 풍습에도 적응하지 못했기 때 문에 고생하는 쪽수만큼 찬사를 듣지도 못했다.

누님, 내 그 복쪼가리라고는 지지리도 없던 할마시한테 끼워 줄 라고 반지 해 왔소. 그 양반이 우리한테 뭐였는지…, 언뜻 언뜻 왜 그런 거 있지요, 똥 누고 밑 안 닦은 기분 같은 거.

내림이라고는 하지만 어느덧 새치가 귀밑머리를 물들이고 있는 장년의 사내. 명구는 눈에 어리는 물기를 감추지 않고 나를 바라보 았다.

현자 소식도 들리거든 나한테 좀 전해 주우. 사창가에 있다고 해 도 찾아내고 싶어. 우리 때문에 매도 많이 맞았는데…. 🌀

# 朔風

햇살이 퍼지면 좀 나아지겠지 했으나 바람결은 오히려 더 극성스럽게 갈기를 세우고 휘몰아 다녔다. 작은언니와 오빠들의 입에서 다음으로 미루자는 소리가 나올까 봐 나는 벌써부터 그들의 눈치가 보이기 시작했다. 모두들 바쁘다는 핑계로 미루다가 모처럼 뜻을 모은 길이었다.

나는 언니가 나타날 곳으로 다시 초조스러운 눈길을 보냈다. 언니는 오지 않을 것이다. 아니 언니는 올 것이다. 대답은 흔쾌히 하지 않았지만 언니는 꼭 올 것이다. 그녀는 남 듣기 좋으라고 대답을 시원하게 잘 하는 성질은 아니다. 대답보다 실천을 우선하는 것이 그녀의 기질인 것을 잘 안다. 그런데, 야 또 온다. 노란색 택시. 그렇다면 언니는 지금쯤 망설이다 말고 가방을 챙겨 내놓고 좌판을 덮는 중일 것이다. '이럴 줄 알아서 생물을 받는 게 아닌데, 괜히 고집을 부리다가 밑천 떠먹는 일없게' 냉장고에다 생선을 다시 집어넣느라 시간이 늦는지도 모른다. 이제 조금만, 조금만 더 기다리면 된다. 노란색, 노란색 택시 두 대만 더. 나는 딸애 영미가 평소 소원하는 일이 있을 때 그런다는 말대로 물방게처럼 달려오는 택시들 속에서 아이들처럼 노란색 택시를 찾기 위해 부릅뜬 두 눈에다 신경을 모았다. 행운의 노란색 택시야. 오너라, 오너라. 어서 어서.

〔야 안되겠다. 그만 가자. 누나가 택시 타고 올 거라고 택시는 그리 헤아리고 그러냐?〕

〔오빠 조금만 더…. 아, 온다 노란색 택시〕

아니다. 착각을 했어. 이제 동나버렸는지 노란색 택시는 영 올 것 같지 않게 뜸해졌다. 초조한 듯 담배를 피우고 있던 작은오빠와 눈길이 마주치지 않기 위해 일부러 시선을 다른 데로 돌렸다. 또 한 줄기 강한 바람이 땅거죽을 훑고 쓰레기 나부랭이를 매달고 날아오르며 타월로 살갗을 밀 듯 따끔하게 노출된 피부를 파고든다. 작은오빠가 그랬다. 손등이 터서 피가 찔찔 나는데 사정없이 뗏돌로 밀어봐라. 눈물이 찔끔찔끔 안나는가. 매운 날씨 때문에 장갑과 목도리 점검을 다시 하면서 모두들 한 마디씩 엄마와의 그 시절, 고역 중의 고역이던 목욕 이야기를 했다.

노란색 택시는 연거푸 두 대나 지나갔다. 그러나 끝내 큰언니는 약속된 장소에 나타나지 않았다. 차라리 엄마를 만나러 간다고 바로 말했으면 어땠을까. 언니를 끌어들이기 위해 양로원 방문을 간다고 잔꾀를 부린 것이 잘못된지도 몰라. 하긴 꼭 그렇지만도 않다. 아무래도 언니는 오지 않았을 것이다. 제 어미 아비는 제 새끼가 끼고 노는 강아지 새끼보다 더 못한 취급하면서 자가용 굴리고 양로원이네 고아원이네 폼잡고 다니는 치들 나는 구역질 나서 못 봐준다. 언니의 굳은 마음을 푼답시고 봉사활동 참여를 권했다가 핀잔을 듣는 쪽은 늘 나였다. 그래, 엄마를 보러 간다고 바로 말했거나 양로원 방문을 간다고 거짓말을 했거나 간에 언니를 우리의 의도대로 끌어들이는 일은 아직 언감생심이었다.

〔거 봐. 내가 뭐랬어〕

기다리다 지친 작은오빠의 손에서 타다 만 담배가 포물선을 그리며 추락했다. 저만큼 세워 놓은 차에서도 큰오빠 작은언니의 얼굴이 이쪽을 향해 초조한 기색을 보이고 있었다.

또 한 번 시계를 들여다본 작은오빠는 작달막한 키를 대뚱거리며 차가 있는 쪽으로 발길을 돌렸다. 기다릴 만큼 기다린 것이다. 나 역시 더 버티어 볼 구실이 없었다.

〔그만큼 인생살이를 겪었으면서…〕

〔그러니까 아직도 사는 게 그 모양으로 안 펴이는 거잖아〕

큰오빠와 작은언니가 각각 한 마디씩하며 큰언니의 불참을 기정사실화 시켰다.

〔그런 소리들 말아요. 나 역시 흔쾌한 기분으로 가는 건 아니니까〕

애만 조르지 않았다면. 그런 눈으로 조수석에 앉은 나를 흘깃 돌아보며 작은오빠가 끼어들었다. 누가 뭐래도 큰언니의 심정을 이해하겠다는 뜻이었다.

세모(歲暮)였다. 거리마다 이마에 닿은 성탄절의 들뜬 분위기가 무르익어 갔다. 불우이웃 돕기 양로원 방문, 고아원, 보육원 방문…. 짜여진 일정을 점검하다가 언니 오빠들에게 전화를 돌렸다. 생판 모르는 남에게도 선물을 들고 찾아가는데 그래도 한때는 우리들이 어머니라 불렀지 않은가. 취지는 간단했다. 마침 스케줄이 비어 있던 작은언니가 선뜻 응낙을 했다. 그래, 그 꼬장꼬장한 성미가 어디서 어떻게 사는지 궁금해. 서로 비슷한 호기심이 발동을 했다 해도 상관은 없다. 이유야 어떠하건 지금 우리는 길을 나섰고 앵돌아진 마음씨대로 끝내 동행을 포기하는 큰언니를 성토할 만큼 먹은 나이에 버금하는 이해심도 갖고 있는 편이다.

차는 시내를 빠져나가 달리기 시작했다. 큰언니의 불참에 따른 상념 때문에 서먹해져 있던 분위기가 조금씩 누그러지고 큰오빠와 작은언니, 작은오빠는 자신들의 사업 얘기, 아이들 공부, 남편이 속썩이는 일 등의 일상적인 대화를 나누었다. 남보다 크게 뛰어나지는 못해도 어디다 내놓아도 뒤처지지 않을, 저 세상으로 먼저 간 엄마가 머리맡에다 둘러 앉혀 놓고 눈을 못감은 어린아이들의 홀로 서기로는 자랑스런 성장이었다.

나는 창 밖으로 눈길을 던진 채 딴 생각을 하고 있었다. 지난 해 이맘 때 쯤의 일이었다. 큰언니와 나는 엄마에게로 가는 버스에 앉아 있었다.

〔애, 난 아무래도-〕

눈길을 마주치면 또 그럴 게 분명해 나는 아예 잠든 척 눈을 감고 있었다. 읍에서 갈아 탄 군내 버스는 삼십 여분이나 시골길을 달렸다. 언니에게 잡힌 손도 뽑아내지를 못했다. 동작을 취하며 눈을 뜨면 나는 또 언니에게 아양을 떨어야 할 것이었다. 생판 모르는 남의 노인들에게도 위문하고 봉사하는데, 미우나 고우나 한때는 우리가 엄마라고 불렀고 같이 살았잖수. 내 뜻이 간곡해서 언니가 설득 당했다고는 생각지 않았다. 언니도 이제 어느 덧 불혹의 중반을 넘어선 것이다. 가슴에 맺힌 응어리를 품고 살기도 지쳤을 나이였다. 언니도 짐 부릴 장소와 계기를 찾고 있었다 함이 옳을 것이다. 그런 건 아무래도 좋았다. 언니는 지금 내 곁에 앉아 있고 우리는 지금 삼십 년도 훨씬 이전에 우리와 같이 산 적이 있는 계모를 만나러 가고 있는 것이다.

나는 물론 초행은 아니었다. 이웃집 정옥이 외할머니로부터 우연히 엄마의 얘기를 듣고 찾아가서 확인한 후 혼자서 더러 방문을 했다. 처음 엄마를 만나고 와서 시장 어판장으로 제일 먼저 큰언니를 찾아갔다.

〔제일 먼저 언니를 물었어. 언니가 갈치조림을 잘 먹던 것도 잊지 않고 또렷이 기억하고 있었어〕

툭, 툭. 무심한 동작으로 동태를 자르고 있던 칼이 멈춘 것은 말이 끝나자마자였다. 벨 듯 날카롭게 언니의 시선이 날아온 것도 찰나였다.

〔쏟은 갈치조림을 입에 물려서 벌 세웠던 건 말하지 않고?〕

아뿔사. 나는 가슴이 철렁했다. 나와 언니에게 똑 같은 감정으로 남아 있을 엄마는 아닐 것을 깜빡했던 것이다. 토막낸 생선을 주섬주섬 비닐 봉지에 넣어 손님에게로 건네준 언니는 끄응 무거운 짐을 드놓는 듯한 동작으로 금고 겸용인 빈 생선 상자 위에 넓적한 엉덩이를 걸치고 앉았다. 불화살처럼 빠르게 불붙은 성냥개비가 진창으로 날아가고 한숨에 실린 뽀얀 연기가 언니의 입에서 뿜어져 나왔다. 빠르게 빛나는 담뱃불에 검지 부분이 뭉툭한 손이 보였다. 새로운 발견인 양 나는 언니의 왼손에서 시선을 거두지 않았다. 금방 손가락을 베이기라도 한 듯 위장해서 항상 감고 있던 헝겊이 제거되고 없었던 것이다. 이제 어지간히 그 부분에서는 달관했음인가. 그녀의 표정에는 내심을 가린 차양막처럼 꺼멓게 두터운 주근깨가 내려앉아 있다. 언니 스스로는 자포자기일지라도 손가락 없는 손을 스스럼없이 드러내 놓은 것은 변화의 조짐이 분명했다. 바윗돌 같은 굳은 얼굴에 눈을 간잔조롬히 내려뜬 언니는 하염없이 담배를 피웠다. 나이보다 겉늙어 보인다고 담배를 피우지 말래도 너희들처럼 복 많은 것들은 그럴 자격 없다며 말을 건 사람이 무안하게 퉁박을 주곤 하던 인이 박힌 담배질이었다. 달리 심취할 만한 생의 낙을 그녀가 캐내지 못하고 있다는 것을 우리는 깜빡 깜빡 잊고 살았다.

나는 그날 언니 앞에서 더 이상 엄마 얘기를 잇지 않았다. 홧김에 손이라도 칼로 내려치고 말 것 같이 새파랗게 꿈틀거리던 분노. 아직도 언니를 괴롭히며 주술처럼 감겨 있는 저 분노. 나는 내심으로 진저리를 쳤다.

그 무렵 언니는 생의 위기에 시달리고 있었다.

〔집에 차압 딱지가 붙었어. 미안해 하기는커녕 재수 없는 년 탓이라고 잡아먹을 듯이 설치는데 기가 막혀서〕

평범하게 남 사는 듯이 사는 것도 언니는 그렇게 힘든가 보았다. 팔자가 오죽 드세면 세 번씩이나 개가를 할까. 언니는 성깔보다 의외로 줏대가 약했다. 비유가 어떨지는 모르지만 친절하게 신발만 한 번 바로 놓아주어도, 생선 함지만 한 번 날라주어도 그녀는 징을 주었다. 손발이 짓무르도록 봉사하고도 결국은 소박을 맞는 쪽은 언니였다. 툽상스럽고 변덕스러운 성질 때문에 화합을 오래 유지시키지 못하는 것이었다. 차라리 이 놈의 손을 마저 베어버리고 싶다고, 첫 결혼이 실패로 판명 났을 때 언니는 울부짖었다. 언니는 그 때 아예 비구니나 수녀가 되어 홀로 살았어야 했다. 손가락 아니라 온 몸을 꼼짝도 못해 휠체어 신세를 지는 사람도 희생과 봉사로 돌봐줄 배우자를 만나는데, 그렇게 남색을 밝히는 타입도 못되면서 한두 번 쓴맛을 보았으면 됐지 그놈의 동거남은 왜 단념을 못하는가 말이다.

〔너는 안 마실래?〕

보온병에 든 따끈한 차를 작은언니가 내밀었다. 우리 남매들이 이렇게 같이 여행을 해본 적이 언제 있었어?. 작은언니는 마치 수학여행을 가는 아이처럼 들떠서 준비한 음식을 이것저것 번갈아가며 권했다.

나는 찻잔을 받았지만 마시지는 않고 지난 날의 상념에 계속 젖어들었다. 큰언니와 싸운 사람들처럼 변변한 대화 한 마디 나누지 않은 참 기형적인 여행에 대해서, 눈길이 마주칠까 봐 서로의 눈치를 보면서 짐작인 양 뻣뻣하게 앉아있었던 그날에 대해서.

딜컹, 차체가 멈추며 몸이 앞으로 쏠렸다. 반사적으로 눈을 뜬 나는 옆자리에 앉은 큰언니의 기색부터 살폈다. 놓치면 쏟아질 곡식 자루라도 움켜잡고 있는 것처럼 대뜸 양미간을 좁혀서 차체의 동요를 견뎌내고는 반응이 그만이었다. 아스팔트는 이미 끝나 있었다. 부옇게 피어오르는 먼지 속으로 쟁그랑차르랑, 쇠붙이 연장에 마찰되는 돌멩이 소리가 열어젖힌 운전석 옆의 창문 밖에서 밀려들었다. 쉴새없이 허리를 구부렸다 폈다 하는 남자들의 분주한 움직임이 때 끼인 차창 저 쪽에서 어른거렸다. 소복이 흙자갈을 담은 대야도 창문 밑으로 동동 떠와서 기울어졌다.

제에길. 운전대를 안고 느슨하게 엎드려 있던 기사가 짜증이 치솟는 얼굴로 담배에 불을 붙였다. 나는 반사적으로 고개를 돌려 뒤에 있는 좌석들을 둘러보았다. 승객이라고는 언니와 나 달랑 둘 뿐이었다. 언니는 무겁게 감은 눈을 뜨지 않고 무언가 감추고 있는 것을 들키지 않으려고 속을 꼭꼭 여미고 있는 것처럼 굳은 상을 펴지 않았다. 긴 속눈썹 아래 우묵한 눈자위에는 번데기를 붙인 듯이 실금이 한참이다. 그린 듯 선명한 눈썹, 쪽 곧은 콧날이며 하관이 약간 빤 기름한 양볼이 남편 자식 거느리고 원만하게 잘 산다면 저렇게 생겨서 그렇다고 할만큼 과히 밉상은 아니다.

운명이 인상을 만든다고 했던가. 그러나 언니는 반대의 경우였다. 그녀의 인상은 운명을 만들었다. 철 들고 난 이후 하루도 언니가 환하게 얼굴을 펴고 있는 것을 내 기억은 갖고 있지를 않다. 시장에서 그녀의 별명은 깨어진 툭사리였다. 승산 없는 싸움인 줄 알면서도 가만 있으면 병신 취급한다며 하다 못해 빈 상자라도 메던 져서 자신의 위상을 인지시켜 놓는 일에 극성을 부렸다. 언니는 누군가와 마찰하며 살 때에만 생기가 오르는 것 같았다. 그런 언니의 오늘 이 침묵은 여러 가지의 의미가 내포되어 있는 것이다. 무엇보다 언니의 마음속에 드리워져 있는 엄마와의 비중을 짐작할 수 있는 것이다. 나는 엄마가 죽기 전에 주술처럼 씌워진 언니의 독기를 제거해야 한다는 생각을 했다. 결자해지. 그 말이 꼭 어울리는지는 모르지만 왠지 언니의 불행은 엄마와의 감정만 말끔하게 해결되면 언니를 지배하고 있는 불행들도 스르르 해소될 것 같은 느낌이었다.

씨부랄, 좀 얼른얼른 해놓지. 담배꽁초를 창밖으로 던진 기사는 크륵 가래침을 긁어 뱉아내며 보복이라도 할 듯한 험상궂은 인상을 짓는다. 허술하게 방치되어 있던 시골길이 엊그제 내린 때 아닌 폭우로 길섶이 무너져내린 모양이었다. 전체 동민이 다 동원된 것 같지만 젊은이는 눈에 뜨이지 않는, 여남은 명의 늙은이들로는 노동력의 한계가 있었다. 행여 길을 탓하며 차가 돌아갈세라, 배차 중지라도 당할 세라, 조바심 엉킨 얼굴로 이쪽을 바라보며 조금만 참고 기다려 달라는 책임자인 듯한 늙은이의 우스꽝스러운 몸짓이 사뭇 비극적인 여운을 남긴다. 교통소통이 되지 않는 도로는 피가 흐르지 않는 혈맥과 같다. 피가 흐르지 않는 혈맥은 숨통을 조이고 곧 삶의 괴사에 이르게 되리라.

나는 뻣뻣해진 목을 두드리며 밖을 내다보고 있던 자세를 낮추었다. 앞 등받이가 바싹 눈앞으로 다가들었다. 524578 전화바람. 산골 물처럼 정직하고 속 깊은 남자. 35세. 물론 총각도 숫총각. 청색 볼펜으로 서투르게 쓴 글씨다. 미소를 머금고 언니 앞의 좌석을 보았다. 거기도 가뭇가뭇 글씨의 흔적이 있다. 정숙아 X할년

소식이나 주라. 스펀지가 삐죽삐죽 밀려나오고 등받이 궁둥받이 할 것 없이 너덜거리는 시골 버스를 타고 욕설 같은 통신을 읽으면서 우리는 엄마한테로 간다. 언니야, 언니야, 눈뜨고 여기 좀 봐. 나는 터질 듯한 웃음을 큭큭 삼키며 언니를 흔들었다.

〔야, 유배지에라도 가는 것 같다. 사람 구경하기가 왜 이렇게 어렵냐〕

우리가 건너야 할 얕은 개울가에 잠시 내려서 주위를 둘러보며 작은오빠가 말했다.

〔정말이야, 지금 농촌을 지키고 있는 노인 세대들이 다 사라지고 나면 그야말로 농촌 공동화 현상이 오고 말 거야〕

〔뭐 돈 있는 호사가들은 그림 같은 집을 짓고 전원생활을 꿈꾼다더라. 뒷집 마당 벌어진데 솥뿌리 걱정 어지간히 하면서 꾸물거리지 말고 어서 가자. 해가 벌써 기운다〕

큰오빠의 재촉에도 아랑곳없이 나는 전날 큰언니가 앉았던 물가로 걸어갔다. 얇게 거죽만 언 얼음 밑으로 얼룩무늬를 지으며 물은 여전히 흐른다. 물론 가슴저리던 그날을 기억할 만한 아무런 흔적은 없다.

〔여기서 조금 쉬었다 가자〕

작년 이맘때쯤의 그날도 지금의 우리들처럼 그렇게 말하며 언니는 살얼음 잡힌 모래톱을 가로질러 물 기슭으로 나아갔다. 엄마와 되도록 많은 시간을 같이하기 위해 나는 언니의 행망쩍음을 허락하지 않았다.

〔안돼, 다 왔는데— 뭘〕

〔나는 아무래도 너처럼 안돼. 흉내도 낼 수가 없어〕

〔그만, 그러니 이제 왔잖아〕

미적거리는 언니를 일으키느라고 저 편 언덕 너머를 손으로 가리켰다.

〔저기 과수원이 조금 보이지?. 그 끝에 기와집이 있어. 영감님이 살았을 때는 과수원집이라면 굉장한 대접을 받은 부자였대. 지금은 아들 딸들이 모두 외국으로 가고 혼자만 살기로는 큰집이 너무 휘젓하대〕

그러나 언니는 아무런 대답이나 관심을 보이지 않고 물가에 잠자코 허리를 굽히고 앉았다. 낮은 바닥에 깔린 수량 적은 물이 간지럼태우듯 밤자갈을 스쳐 흐르는 소리는 영원에서 영원으로, 아니 그보다 더 아득히 먼 곳으로의 흐름 속으로 언니를 싣고 들어간 것 같았다. 나는 언니의 무겁고 침중한 분위기에 이끌려들지 않으려고 일부러 밝고 명랑한 음성을 지으며 너스레를 떨었다.

물가에 선 언니는 장나무를 엮어 걸치고 그 위에다 솔가지며 시멘트 따위를 덧씌운 조악한 낮은 다리를 물끄러미 바라보고 있었다. 우리가 먼저 건너야 할 징검돌이 물에 잠긴 하마의 머리처럼 반쯤 물 밖으로 드러난 채 떠내려가는 듯이 멈추어 있는 것에도 골똘해 보이는 시선을 던져 놓고 있다. 물이 돌아가는 모래톱에 앉은 언니는 더러운 것 만진 일도 없는 손을 씻기 시작했다. 손바가지를 만들어 물을 퍼 넣고는 오록오록 소리를 내서 입을 헹구기도 했다. 언니는 지금 끌려오다시피 와서 맞이하게 된 엄마와의 해후에 대한 마음의 준비를 하는 것이다. 성급하고 지루하지만 기다리기로 했다.

조금 잠잠하게 가라앉았던 바람이 다시 강뚝을 따라 몰려왔다. 누렇게 부풀어 있던 갈대들이 길든 경주마처럼 일제히 하류를 향해 질주해 간다. 벗어나서 달리고 싶은 마음인 양 언니의 갈색 머플러도 바람을 따라 너울거렸다. 가아갸아갸아. 어디선가 가느다란 청음이 들렸다. 늦가을 청잣빛 하늘 가운데로 점찍힌 듯 조금씩 움직여서 청둥오리들이 떠간다. 나는 일삼아 고개를 젖히고 서서 회자색의 먼 산그늘 속으로 새들이 스며들어 보이지 않을 때까지 지켜보고 있었다.

찰바당. 돌멩이가 수평을 파열시키는 소리였다. 돌아보니 언니 의 손에서 또 하나의 돌이 물 가운데로 날아갔다. 나는 언니에게로 다가갔다. 그러자 언니도 마주 일어섰다. 하지만 언니는 저만큼 놓 아둔 찬합으로 자리를 옮겨가서 다시 쭈그리고 앉았다. 해협을 건 너는 것 만큼이나, 태산준령을 넘는 것 만큼이나 앞으로 나아가기 가 두려운 동작이었다. 나는 며칠 전 양로원 '은빛날개'에서의 언 니를 떠올렸다.

〔아무래도 양심에 찔려. 주제넘기도 하고〕

동생의 권에 못이겨, 마지 못해서 자원봉사에 참여했다는 생각 을 버리라 해도 언니는 그게 잘 되지 않는 것이었다. 언니는 일이 조금 한가해지자 양로원의 뒤뜰로 갔다. 낮은 언덕배기가 동산으 로 조성되어 있는 후원에는 여러 가지 나무들이 빽빽하게 자라고 있었다. 나는 이름도 잘 모르는 그 수많은 나무들을 보면서 참으로 경이로운 생각에 젖어들곤 했다. 똑 같은 지리 조건에 뿌리 내리고 있으면서도 어떻게 꼭 제 이름대로의 이파리와 꽃, 열매만 맺는 것 일까. 똑 같은 토양과 햇살이며 바람, 수분인데도 제 각각의 이파 리와 꽃, 열매를 만드는 데 필요한 향기와 모양과 맛을 내는 성분 만을 어떻게 그리 용케도 분리 추출해서 뽑아 올리는 것일까. 감나 무는 감꽃을 피울 뿐 절대로 모과 꽃은 피우지 않는다. 석류나무는 석류를 키우지 앵두나 대추는 절대 열리게 하는 법이 없다. 모든 나무들은 손톱만큼의 오류도 범하지 않고 제 각각의 특성에 맞는 열매만을 키우는 것이다. 나는 이런 게 달라요. 요란한 소리로 떠

벌리지도 않고 현란한 교태를 부려서 시선을 끌지도 않는다. 아무도 모르게 저 혼자서 있는 듯 없는 듯한 자세로 묵묵히 결과만을 보여주는 것이다.

언니는 그 나무들 사이에서 단연 돋보이는 은행나무 아래에 앉아 있었다. 나는 담 모퉁이를 돌다 언니를 발견하고는 가느다랗게 눈시울을 좁히고 언니를 바라보았다. 그녀는 그림처럼 고운 자태로 노란 은행잎에 묻혀 있었다. 시름도 비켜간 듯한 고요한 모습 위로 바람결 따라 무더기무더기 은행잎 세례가 내린다. 재혼 삼혼에도 실패한 위기의 여자. 시커멓게 멍든 가슴을 숨기고 충실히 무뚝뚝하게 제 앞의 생을 걸어가고 있는 여자. 나는 형형색색의 단풍잎을 한웅큼 모아들고 살금살금 언니에게로 좁혀들었다. 내 이제 그대의 영혼 위로 행운의 꽃보라를 내리나니…. 강복을 기원하는 신부님을 흉내내어 언니에게 장난을 치려니 푹 웃음이 먼저 나와 언니의 얼굴 위로 함부로 나뭇잎을 흩어 뿌렸다. 순간 나도 몰래 언니를 안고 같이 나뒹그러지려던 동작을 멈추었다. 하늘을 향하고 있는 그녀의 두 뺨이 눈물로 흠뻑 젖어 있었다. 나는 서먹해진 마음으로 엉거주춤 서 버렸다. 나를 의식한 음성으로 움직이지도 않고 언니가 말했다.

〔지원아, 나는 이제 어쩌면 좋냐. 나는 지금 또 한없는 절망의 벼랑에 서 있다. 나는 왜 저 나무들처럼 의연하고 고고해질 수 없을까〕

또 무슨 파란이 몰려온 것일까. 좀처럼 자신의 고통을 형제들에게 하소연하지 않는 언니인데. 나는 가만히 언니의 눈물 고인 눈을 내려다보았다. 들은 소리가 있기에 곧 대꾸를 했다.

〔언니는 지금 충분히 고귀해. 자학하지 마. 언니는 정수를 살리기 위해 달리는 차에서 뛰어내렸던 사람이야〕

낮은 곳에서 가까이 만나면 이렇게 서로 겸손한 마음으로 통하게 되는구나. 나는 언니가 털어놓는 진심을 받아들이고 다가앉으며 언니의 손을 잡고 어루만졌다. 나의 어떠한 동작으로도 위로되지 않는 갈한 음성으로 언니가 덧붙였다.

　〔정수가 또 집을 나갔다〕

　〔나가려면 나가라지. 그 자식 방랑벽이 왜 언니 탓이라고 생각해. 이제 그런 지나친 자학은 그만해〕

　〔내 딴에는 성질을 죽이고 자제한다고 한 것이…. 걔가 뭐랬는지 아니?. 내가 저를 매 한 번 때리지 않고 꾸지람 한 번 제대로 하지 않았다는 거야〕

　〔어머나, 기가 막혀. 무슨 그런 이유가 다 있어〕

　〔사실이야. 나는 그 애가 말썽을 부릴 때마다 내가 낳은 자식이 아니라는 사실을 일깨우면서 꾹꾹 참았거든. 그럴 때마다 내 어린 시절이 떠올라 기가 질리곤 했어〕

　또 그놈의 어릴 때 타령. 나는 이제 지루해서 귀를 막고 싶었다. 그러나 언니의 심정을 이해해 보려 했다. 유치원 선생님이었다는 엄마의 매질은 정말 따끔했다. 우리는 아이를 낳아보지 않아서 아이들의 세계를 가슴으로 느끼지 못한다는 숙모들의 빈정거림을 상기하며 한 곳에 모여 서로의 상처에다 약을 발라주며 서럽게 서럽게, 어미 없이 계모의 슬하에서 자라야 하는 서러움을 나누었다.

　〔지나친 자격지심은 버려. 계모와 전실 자식과의 관계란 잘 해줘도 말이 되고 못해주면 못해줘서 말이 되고 말 안되는 게 없잖아. 얼마 전에 있었던 나랑 우리 지원이랑 일도 봐. 내가 그 애를 안낳았다면 나는 벌써 몹쓸 어미라는 누명을 쓰고 감옥살이를 하고 있을 거 아냐〕

　중3 입시생인 제 처지도 망각하고 컴퓨터 앞에 앉아 오락게임에

만 열중해 있는 녀석에게 등긁는 효자손을 휘둘렀는데 녀석의 과잉방어로 방향이 엇나가는 바람에 코 언저리의 물렁뼈를 상하게 하고 말았다. 피범벅이 된 벌건 얼굴을 감싸고 병원으로 달려가는 소동을 벌였지만 지독히 나쁜 일진을 탓했을 뿐 어미인 나의 회초리질을 크게 나무라는 사람은 없었다.

엄마가 떠올라서 소신을 방해한다는 말을 놓치지 않고 나는 언니를 설득했다. 이제는 정말 엄마를 만나야 한다. 불행의 근원을 아는 이상 맺힌 고를 풀어야 한다. 하루 빨리 그 어두운 기억들에서 벗어나야 남아 있는 앞으로의 삶이나마 온전하게 건질 수 있을 것이다.

〔생각해 볼게. 기대하고 또 보채지는 말고〕

그러고 헤어졌던 언니에게서 의외로 빨리 연락이 왔다.

〔번거롭지 않게 살짝 가서, 어떻게 사는지나 먼 빛으로 한 번 보고 오자〕

나는 언니의 마음이 변하기 전에 이튿날 당장 실행에 옮겨서 떠나왔던 것이다. 언니는 여전히 등을 구부리고 앉아서 물을 응시하고 있었다. 나는 언니에게로 몸을 돌려 마주 보이게 섰다.

〔어릴 때 기억은 제발 버려. 선입관도 버려. 지금은 의지가지 없이 혼자 어떻게 하면 아프지 않고 고이 자는 것처럼 조용히 죽을 수 있을까. 그것만을 걱정하는 가엾고 외로운 늙은이야. 우리한테 무슨 뿌리 깊은 원한이나 사심이 있어서 그랬던 건 아니라고, 다만 대강대강 하고는 못 배기는 매몰찬 성격 때문이었다고, 언니의 불행의 시초가 그 손가락 때문이라는 소리 듣고는 깊은 사과를 하더라고, 내가 몇 번이나 말했잖아〕

〔하긴 아버지가 숙맥이었지. 자식들은 어떻게 지내는지도 모르고…〕

〔그 처지에 아버진들 별 수 있었겠어?. 없는 살림에 자식하고 제
사는 왜 그리 많느냐고 꼬투리 잡고 왔다간 여자가 몇이었어. 내가
알기로도 일 년에 하나씩은 됐던 것 같애. 또 작은어머니들의 간섭
은 유난했어?. 기실 계모만큼 책임 있게 우리를 거두지도 않으면
서. 또 작은오빠는 얼마나 별났어. 다 지어놓은 제삿밥에다 모래
뿌려놓고 일껏 씻어놓은 빨래에 흙가루 뿌리기 아니면 빨랫줄 끊
고 흙탕에 들어가서 일부러 빨랫감을 만들어 난처하게 만들고. 그
런 걸 견디다못한 엄마가 버릇 고친다고 네 옷은 네가 씻어 입으라
고 벌 세웠더니 빨래도 씻어주지 않는다고 동네방네 소문내고 다
녔잖아. 언니가 손가락을 베었을 때도 일부러 엄마가 그런 것처럼
엄마 손도 똑 같이 잘라 놓겠다고 설쳐댔잖아. 짧은 기간이지만 궂
은 일은 엄마가 그래도 제일 많이 당해서 지금도 그때 일들이 제일
많이 떠오른다고 했어〕
　〔내 앞에서 그런 천사타령은 그만해〕
　중동에서 말을 자른 언니는 앞에 있던 찬합꾸러미를 선뜻 들고
나를 떨어져서 저만큼 물 가까이로 나아갔다. 아직도 칼칼하게 내
지르는 저 아픔의 신음. 나는 또 언니의 횟증같은 변덕이 발동해서
이제까지의 일들은 없었던 걸로 하자고 탈탈 털고 돌아설까 봐 자
극적인 말은 이제부터 삼가기로 마음을 굳혔다.
　강줄기를 따라 우우 몰려갔던 바람이 물길을 거스르며 휘돌아왔
다. 으스스 한기가 파고들었다. 아무리 푸근한 날씨라 해도 겨울
물가에서 우리 자매는 너무 오래 지체했던 것이다.
　〔추워, 어서 가자 언니〕
　언니의 겨드랑이에 손을 넣고 억지로 일으키려는데 무언가 철
버덕 쏟아지는 소리가 났다. 청 홍백의 예쁜 고명으로 장식된 먹음
직스러운 음식들이 흐르는 물을 따라 떠내려가고 있다. '나는 밑

반찬 좀 준비했어' 돈드는 것 비싼 선물을 준비하지 못했다고 부끄러운 듯 펼쳐 보이던 것들이었다. 그 옛날 없는 살림 거덜낸다는 핀잔을 숙모들로부터 들어가며 열 서너 살의 언니를 닦달해서 엄마가 가르쳐준 솜씨였다. 형편을 무시한 화려하고 맵짠 상차림 때문에 끼니때마다 부산한 엄마한테서 언니는 늘 하녀처럼 들볶였다. 썰어라, 다져라, 삐져라, 깎아라, 볶아라, 끓여라, 데쳐라, 삶아라. 눈에 조금만 들지 않으면 굼뜨고 칠칠찮다고 인정없이 귀쌈이 올라갔다. 물에 불은 팅팅한 손가락이 시뻘겋게 얼어터져도 군소리 한 마디 용납되지 않았다. 실수로 잘렸는지 아무래도 칭찬 듣지 못하는 제 처지를 비관해서 일부러 실수를 가장했는지…. 어느 날 나는 언니의 손가락이 없어진 것을 알았다.

언니는 무슨 생각을 그리 골똘히 하고 있는지 엎질러진 음식이 물에 떠내려가는 것을 멍하니 바라보고 있었다.

〔그만 둬〕

젖은 음식을 수습해 담으려는 내게서 찬합을 빼앗고 밀어내며 날카롭게 언니가 소리쳤다.

〔왜 이래. 정말 왜 이러는 거야〕

나도 성깔이 불거져서 언니를 턱받아 앉으며 노려보았다.

〔내가 어떤 심정으로 이 음식을 만들었는지…. 그 늙은 입으로 호물호물 먹을 걸 생각하면 도저히 자신이 없어〕

언니는 상을 찡그리며 고개를 저었다. 그리고 벌떡 일어서더니 신을 벗지도 않고 차가운 강물로 저벅저벅 걸어들어가 어푸어푸 강물을 손으로 떠서 얼굴을 씻기 시작했다. 결국 언니는 그날 지척에까지 왔다가 엄마를 만나지 않고 그냥 돌아갔던 것이다.

엄마는 내가 여섯 살 때의 겨울에 우리 집으로 왔다. 엄청 색골

인지도 몰라. 그렇잖고야 어디 이런 데로 고생을 사서 하러 오겠어. 숙모들은 일본에서 고등학교를 다녔다는 엄마의 높은 교양과 직장 경력을 시기하고 있는 눈치였다. 엄마의 크나큰 치부인 양 숙모들이 수군거리던 '색골'이 무엇인지를 밝혀보기 위해 나는 한동안 주의해서 엄마를 살피기도 했었다. 그만큼 엄마 정도의 여자가 와서 살기로는 상황이 힘들게 되어 있던 우리 집이었다.

〔아가, 웬 이렇게 신열이 나니… 〕

깊은 밤이었다. 산뜻하게 이마를 짚는 부드러운 손길이 울컥 눈물샘을 자아올렸다. 세상에도 아이가 이렇게 아픈 줄도 몰랐다니요. 식구들의 무관심을 나무라는 이 목소리는 오로지 나만을 위해, 나를 위해 있다는 것에 내 가슴은 벅차 올랐다. 나는 감격으로 마구 떨리는 가슴을 가누지 못해 생목이 이는 것처럼 자꾸자꾸 헛구역질을 했다. 찔레꽃이던가. 아카시아 같기도 했다. 엄마의 향기는 정말 좋았다. 신열에 몸을 떨며 돌봐주는 이 없이 비슬거리다가 혼자 잠이 들었던 밤에 엄마는 그렇게 황홀스러운 한 줄기 향으로 내 영혼 속으로 흘러 들어왔다. 대낮처럼 환하게 황초가 밝혀져 있는 방에는 갓 도배를 해서 콩기름 들기름을 먹인 은은한 향기가 감돌고 있었다. 그러나 그 냄새보다 엄마의 냄새는 더 향긋하고 자극적으로 나를 사로잡았다.

엄마는 나를 몹시 귀여워하며 잘 거두었다. 어리광을 부리고 곁을 맴돌며 알짱거리면 으스러져라 껴안고 흔들다가 이불 위에다 동댕이치고는 했다. 매일 씻기고 옷을 갈아 입히고 인형처럼 꾸며서 어디든지 데리고 다녔다. 넓고 넓은 바닷가에 오막살이 집 한 채. 고기 잡는 아버지와 철 모르는 딸 있다… 나는 이 노래를 그 시절 엄마에게서 배웠다. 달이 무척 밝은 밤이면 동산 위에 올라 먼 곳을 바라보던 그윽한 눈길을 옮겨 나를 내려다보고 귓밥을 만지작거리며 우리 무슨 노래할까? 묻고는 했다. 얼어붙은 달 그림자 물결 위에 차면 …. 그런 노래도 불렀다. 또 엄마가 섬그늘에 굴 따러 가면 아기는 혼자 남아 집을 보다가 바다가 불러주는 자장노래에…. 물결이 살랑살랑 모래톱을 간지럽히는 서해 만리포 바닷가에서 내가 지원이랑 영미, 내 아이들을 데리고 앉아 제일 먼저 가르쳐준 노래도 어릴 적에 엄마에게서 배운 그 노래들이었다. 엄마는 혹시 바닷가의 클레멘타인은 아니었을까. 어른이 된 뒤에도 가늘고 애조띤 음성으로 가만가만 바다 노래를 부르던 엄마가 그리울 때면 그리움에 이끌린 나는 짐을 싸들고 해안선을 찾아 떠나곤 했다. 그러나 엄마는 언니 오빠들에게는 둔갑여우처럼 살가운 정체를 보여주지 않고 엄하고 곧기만 했다. 버릇없고 게으르게 길들여져서 고칠 점이 너무 많다는 것이었다. 위의 언니 오빠들 중 어느 하나도 꾸중 듣지 않고 그냥 하루를 넘기는 날이 드물었다.

되새김질해서 꽃 피울 수 있는 과거처럼 감미롭고 아름다운 것도 없을 것이다. 그런 추억을 안고 사는 사람은 참으로 행복한 사람이다. 외롭고 괴로울 때 떠올려서 위안받을 수 있는 아늑한 추억 한 토막은 곁에 있는 다른 사람까지 더불어서 편안하게 해주는 마음속의 양지가 된다. 나는 늘 그런 생각을 하며 엄마에 대한 그리움을 품고 살았다.


〔계모 밑에서 구박을 받으며 자라는 아이들도 그렇지만 남의 자식을 키워야 하는 사람도 모두 가엾기는 마찬가지야〕

우리의 여정에 뜻을 새기듯, 얼부풀어서 먼지가 풀풀 나는 들길을 가느라 입을 다물고 걷는 우리들의 침묵을 가르고 작은오빠가 입을 열었다.

우리는 잡초 밭에 늙은 복숭아나무가 섞여 있는 황폐한 과수원

길로 접어들었다. 마을이 가까워오자 대화는 줄어들고 이따금씩 입을 열어 아직도 못다한 엄마와의 이야기를 생각나는 대로 조잘거리며 신이 난 것은 나 뿐이었다. 예고도 없이 우리가 들이 닥치면 엄마는 놀랄 것이다. 여기도 이농현상이 심해 마을의 초등학교도 내년에는 문을 닫는데 주민이라고는 늙은이들 몇 뿐이고 엄마가 제일 친하게 지내는 친구는 정옥할머니다. 하루는 이 집에 모여서 끼니를 때우고 하루는 또 저 집에서 먹고 자고 놀기도 하면서 그들은 추억을 소일삼아 되작거리면서 산다더라.

　과수원을 둘러싼 탱자울타리는 길다. 스포츠머리를 깎은 억센 장정들이 팔깍지를 끼고 늘어 서있는 것처럼 이 탱자울타리가 보일 때 이 과수원의 위세는 대단했다는 이야기도 이제 전설이 되어 고즈넉이 가라앉아 있을 뿐이다. 발길에 채는 탱자를 주운 작은언니가 코에 대고 킁킁 냄새를 맡아본다. 맛있게 먹을 수 있는 열매라면 이렇게 버림받지는 않았을 텐데. 그야 이를 말인가. 작은언니의 아쉬운 듯 연민해 마지 않는 말에 큰오빠가 맞장구를 쳤다. 아무도 탐내지 않는 버려지는 열매지만 저의 본분을 잊지 않고 해마다 싸락눈 같은 하얀 꽃을 피우는 나무. 언니는 색깔이 예쁜 몇 개의 탱자를 들고 얼마쯤 가다가 성가신 듯 길섶에다 던져버렸다. 과수원 귀퉁이를 돌자 시금치가 자잘하게 나 있는 채소밭이 보였다.

　내가 처음 엄마를 만나러 왔을 때 엄마는 저 과수원 언저리의 텃밭에서 김을 매고 있었다. 엄마는 책장을 넘겨 전에 읽던 페이지를 확인하듯한 생각 깊은 눈길로 나를 응시하다가 이내 파안을 하며 달려와서는 팔을 벌려 나를 얼싸 안았다. 점점 조여오는 팔깍지의 압력을 느끼며 나는 엄마도 이제 어지간히 늙었고 외로움을 타고 있었음을 확인할 수 있었다. 작년 수확의 뒷물인 들깨와 팥 깍지동이 아람아람 가시 울타리 아래로 묶여 놓여 있는 옆으로 아직 꽃피지 않은 고추 모와 가지 모가 심겨 있었는데 엄마는 연약한 아이들을 돌보듯이 약한 놈에겐 일일이 작은 지탱막대를 대서 처매어주고 배고픈 아이에게 밥을 먹이듯이 거름을 주고 병충해를 막아주었다. 곡식도 어린애와 똑 같애. 조금만 관심을 덜 가지면 대번에 병이 들고 시들고. 안하던 노동일을 하려니 힘들지 않느냐는 내 말에 엄마는 이렇게 대꾸를 했다. 무슨 일이든 애정을 갖고 관심 기울이기 나름이지, 영농법이 서툴러서 수확은 시원찮지만 나를 잊고 세월 보내기는 아주 좋아.

겨울이라서 지금 들판에는 바람이 불고 바람 부는 들판에서 엄마를 만나지는 못한다. 마지막 열매가 수확되기도 전에 된서리를 맞아 시든 채 매달려 있는 과수원 밭의 메마른 풍경들 위로 위잉위잉 겨울 바람이 분탕을 치고 휘돈다.

〔하루 종일 웬 바람이 이렇게 거세누〕

풀어진 목도리를 바로 매다 말고 큰오빠가 주위를 돌아보며 우려스러운 상을 짓는다.

〔참 오빠도, 오늘이 예삿날이우. 극적인 해후가 있는 날인데 하느님이 벌써 아시고 분위기를 잡으시는 거 아니겠수〕

나를 슬쩍 돌아보며 작은언니가 우스갯소리를 했다. 줄 늘어선 옥수수의 마른 대궁을 끼고 옆길로 돌면 초록 싱싱한 마늘밭이 있다. 엄마는, 어려울 텐데 니 언니 갖다줘라 하면서 제일 큰 마늘을 챙겨 주었었다. 어려울 텐데. 마음 써주는 고마움을 전달한다고 엄마의 말을 그대로 전했더니 큰언니는 병주고 약주지 말라고 내쏘며 옆자리의 생선장수에게 덜렁 마늘접을 주어버렸다. 세상에, 저도 어려울 텐데…. 언니가 마늘을 어떻게 받았는지 궁금해 할 것 같아서 언니가 고마워하며 사주더라고 스웨터 한 벌을 사다 주었더니 엄마는 늙은 눈에 눈물까지 글썽거리며 목멘 소리를 했다.

우리는, 찌그덩 끼잉, 벌레 먹은 배춧잎처럼 구멍이 숭숭 뚫린 낡은 함석문이 바람에 부대끼고 있는 앞에서 신발에 엉켜붙은 흙을 털어냈다. 저만큼 과일 저장창고가 보이는 뒷문께서였다. 작은언니는 큰오빠 작은오빠의 바짓가랑이에 묻은 흙을 털어주고 파카속의 넥타이를 바로 해주었다. 저기 기와집은 너무 크고 횅하다고, 엄마는 저쪽에 있는 작은 집에서 살아. 내 손끝으로 간격을 읽은 오빠와 언니의 표정들이 분주해졌다. 우리는 이제 삼십 년도 훨씬 넘는 세월을 거슬러 와서 저기 엄마가 살고 있는 집의 지척에 서 있는 것이다.

〔잠깐 여기들 있어〕

아무래도 엄마는 이제 충격적인 일에 약한 늙은이인 것을 배려하지 않으면 안되어서 나는 엄마가 있는 집으로 먼저 갔다. 아이고 누가 왔다고? 아이고 누가 왔어?. 허둥거리며 주위 정돈을 한다고 맴돌 엄마에게도 마음의 고동을 진정시킬 여유는 필요할 것이었다. 모세의 기적으로 갈라진 바다처럼 바람에 흔들리는 대숲 사잇길로 들어섰다. 감개어린 굳은 인상으로 주위를 둘러보고 있는 언니 오빠들이 저만큼 돌아다보였다. 저 세 사람들이 언젠가 저런 구도로 서성거리고 있는 걸 보았던 기억이 났다. 그때, 큰언니가 손에 붕대를 감고 누웠을 때였다. 작은오빠에게 불려 뒤꼍으로 돌아가자 그들은 대단한 모의를 하고 있었던 듯한 굳은 얼굴로 나를 맞았다. 나를 가운데로 내세운 세 사람은 약속이나 한 듯이 달려들어 내 옷을 벗기기 시작했다. 큰언니가 손가락 없는 병신이 된 게 새엄마 탓이라고 결론을 내린 그들은 엄마의 관심이 닿은 것이라면 무엇이든 용납하지 않으려고 엄마가 하도 예뻐서 사왔다는, 공주님의 옷 모양 레이스가 많이 달린 내 원피스를 뜯어발기는 것이었다.

〔철없는 것들, 보복은 그렇게 하는 게 아니라 어떻게든 잘 크는 것이야〕

자지러진 나의 울음소리를 듣고 달려온 엄마의 손이 언니 오빠들의 뺨으로 사정없이 날아올랐다. 결국은 이런 소동을 아버지가 알게 되고 아버지에게 매를 맞은 큰오빠는 가출을 했다. 그리고 집안 대소가에는 회람이 돌았으며 내가 동무들과 삘기를 뽑으러 가고 난 뒤에 사무치는 그리움과 아쉬움을 내 가슴에 심어놓고 엄마는 어디론가 흔적도 없이 사라지고 없었다.

어찌 가슴속에서 감회가 솟구치지 않으리. 그 때의 그 악동들, 철없던 말썽꾸러기들. 큰오빠는 은빛이 내려앉은 머리카락을 연신 쓸어 넘기며 흠흠 잔기침을 하고 있을 걸.

나는 조심스럽게 발길을 옮기며 바둑이 집을 기웃거렸다. 집안에 웅크리고 있을 줄 알았던 바둑이가 보이지 않았다. 엄마가 식구로 기르고 있는 바둑이는 시새움이 여간 아니었다. 저 이외의 사람이 엄마와 정답게 만나는 것을 못봐주고 항상 허연 이빨을 드러내며 경계를 했다. 아무래도 녀석과 가까워지지 못하는 나 때문에 바둑이는 내가 오면 늘 목줄에 매인 신세가 되고 말았다. 엄마. 바둑이가 보이지 않는 것이 마냥 좋은 현상만은 아니어서 나는 집안을 향해 소리쳐서 엄마를 불렀다. 대답이 들리지 않았다. 아, 그러고 보니 다녀간 지 벌써 두 달이 지났다. 그새 무슨 변화가 있었던 것일까. 떠날 때 우려했던 두 달간의 공백이 커다랗게 확대되었다. 나는 남편과 동행했던 유럽의 도시에서 산 엄마의 선물만 챙겼고, 말목처럼 한 곳에 붙박혀 사는 늙은이들의 행동반경만을 염두에 둔 채 더욱 감격스러운 만남을 연출할 것에 들떠서 목소리만 크게 냈던 것이다. 어지럽게 널려있는 마당의 쓰레기도 예사로운 현상이 아니었다. 세월이 어루만지다 간 낡은 집기들일망정 찰밥덩이를 굴려도 먼지 하나 묻지 않을 정도로 깔끔하고 청결하게 해놓고 사는 엄마였다. 한 짝은 마당에 한 짝은 부엌 켠으로 아무렇게나 내팽개쳐져 있는 엄마의 플라스틱 낡은 신발도 불길함을 증폭시키기에 충분한 증거였다. 문을 열고 썰렁하게 냉기만 가득한 빈방을 확인한 나는 이웃에 있는 정옥할머니를 떠올리며 바람을 맞아 휘청거리고 있는 낡은 울타리를 타고 넘었다. 그래, 보일러가 고장나서 아예 겨울을 거기서 나기로 의견을 모으고 바둑이까지 데려간지도 몰라. 그렇게 생각하니 꼭 그럴 것 같아졌고 이 추운데 뭐하러 왔노, 반겨줄 엄마가 바로 눈앞에 있어 마음이 나를 듯 가벼워졌다. 넓고 넓은 바닷가에 오막살이 집 한 채 고기 잡는 아버지와 철 모르는 딸 있네 내 사랑아 내 사랑아 나의 사랑 클레멘타인. 나는 영혼에 박혀 있듯 익숙한 노래를 흥얼거리기 시작했다. 남편의 동료 부부들과 가진 회식 자리에서도 나는 이 노래를 불러서 만년 초등학생이라고 놀림을 받곤 한다. 서툰 실력이지만 준비했던 노래를 부르려고 하면 일껏 새로 익힌 노래는 거짓말처럼 까맣게 생각이 나지 않고 가까스로 순서를 땜질하려니 저절로 등대지기나 클레멘타인, 섬집아기 등이 불렸던 것이다. 이 번 여행에서 역시 나는 전보다 진보된 솜씨를 보여주지 못하고 남편으로 하여금 벌주를 사게 만들기까지 했다. 그러나 나는 지금 그때의 곤혹스러움과 엄마의 선물을 한참에 쏟아놓고 싶은 파도 같은 격정에 가슴을 맡기고 있다.

〔정옥할머니. 우리 엄마 여기 안계세요?〕

의지 없는 늙은이 자주 찾아주면 복 받지. 그래 복 받고 말고. 우리의 관계를 요즘 세상에 보기 드문 가화로 칭송하며 친절히 대해주는 정옥할머니여서 나는 그니가 친 이모로 착각될 정도로 위무롭고 좋았다. 무람없이 드나들던 평소의 습관대로 댓돌에 나란히 놓여 있는 정옥할머니의 밤색 방한화만 보고 문을 벌컥 열었다. 머리를 싸매고 누웠던 정옥할머니가 오만상을 찌푸리며 부시시 자리를 털고 일어나 내다보았다.

〔늙으면 거저 자는 잠에 가야지. 병주머니 밖에 안남았어. 온 삭신이 쑤시고 결리고 빠끔한 데가 있어야지〕

흐트러진 머리를 손가락으로 빗질해 올린 정옥할머니는 정작 내 궁금한 물음에 대답할 것은 잊어버린 듯 추운데 이불 속으로 내려앉으라는 엉뚱한 말만 했다.

〔내 그때 그만 할망구한테 통장을 넘겨주는 건데, 우짜꼬 내가 아파서 한 번 가보지도 못하고 돈도 못 찾다 났지 뭐야〕

나는 정정하던 정옥할머니의 기상을 상기하며 변화된 모습 속에 깃들어 있는 비애감을 맛보았다. 허랑해진 총기와 허튼소리라는 의식도 없이 아무 말이나 나오는 대로 시부렁거리고 있는 듯이 보였던 것이다.

〔아주머니 많이 편찮으신가 봐요. 정옥엄마는 알고 있어요?〕

〔저희들 살기도 바쁜데 연락하면 뭐해…. 아이고 내 정신 좀 봐라. 이 참에 아주 지원엄마한테 통장을 넘겨주면 걱정없을 걸 괜한 걱정만 했네〕

여전히 감잡을 수 없는 말을 이쪽에서 듣거나 말거나 혼자 뇌이던 정옥할머니는 머리맡의 베개를 치우고 방구석의 장판을 들치더니 연두색 자잘한 꽃무늬가 박힌 새마을금고 통장과 까만 뿔도장을 꺼내 놓았다. 그리곤 임무를 인계하는 가벼운 얼굴을 하며 덧붙였다.

〔그래 할망구는 좀 우선하나?〕

〔그게 무슨 말씀이에요?〕

어리둥절한 내 기색을 읽고 이번에는 노인네가 뚜릿뚜릿해졌다.

〔아이고 외국 갔다더마 모리고 있었고나, 지원엄마는. 그 동안에 큰언니한테는 전화도 한 번 안 해봤고?. 할망구를 언니가 데리고 안갔나. 그래도 할망구가 복은 있데. 지원엄마가 먼 데 가고 없은 께 대로 받아서 언니가 와 가지고 꼼짝없이 죽게 된 할망구를 안구 했나〕

나는 할말을 잃고 멍하니 정옥할머니의 입만 바라보고 있었다. 언니가 왔었다. 병든 엄마를 언니가 데리고 갔다. 실감 안나는 현실을 받아들이기가 꿈이라도 꾸고 있는 것 같은 생소함으로 다가 왔다.

〔아궁이 앞에 언내 앉혀 논 것 맹키로 마냥 믿을 수 없는 게 늙은 이 건강이라. 할망구가 불 병이 났지. 아침에 씨락국을 끓이 놓고 데릴러 가니 혼자서 밤새 얼매나 신고를 했는지, 산송장이 다 된 거라. 병원으로 가야 된다 싶으면서도 낸들 어쩌는 수가 없어 동당 걸음만 치고 있는데 조상이 불러댄 듯이 지원이모가 들어온 기라〕

나는 정옥할머니의 집을 나와 천천히 과수원 길을 걸었다. 천년 만년 늙지 않고 쇳덩이 같을 줄, 우리는 부모를 그렇게 생각하는 것일까. 엄마의 더럽혀진 옷을 갈아 입히며 언니가 늘어놓더라는 지청구가 투가리 부딪는 듯 꾸밈없는 평소의 음성대로 전해져 왔다. 일없는 사람도 병자 수발 들기는 꺼리는데 아픈 사람을 데리고 장사는 어쩔 거냐고, 정옥할머니가 걱정하니까 말 안들으면 엄마가 전에 그랬듯이 때려가면서, 밥이면 밥 죽이면 죽 갈라먹고 살지요, 하더라는 언니. 그 투박한 품이 어느 친 혈육의 으름짱보다 더 믿음직스럽게 들리더라는 정옥할머니의 전언이 귓전에서 쟁쟁 맴을 돌았다.

바람은 아까보다 더 거세게 몰아치고 있었다. 나는 잠시 걸음을 멈추고 먼지낀 듯 흐려진 안경을 벗었다. 뿌옇게 흐려진 시야로 바람에 부대끼는 나목들의 난삽한 흔들림이 비쳐들었다. 나는 지그시 눈을 감았다. 어지럼증이 조금 가라앉았다. 눈을 감고 듣는 바람소리는 한결 아늑하게 들렸다. 내가 이제껏 알고 있던 피상적인 거친 이미지와는 달리 크고 넓게 감싸안을 수 있는 아늑함이 바람의 막 속에는 숨겨져 있었다. 그 순간 문구가 좋아서 시인도 모르면서 암송하는 시 하나가 떠올랐다. 저 모진 삭풍 속에서도 나무는 씨눈을 키운다. 우리는 새로움을 갈망하며 바람을 원하기도 한다. 하지만 사람들은 제가 직접 바람막이가 되어 노출되기는 꺼려하며 겹겹으로 방어막을 구축하여 바람의 출입을 막는다….

나는 아예 탱자나무 울타리 밑에서 걸음을 멈추었다. 무엇을 하나 제대로 이해하며 살았다 할 수 있을지 부끄러움이 일었다. 여태왜 그럴 수도 있다는 것을 염두에 두지 않았던 것일까. 언니는 누구보다 엄마에게 호감을 갖고 있었으며 엄마를 가까이하고 싶었던 것이다. 가장 가까운 곁에서 독차지하고 싶었던 나머지 엄마와의 접촉을 염두에 두고 꾸지람거리를 스스로 만들었는지도 모른다. 흡족하게 주어지지 않는 기회와, 서툴기 짝이 없는 애정 표현은 항상 언니의 가슴에다 상처와 원망만을 남겼던 것을. 나는 내 편견의 어둡고 초라한 방에서 불행한 사람으로 언니를 살게 했다. 언니는 나의 얕은 소갈머리를 다 알고 있으면서도 그토록 무심한 척 우리들의 편잔을 받아내었던 것이다. 사실 외톨박이가 된 노인 하나를 찾아보는 그 자체에서 나는 우리가 갖고 있는 너그러운 품성의 차원이며 삶의 윤기를 확인했을 뿐 칠순이 넘은 엄마의 건강에서 비롯될 최악의 어떤 상황도 아직 예상해 보지를 않았다.

기다리는 시간이 지루했던 언니와 오빠들이 저만큼 오고 있다가 나를 발견하고는 잰걸음쳐 다가왔다. 기다렸던 지루한 시간만큼 성급하게 의문의 표시를 했다.

〔왜, 무슨 일이 있어?〕

〔있어, 우리가 미처 생각지도 못했던 아주 큰 일이 났어〕

어투에다 곤혹스러운 바람을 넣으며 나는 언니 오빠들의 기색을 살폈다. 마저 들어보지도 않고 큰 일이라는 소리에 벌써 그들의 표정에는 난색이 반짝 올라앉았다. 너, 나 할 것 없이 우리는 모두 그랬다. 이들에게 어떤 방법으로 상황 설명을 해야 할까 망설였다. 준비해 왔던 음식을 강물에다 던져버리고 지척에서 엄마를 등지고 돌아 선 언니를 비웃으며 동정해 왔던 우리들.

색색의 층을 이루며 햇살을 받아 넌출거리는 바람. 그 넉넉한 바람의 소용돌이에 부대끼며 흔들리는 한낮의 태양. 바람은 여전히 거칠게 불어왔다. 삭풍이었다. 🌀

# 同伴과 背叛

노파는 문득 눈을 떴다. 꿈을 깬 것이다. 꿈을 깨운 그 아픔이 따끔따끔 다리를 타고 올라왔다. 누군가 자신의 다리를 치료하고 있는 중임을 알아차렸다.

〔대고모님은 정말로 영원히 말문을 닫으신 걸까요?〕

손자며느리의 소곤거리는 듯한 음성이 들려왔다. 발가락을 바르르 떨거나 꿈적거려야 할 아픔을 참으며 노파는 태연히 귀를 기울였다. 바로 노파 자신의 얘기였기 때문이었다. 다행스럽게도 손자와 손자며느리는 노파가 깨어났음을 눈치채지 못했다. 환한 불빛의 무게가 그들 다정한 두 젊은이의 머리 위로 고즈넉이 쏟아져 내리고 있었다. 핀셋이 철제의 다른 의료기에 마찰하는 소리가 잘그락잘그락 간지러운 소리를 냈다. 선뜻 대답을 않고 있던 손자의 굵은 목소리가 들려왔다.

〔글세…. 대고모님은 자의로 그러실 수도 있어. 아버지가 그러셨거든. 고집과 자존심, 아니 그렇게 결론지어 버리기는 뭣하지만 아무튼 뜻한 바를 관철시키는 데는 타의 추종을 불허하는 뭐가 있었

대. 집에서들 애깨나 잡수셨던 모양이야. 체면불구한 대고모님의
가출이며 행방불명이며…]

〔아이, 나는 간호사로서 다 지나간 일보다 대고모님의 지금 상태
를 얘기하고 있는 거예요. 말문을 닫으시고 난 뒤부터 상처가 덧났
거든요. 난 그때 고모할머님이 받으신 전화가 몹시 궁금하단 말예
요〕

〔궁금해도 어쩌는 수가 없지. 본인이 함구하시니〕

〔아마 저 세상까지 품고 가실 비밀인 모양이죠?〕

〔피이, 그런 게 어딨어〕

제 아내의 어디를 건드렸는지 개글개글 소리죽여 웃는 공기의
흔들림이 그 쪽에서 일었다. 노파는 낮게 한숨을 쉬었다. 심한 격
세지감을 느끼며 가늘게 눈을 떴다. 엉켜버린 듯 포개진 그림자가
오랜 방황 끝에야 비로소 하나가 된 그들의 지금 심정을 대변해 주
고 있는 것 같았다. 팔 년간의 교제 중에 두 번이나 결별 선언이 있
었고 한 번의 결혼과 이혼, 다시 결합, 그러나 그들은 앙금도 없는
듯 한데 어우러져 손자며느리는 요즘 입덧까지 난 모양이었다. 이
제 다시는 그런 일없으리라는 다짐처럼 끔찍이 서로를 위하는 모
양이 더 없는 외로움 속으로 노파를 밀어 넣었다. 시야에 있는 모
든 것들을 밀어 내버리듯 노파는 눈을 감아버렸다. 맞은 편에 있는
거울도 없이 앙상한 경대가 부웅 떠올랐으나 이내 닫혀버린 망막
속으로 사라져 버렸다. 그러나 형체가 사라졌다고 기억마저 사라
지는 건 아니었다. 노파는 애써 무감각해지려고 했다.

〔대고모님을 치료하고 있노라면 무슨 생각이 드는 줄 아세요?.
고목나무가 연상돼요. 노쇠해서 생명력이 다 해가는 고목에다 생
명수를 주입시키는 그런 기분이 들 거든요〕

〔그럴 듯한 비윤데. 하지만 나무는 오묘한 목리문이라도 남기는

데 사람은 뭐야 그럼?)

조근조근 나누어지는 그들의 대화에 온 신경을 모으고 있던 노파는 저도 몰래 꿀꺽 마른침을 삼켰다. 사람은 뭐야 그럼. 손자의 말에 손자며느리의 대답은 이어지지 않았다. 그것은 곧 바로 노파 자신의 몫인 것 같았다. 사람은 뭐야 그럼. 노파 자신의 내심이 추궁 당하는 느낌에 울컥 홧증이 솟구쳤다. 노파는 몸부림치고 싶어 다리를 버둥거렸다. 아무런 움직임도 일어나지 않았다. 고함을 지르고 싶었지만 입천장의 위아래가 엉켜 붙었는지 그것조차 여의치 않았다. 아아. 산송장이 되어버린 거야. 원인은 덧난 상처에 있다는 것을 깨닫자 그녀는 더욱 절망에 빠져들었다. 할머니 어서 오세요. 할아버지가 그 나무토막을 알아보셨어요. 늦게 오시면 할아버지는 또 떠나실지 몰라요. 전화 속의 목소리가 상기되면 될수록 가슴을 쥐어뜯었다. 그렇지만 자력으로는 아무 행동도 불가능해진 노파였으므로 주위에서 볼 수 있는 것은 주검처럼 누워 있는 노파의 겉 모습만일 뿐이었다.

〔대고모님의 생애는 충분히 설화적 소지가 있어요. 새도 키우지 않으면서 조롱을 처마 끝에 걸어놓고, 원한이 가득한 저 경대는 어떻고요〕

손자와 손자며느리, 그들은 정말 노파가 의식을 잃어버린 줄 아는가 보았다. 그렇지만 노파로서도 어찌할 도리가 없다. 필담을 할 능력도 손끝에 없었고 눈짓을 하려고 해도 덧없는 경련만이 눈시울을 떨게 할 뿐이었다.

노파는 바위처럼 무거운 신음을 가슴으로 내려놓으며 평소에 염원했던 꿈의 끄트머리를 끄집어 당겼다. 좀전에 꾸었던 꿈이란 것도 사실은 그때의 꿈을 되새겨본 것이었다. 노파는 매가 되어 있었다. 오랜 숙원이 이루어진 것이다. 노파는 매가 되고 싶었다. 날카로운 부리와 억센 두 발, 힘 찬 날개를 가진, 거기다 눈도 밝다면 더 바랄 게 없었다. 그런데 노파는 전화를 받고도 움직일 수가 없었다. 그리고는 꿈을 꾼 것이었다.

노파가 전화를 받은 것은 손자며느리의 부축을 받으며 목욕을 막 끝낸 참이었다. 할머니 아프다고 좀 하세요. 사포로 나무등걸을 문지르는 것 같아 징그럽단 말예요. 손자며느리의 호들갑이 틀리지 않는다고 노파는 생각했다. 감정이 메말라 버리니 피부의 감촉마저 퇴화해 버리는 건 어쩔 수 없는 현상인데 그것마저 인정하지 않을 수 없었던 것이다. 그런데 막상 전화를 받고 보니 불씨처럼 발갛게 되살아나는 감정의 씨알들에 노파는 자신도 몰래 기함을 하고 말았다. 전화는 노파가 반 년 전에 만나고 온 소년에게서였다. 소년은 할머니가 적어 준 대로 전화를 거니까 이사 갔더라는 소리도 끼워 넣었다. 소년은 저를 만나고 온 길로 병이 난 노파가 이리로 옮겨오게 된 상황을 알 턱이 없었던 것이다. 그 나무토막을 보이니까 대번에 알아보던데요. 할머니네 할아버지가 틀림없으니까 어서 오세요. 또 훌쩍 떠나시면 이번엔 정말 다시는 못보게 될지 모르잖아요. 그런너는 내 손자……. 노파는 너무 억장이 무너진 나머지 가슴이 텅 비어버린 것 같았다. 아무 말도 아무런 행동도 되지 않았다. 기쁨인지 분노인지 모를 감정만이 귀가 멍멍하게 차올랐다. 어디론가 한없이 떠올라 진공 상태에 머무른 것처럼 마른 목젖만이 끄억꺽 숨통을 막았다. 노파는 화급한 앰뷸런스 소리가 모기소리만큼 아련히 귓전을 맴도는 것 이후로 지금까지 아무런 기억이 떠오르지 않았다. 자신이 얼마만큼 정신을 잃고 있다 되살아났는지 그것조차 물어볼 기력도 없으며 입도 열리지 않았고 자신은 혼신을 다 해보았으나 다른 사람에게는 미동으로도 보이지 않는 모양이었다.

노파에게는 두 개의 분신이 있었다. 하나는 거울이 깨져버린 경대였고 또 하나는 목침보다 조금 작은 크기의 귀목나무였다. 귀목나무는 본래 대패질도 되지 않은 거칠 대로 거친 나무토막이었으나 오랜 세월 노파의 손끝에 어루만져지면서 모가 닳고 손때가 묻어 반질반질 윤까지 났다. 그런데 거기에는 아무도 모르는 주술이 숨겨져 있었다. 노파는 콩알만큼 작아져도 미지수인 주술을 풀기 위해 틈만 나면 공깃돌처럼 나무토막을 어루만졌다. 울컥 설음과 분노가 솟구칠 때는 내던지고 비비고 끌어안기도 하면서. 불가사리처럼 넝큼넝큼 자신의 평생을 다 파먹은 존재인 줄 알면서도 감히 어쩌지 못하는 애물 중의 애물이었다. 그것들은 노파의 남편이 그녀를 떠나면서 그녀를 따돌리기 위해 씌워놓은 굴레며 함정이었다. 그러나 노파가 그것을 깨달은 것은 한참 후였다. 육체와 영혼의 열기가 식어 가을 아침처럼 싸늘해진 즈음에야 비로소 사물을 보는 눈도 편견없이 넓어진다는 것과 동시에 얻은 수확이었다.

그렇지만 노파는 벙어리 노릇을 할망정 남의 호기심을 충족시키기 위해 입을 열기는 싫었다. 남들이야 쉬운 말로 실패와 성공을 갈라놓을 테지만 그것들의 어떤 모양도 노파에게는 너무 소중했다.

노파의 남편 김대섭은 아이 때부터 인정받은 소목장이였다.

그날은 막 부둥켜안고 울고 싶도록 아름다운 햇살이 봄의 그득한 누리에 주저리주저리 훑어져 내렸다. 앞 뒷산에서는 산 꿩도 뻐꾸기도 울어젖혔고 적요하게 가라앉은 앞 마당가의 울타리에는 흐드러지게 줄장미가 피어 있었다. 열 여섯 살배기 처녀 정순(노파)은 혼자 절구에 넣은 보리방아를 찧고 있었다. 식구들이 모두 들로 나가고 처녀인 그녀만 봄볕에 그을릴라 배려한 어머니의 지시로 집에 남은 것이다. 심심한 나머지 수틀을 놓고 내려와 시키지도 않은 일로 힘을 빼고 있는 것이다. 그때 얼른 정순의 귓가에 무슨 소리가 들렸다. 무심코 고개를 돌리던 정순은 저도 몰래 공이를 떨어뜨린 채 숨결마저 멈춰버렸다. 어떤 물체가 빛살을 되쏘며 그녀의 시야로 내려앉았다. 봄빛 가득한 한 낮에 오묘하고 신비한 어떤 분위기를 거느린 청년 하나가 홀연히 그녀의 눈앞에 머물러 있었던 것이다. 정순은 수줍음을 무릅쓰고 얼른 찧어놓은 보리 한 됫박을 푹 퍼서 내밀었다. 행색으로 보아 거지가 분명하다는 판단에서였다. 거지가 아닌데요. 하얀 이를 드러내며 청년이 웃어 보였다. 정순은 다시 한 번 상대방을 바라보다가 야릇한 통증을 가슴에 느끼며 냅다 부엌으로 달려들어갔다. 그 쪽에서 무슨 말인가를 건네는 것 같았지만 들어새길 겨를도 없는 무안함이 온 몸을 옥죄었다. 부끄럽고 간지럽기도 한 그런 시각이 얼마나 흘렀을까. 정순은 살그머니 고개를 내밀었다. 새 한 마리가 살폿 앉았다 간 듯 흔적도 없이 마당은 비어 있었다. 정순은 사내가 섰던 자리로 가서 가만히 그의 흔적을 찾아보았다. 무엇에 홀렸던 것처럼 허망함이 애절하게 물결쳐왔다. 평생 처음 느껴보는 아픔과 감미로움에 실려 찰나에 마주쳤던 서늘한 눈빛이 떠올랐다. 희고 넓던 이마도 눈앞에 삼삼하게 되살아났다. 정순은 후다닥 사립 밖으로 뛰어 나갔다. 밖에서 들어온 어머니가 수리할 반다지를 가지러 건넛말 농방에서 사람이 오지 않았더냐고 했다. 정순은 그제야 가슴을 꿰뚫는 호된 애틋함을 느꼈다. 농방 청년에 대해서 진작부터 들은 소리들이 있었던 것이다.

떠돌이 청년 소목장이는 목신이 씌인 사람이라고 했다. 무슨 나무든 보기만 해도 이름이나 목질은 물론 장차 무슨 물건이 될 나무인지, 사람의 관상처럼 나무 고유의 목상을 환히 맞춘다는 거였다.

곁에 아무도 없을 때는 끝없이 중얼거리며 일을 하는데 가만히 엿들어보면 아파도 참아라. 참한 색시 방에 갈 몸인데 이 정도는 깔다듬어야지, 라거나 불쌍한 것 네 운명이 그 뿐인데 어쩌느냐는 둥 나무를 구슬리거나 호통치기도 한다는 것이었다. 그러나 사람들은 아무도 특이한 재주만큼 그를 대접해 주지 않았다. 고용된 일장에서 먹고 자고 부지런히 일해야만 가까스로 연명할 수 있는 것이 그의 처지였다.

정순은 보리를 퍼 안겼던 사내가 대섭이라는 것을 안 뒤부터 생병이 났다. 잠을 자거나 먹고 입을 때, 앉으나 서나 그녀의 뇌리에는 대섭으로 가득 차 있었다. 사람 대접을 받지 못하는 천역에 얽매여 사는 그의 처지가 제 일처럼 가슴을 에었다. 그녀에게 더 얄궂은 아픔을 준 것은 대섭의 근본은 그럴 수 없는 양반이었으나 할아버지가 민족운동을 하러 만주로 떠난 뒤 가산이 뒤집혀지고 조실부모한 뒤 떠돌이가 되었다는 풍문이었다. 그는 그렇게 천하게 살 사람이 아니었다. 누군가 힘있는 손길로 끌어서 바로 잡아준다면 근본 따라 행세하는 반듯한 사람이 될 것이다. 남자에게 처복은 부모 복보다 더 크다는데. 정순은 어느 결에 대섭의 아내 자리에다 저를 앉혀놓고 있었다. 물론 그것은 혼자만의 생각이었다. 체면과 위신을 제 일로 치는 아버지나 오빠들이 안다면 그런 마음을 먹었다는 것만도 혼줄이 날 일이었다. 정순은 어느덧 언감생심 품어볼 수도 없는 슬픈 사랑에 애가 닳았다.

정순은 아무도 몰래 지은 옷 한 벌을 가지고 농방으로 찾아갔다. 마침 대섭은 혼자 밥을 먹고 있었다. 머리에 얹혀있는 톱밥이며 대팻밥이 움직임에 따라 주르르 흘러내려 밥숟가락 위에도 얹혔으나 손가락으로 집어내고 태연히 입으로 밀어 넣었다. 때 끼인 손으로 이물질을 대강 걷어낸 뒤 울겅불겅 먹이를 씹는데 골똘한 그의 뒷

모습은 한 마리 동물을 연상시켰다. 불결한 입성과 흐트러진 작업장의 살풍경이 한 덩어리가 되어 그를 사육하고 있는 것 같았다. 그는 다만 자신을 느끼거나 깨달을 필요도 없이 길들여져 갈 따름인 것이다.

서둘러 그럴 참은 아니었지만 저도 모를 격정에 몸을 떨며 정순은 그의 앞으로 모습을 드러냈다. 마악 밥을 퍼 넣던 숟가락을 문 채 대섭이 올려다보았다.

〔이걸 입고 따라나서세요〕

미처 놀랄 염도 못차린 그의 앞으로 옷보퉁이를 내밀며 정순은 지시하듯 말했다.

돌이켜 생각하면 씁쓸하기만 한 추억이었다. 그 무모한 용기는 어떻게 해석되어야 할지. 물론 미래 같은 것은 안중에도 없었다. 시궁창에 빠져 있는 보물을 얼른 건져올리는 것만이 급선무였다. 양반가의 고명딸이 떠돌이 소목장이에게 반해 그를 이끌고 가출해 버린 일은 마을이 생기고 나서 가장 큰 사건이 되었다.

정순은 마침내 대섭과의 신방을 차렸다. 남의 눈을 의식하지 않아도 되는 객지여서 둘은 무엇이든 열심히 해서 우선 돈을 모으기로 했다. 정순은 저자거리에서 함지박에 소금이나 생선 따위를 받아놓고 팔았다. 그 방면에 수완이 있었던지 대번에 문리를 터득했다. 방을 얻는 데 보탠 돈도 정순의 주머니가 큰 몫을 했다. 둘이서 열심히 일하니까 곧 부자가 될 것처럼 싸목싸목 살림느는 재미도 있었다. 그러나 문자를 아는 것 없는 대섭이 받는 불이익이나 천대까지 달라지지는 않았다. 더불어서 무식한 소목장이의 아내로 감내해야 되는 아픔과 자존심은 정순을 더욱 슬프게 했다. 저를 가장 아껴주는 사람의 애정에 대섭이 흠뻑 젖어 있는 것을 보며 정순은 반려로서의 제 몫이 어떤 것이어야 하는지를 뼈저리게 느끼지 않을 수 없었다. 그녀는 감상의 늪에서 자신을 선뜻 건져올렸다. 의도했던 일을 실천하기 위해서는 살을 에는 아픔도 감수해 나가야 했다. 어느 날이었다.

〔임자, 여기 두었던 내 연장망태 못보았소?〕

드디어 때가 온 것이다. 정순은 태연하게 남편을 올려다보았다.

〔이녘은 이제부터 학문을 먼저 해야 돼요. 그래서 연장은 제가 없애 버렸어요〕

〔내가, 이 나이에 말이요?〕

믿어지지 않는다는 듯이 바라보던 대섭은 자조 어린 미소를 지어 보이며 아내의 말에 반문했다.

〔그럼요. 이녘을 멸시하고 천대하는 사람들에게 보아란 듯 성공을 해야 돼요. 이녘한테는 조상들의 고귀한 피가 흐르고 있어요. 이제부터 먹고 사는 일은 내가 맡을 거예요〕

헛. 대섭은 뺑하게 입을 벌린 채 하늘을 향해 고개를 쳐들었다.

〔내가 부모형제도 배반하고 왜 이녘을 따랐는지, 그 결심이 결코 물렁반죽 같지 않으리라는 걸 알아주셨으면 해요〕

정순은 그가 이의를 달지 못하도록 쐐기를 박는 일에 기회를 놓치지 않았다. 뜻밖의 사단에 몰리자 이런 저런 결단도 못내린 대섭은 시부저기 그 자리에 주저앉고 말았다. 대책 없는 일에 대한 일시적인 어물거림이었지만 그가 어영부영 넘겨버린 하루를 정순은 결코 헛되게 넘기지 않았다. 정순은 그날 대섭이 만들어준 가구 중 가장 기물인 소품 하나를 들고 보통학교 사택 앞에 서 있었다. 정순의 이야기를 들은 교장은 부녀자가 대단한 뜻을 품었다고 칭찬한 뒤, 대섭을 잡역부로 취직시켜서 기초단계의 문맹을 깨우친 뒤에 정식으로 입학시키는 것도 가능하다며, 만학으로 성공한 사람들의 예를 여럿 들려주어 정순의 의욕을 부추겨 놓았다.

정순에게서 다시 채근을 받고서야 대섭은 비로소 심각한 어떤 변화를 감지했는지 정색을 했다. 정말, 꼭 그러길 바라느냐고 확인을 한 뒤 참담하달 밖에 없는 표정으로 한참 동안 묵묵히 앉아있었다. 그러나 도드라져 보이는 관자놀이에 핏줄이 불끈거리는 것이며 볼따구니가 불끈거리게 어금니를 깨물며 소용돌이치는 마음의 갈등을 그가 어떻게 처리하는지 정순은 옆눈으로 훔쳐보고 있었다. 한참만에 한숨인지 신음인지 모를 음성으로 대섭이 입을 열었다.

〔우리는 잘못 만났소. 나는 내가 하고 싶은 일해서 밥 먹고 살면 그만이지 양반이니 사람대접이니하는 데는 관심 없소〕

정순은 한동안 그를 설득했다. 되도록 낮고 고분고분한 목소리로 선대를 비롯하여 곧 태어날 자식이며 주위 환경까지 적절하게 구사를 했다. 정에 굶주렸던 그의 약점을 이미 간파하고 있었던 것이다. 대섭은 자신과 뜻이 맞지 않을 때는 좁고 예리하게 저항하는 성격이었지만 보드랍고 여린 상대에게는 손끝 하나 까딱하지 못하는 여린 심성이었다. 비록 잘못 만났다는 폭탄 선언을 했을망정 부부라는 끈으로 옭아매인 이상 쉽사리 연줄을 끊지도 못했다.

〔그렇다면 나도 할말이 있소〕

말없이 밖으로 나갔던 대섭이 목침 만한 나무토막 하나를 주워 온 것은 그리 오래 걸리지 않은 시각 후였다.

〔이 나무토막 속에는 내 소원이 들어 있소. 임자가 만약 그걸 맞추면 나는 죽으라고 해도 임자 말을 듣겠소, 다만 임자가 만약 그걸 맞히지 못하면 나는 내 하고 싶은 대로 할 테니 그리 아시오〕

정순은 대섭의 제안이 너무 뜻밖이어서 어리벙벙했으나 곧 희망적인 방향으로 받아들이고 대처할 방도를 구했다. 남편이 요구하는 답을 그 자리에서 당장 말할 수는 없어 꾀를 쓰기로 했다.

〔알았어요. 며칠간만 말미를 주세요. 열 길 물 속보다 한 길 사람 속을 알기가 더 어렵다는데 나는 아직 이녘 속을 다 알지 못해요〕

그러라는 대답을 남편으로부터 받아낸 정순은 염낭 속에 든 돈을 헤아리듯 뿌듯함에 젖었다. 심약한 남편 하나 구슬러 학교로 보내는 일은 어려울 것 같지 않았다. 제 뜻이 결코 나쁘지 않은 이상 남편은 곧 따라 줄 것이라는 믿음이 있었다. 그렇지만 기선은 확실하게 잡아야 했다.

다음 날부터 정순은 대섭이 몰래 여러 공방을 찾아다녔다. 귀목나문 줄은 알 것는디 그 속에 든 뜻까지야 우리가 어찌 알겠소. 오죽하면 목신이 씌었다고 하겠소. 쟁이들 속내는 천하없어도 깜냥을 못짚는 것인디, 아지마씨가 겁도 없이 큰 시합을 걸었소. 요모조모 나무토막을 살펴 본 뒤 소목장이 모두들 고개를 저었다. 그 사이 눈여겨본 그들 쟁이들의 형편사들은 그들이 뭐라고 자기들의 업을 미화시켜서 두둔하든 간에 정순의 결심을 한층 더 다지는 데 일조를 할 뿐이었다. 불쌍해서 하나 더 던져 준 떡으로 남편이 포만하게 두어서는 아내의 도리가 아닌 것이다.

운명의 밤이었다. 대답을 채근하듯 바라보는 대섭의 눈길을 비웃듯이 마주보며 정순이 먼저 말을 꺼냈다.

〔좋아요. 이녘은 이제껏 자기가 뭐 대단한 신기(神技)나 가진 위인인 줄 착각하지만 나도 그 정도의 목리는 알 수 있어요. 이녘만큼 오래 덮싸이다 보면 그 이상도 깨칠 수 있고요〕

일부러 과장된 어투와 표정을 지었음도 물론이었다.

〔우선 이 나무토막의 목질부터 밝혀볼께요. 이건 정기나무예요. 책에는 느티나무라고 씌어 있고 귀목나무, 승성목이라고도 어른들은 해요. 오래된 동네의 한 옆이나 어귀에서 마을의 수호신으로 떠받들리고 있지요〕

정순의 응대가 강하고 자신있게 나오자 별스럽게 여기지 않고
듣던 대섭의 표정에 차츰 호기심과 긴장이 깃들기 시작했다. 슬몃
대섭의 눈치를 엿본 정순은 공방에서 주워들은 상식을 걸쭉하게
제 것처럼 엮어나갔다. 물정 모르고 자기 세계에 몰입해 있는 남편
의 협소한 정신 세계를 활짝 열어 놓겠다는 목표의식이 생동감있
게 물결쳐 왔다. 대섭이 만약 글을 깨우친 후에도 소목 일을 하겠
다면 그때는 길을 막을 어떤 이유도 없다. 그는 드물게 식자있는
장인이 될 것이며 이론과 실기를 겸한 으뜸 장인이 되면 그 사람의
작품은 얼마나 빛나는 대접을 받을 것인가.

  〔이 나무로는 혼인 때 쓰는 기러기를 만들기도 해요. 하지만 원
목으로는 의농이 제격이죠〕

  〔여러 소리 말고 내가 물은 것만 대답해요〕

  듣고 있던 대섭의 눈꼬리에 파르르 경련이 일었다. 아지마씨가
겁도 없이 큰 시합을 걸었소. 쟁이들 속내는 천하없어도 깜냥을 못
짚는 법인디. 어떤 소목쟁이가 우려하던 현실이 눈앞에 닥친 것 같
아 속으로는 찔끔했지만 그냥 물러설 정순이 아니었다.

  〔물론 해야지요. 이녘도 나도 평생을 같이 사느냐 못사느냐를 다
투는 순간인데요. 여기 이 가구들만 해도 그래요. 이 삼층장 반다
지 모두 귀목 제품이에요〕

  정순은 능청스럽게 방안을 돌아가며 대섭이 만들어놓은 가구들
을 하나하나 지목해 보였다.

  〔귀목은 다른 나무와 다르게 세월이 갈수록 제 색깔이나 문양이
살아나는 특이한 재질이죠. 자라는 속도가 느리고 아무 데나 돋아
난 생장점, 즉 돌출 부분의 나이테가 섬세합니다. 그 부분의 문양
을 여하히 다루느냐에 따라 장인의 솜씨가 매겨지지요. 여기 이 문
채는 함박꽃 무늬라고 하지요?. 여기 이건 파도 무늬입니다. 여기,

이건 버섯, 그래요 고목 나무에 많이 난다는 버섯예요. 안개와 이슬을 먹고 깊은 산 수림에서 자란다는 영지 말예요. 겉으로 보기에는 모양 사납고 하잘것없는 고목 속에 이런 모양들이 간직돼 있다는 건 생각만 해도 기가 막혀요. 모르긴 해도 이 장의 문짝 하나가 완성되는 데도 나무의 수명까지 합쳐서 수 백년하고 몇 십 년 세월은 족히 응집되었을 거예요. 수 백년을 흘려가며 뒤바뀐 해와 달, 별, 바람이며 구름, 비 어둠과 천둥 번개까지 어울려서 만들어낸 문양…]

모방도 썩 잘 하면 본 제품을 능가한다더니 실감있게 설명을 하려니 목리의 현란한 생명력에 저도 몰래 정순은 도취해 버렸다. 놀라운 빛을 감추지 못하는 남편의 표정도 힘을 보태주었다. 그녀는 계속 딴전을 피웠다.

〔그런데 여기 이 애기장은 다른 것들과 달라요. 뭘로 만들었는지 말해 볼까요?. 흑감나무예요. 나무도 나무지만 다른 것들보다 특이한 것은 여기 배어있는 칠입니다. 탄복이 절로 나와요. 이 매끄럽고 부드러운 촉감을 다시 한 번 더듬어 보세요. 칠은 주로 들기름, 호도기름, 잣기름을 입히는데 그 중에서 옻칠을 최고로 칩니다. 하지만 이 흑감나무 애기장은 옻칠에 못지 않은 고가의 칠을 머금고 있어요. 말해 보세요. 새 물건이 아니고 누가 쓰던 물건을 구색 맞추기 위해 사들인 거지요?〕

정순은 짐짓 냉갈령스럽게 질문을 던졌다. 대섭의 표정이 침이라도 찔린 듯이 찔끔해진 것도 그 순간이었다.

〔임자가 어떻게… 〕

남편의 호기심을 별 것 아니란 듯 슬쩍 흘려넘겼다.

〔이걸 만든 사람이 아니면, 아끼던 누군가의 마음에서 배어 나온 정감의 진액이 스며 있어요. 제 살결을 어루만지듯 쓰다듬을 때마

다 묻은 관심과 애정의 손때 말예요. 무슨 기름 무슨 칠하지만 손때보다 못하다는 말은 이런 걸 두고 하는 말이지요]

정순이 다음 말을 계속하려는 순간 용수철처럼 튀어 일어나며 대섭이 외쳤다.

[같께, 가면 될 거 아니야]

그쯤의 회억에서 노파는 숨결이 거칠어진 것을 스스로 느낄 수 있었다. 추억이라고 마냥 감미로운 것은 아니다. 노파는 매번 그 부분에서 혈압이 올랐다. 경대를 메다쳐 거울이 박살나버린 것은 그 때였다. 비록 세월의 흐름 아래 뒤덮여버린 옛 일이지만 고통은 식지 않고 묵재를 쑤석거리면 되살아나는 불씨처럼 마냥 그녀를 노엽게 했다. 그것은 사랑하는 이를 위해 바쳤던 단심이었지 결과만을 따져서 옳고 그름을 논할 성질이 아니었다.

그날 그렇게 등을 보이고 뛰쳐나간 대섭은 끝내 그녀에게로 돌아오지 않았다. 몸 뿐 아니라 마음도 마찬가지였지만 학교에 가면 언제든지 그를 만날 수 있다는 확신만을 품에 안고 외로움을 달래며 정순은 생업에 열중했다. 대섭이 생업을 핑계대며 탈선하지 않도록 미리 잡도리해야 될 책무에 값하느라 피곤한 줄도 몰랐다. 장사는 그녀가 계획하고 실천하는 것은 무엇이든 잘 되었다. 그럴 즈음 몸이 무거워져 점포를 마련해야 되게 되었다. 밑천을 보태기 위해 가구를 모두 팔았다. 임자 얼굴 깔다듬어라고 특별히 잔손질을 많이 했다는 말을 되새기며 경대만은 뒤로 돌렸다. 꺼내놓고 쓸 겨를은 없었으나 간수하고 있다는 것만으로도 남편과 같이 있는 듯한 흐뭇함을 맛보며 잡다한 시름을 모두 떨쳐버리는데 도움이 되었다.

정순이 배반이라는 끔찍한 단어를 첫 번으로 맞닥뜨린 것은 대섭이 학교로 간 지 불과 반년도 되지 않고서였다. 처져 내리는 배를 우받으며 나대야 하는 고달픈 나날일망정 정순은 새로운 기대로 가슴을 부풀리며 혼몽한 행복감에 젖었다. 더 다행스러운 것은 사흘을 못지나서 털고 돌아오지 않을까 우려한 남편이 꾹 참고 학교 생활을 잘 견뎌주는 것이었다. 하도 대견한 나머지 영선할 목적으로 연장을 챙기러 왔다 할 때도 눈길 한 번 마주치지 않고 냉정하게 떠나갔지만 서운한 마음을 먹지 않았다.

무소식이 희소식이라 여기며 대망을 이룰 그 언제까지 무심하게 소식 한 번 전하지 않아도 참고 살 수 있을 것 같았다. 그런 어느 날 느닷없이 다녀가라는 연락이 학교에서 왔다. 덜컥 내려앉는 가슴을 누르며 한달음에 달려갔다. 예감은 적중해 있었다. 그녀를 맞이한 것은 썰렁한 빈방에 허물처럼 벗어 던진 대섭의 옷가지며 패대기쳐진 문구들이었다. 책걸상을 고치다가 소변보러 가는 것처럼 슬그머니 자리를 뜬 뒤 고대 기다려도 돌아오지 않는다는 것이었다. 그것도 벌써 일주일 전이라고 했다.

차라리 가지 않겠다고 버티기나 했으면 다른 방법을 찾을 수도 있었을 것을. 속내를 감춘 멀쩡한 얼굴로 집을 떠난 그에게 정순은 정통으로 면상을 맞은 것이었다. 대섭은 상대하기 싫은 사람과 왈가왈부하느니 차라리 자리를 비켜버리는 타입이었던 것을. 심약한 탓에 버텨보려는 노력을 그 역시 통 안했달 수도 없는 것이 몇 개월이나마 배겨낸 증거였지만 정순은 너무 허망한 나머지 아무 말도 할 수가 없었다.

그녀도 여자였다. 보고 싶음이야 하루에도 몇 번씩 그의 곁으로 치달렸고, 남편이 벌어다 주는 돈으로 살림을 꾸리고 불씨나 지키는 아내의 작은 행복을 택하고 싶기도 했었다. 그러나 그녀는 참았다. 사람이 산다고 다 사는 것은 아닐 터인즉 삶의 의의를 좀 더 뚜렷한 명분에서 찾고 사랑의 힘으로 그것을 성취해 내고 싶었다.

아버지도 없는데서 낳아 기른 아기가 만 네 살이 되었을 때 정순은 지리산 어떤 계곡을 겅중겅중 뛰어가고 있었다. 산판 일을 했다는 어느 인부한테서 남편 대섭의 거처를 알아낸 것이었다. 사람들은 지리산 겨울 날씨의 변덕스러움을 들어 만류했지만 정순의 들뜬 마음을 막을 만한 이유는 아무 것도 되지 못했다. 남편이 있는 곳으로 가는데 무슨 두려움이 있으랴. 아리땁다기보다는 세파에 단련된 강건한 육신과 의지 찬 속셈이 면면이 드러나 있는 여인의 발걸음은 산록을 근거지로 더터 다니는 암짐승의 그것처럼 거칠 것 없이 당찼다.

외딴 마을 외딴 가옥을 지나 더 깊은 곳에 자리잡고 있는 화전민의 집도 지나쳤다. 바람의 조화대로 우우 몰려왔다가 언제 그랬느냐는 듯 능선 너머로 사라져버리는 눈보라도 벌써 몇 차례나 겪었다. 길길이 자란 억새나 잡목수풀 사이로 긴 듯 만 듯 나 있는 산길을 뚫고 한때는 숯막이었다는 곳에 이르렀을 때였다. 들은 대로 버섯 뚜껑 같은 지붕의 움막이 보이고 털가죽을 걸친 사내 하나가 길짐승 같은 행색으로 구부리고 앉아 어디론가 떠날 양 신들메를 조여매는 걸 발견했다.

〔여보셔요. 말 좀 물읍시다〕

이쪽의 말이 끝나기도 전에 본능적인 경계를 표하며 사내의 몸이 움막 뒤로 사라졌다.

〔멈춰요, 잠깐만!〕

정순은 달려가서 사내의 옷깃을 끌어잡았다. 도망가기를 단념한 상대가 끌리는 대로 몸을 돌렸다. 이가 기어나올 정도로 자란 머리카락과 수염, 아무리 남루한 입성으로 감쌌다 한들 그가 누구인데 몰라볼 것인가.

〔나쁜 사람, 나쁜 사람〕

정순은 남편을 쥐어박고 흔들며 그의 품으로 머리를 박았다. 대섭은 저항없이 정순의 화풀이를 받아들였다. 그의 무반응에 신경이 미친 정순은 퍼뜩 정신을 차리고 행동을 멈추었다. 애초에 이럴 생각은 없었다. 그의 넓은 가슴에 푹 파묻혀 외롭고 고달팠던 날들을 하소연하며 어리광도 부리고 싶었다. 그러나 조금도 변하지 않은 배타성과 냉담함을 마주 대하자 전혀 예상치도 못한 형태로의 그리움이 표출되어 버렸다. 제 풀에 감정을 수습한 정순은 어정쩡하게 서 있는 남편을 밀고 움막 안으로 기어 들어갔다.

노파는 그날 결국 또 한 번의 버림을 더 당하고 말았다. 구석지에는 미완의 목제품들이 널려 있고 처네를 둘러쳐놓은 시원찮은 바람막이를 뚫고 밀려온 눈바람에 귀신의 춤사위처럼 관솔불이 너울거리는 엉성궂은 분위기에서나마, 그들 가족은 오랜만에 만났고 자식의 재롱을 내외가 같이 보면서 보낸 제법 오붓한 밤이었다.

얼마나 깊은 잠에 빠졌던 것일까. 엄습하는 썰렁한 냉기에 정순의 눈이 떠졌다. 감고 잠든 남편의 팔이 없었다. 소스라쳐 일어나 보니 갈아 입혔던 솜옷만 아들 위에 가지런히 덮여 있었다. 간밤에 남편이 했던 말이 몽둥이처럼 정순의 머리를 때렸다.

〔아무리 금의옥식이라 해도 사람에 따라서는 두드러기도 일고 배탈도 나는 법이요〕

정순은 허물어지듯 주저앉았다. 대섭은 아내가 꺼낼 게 분명한 하산 제의를 미리 피해 줄행랑을 놓은 게 분명했다. 숲 속으로 이어진 발자국이 가는 눈발에 어름어름 지워져 가는 중이었다. 정순은 자신의 혀를 깨물고 싶은 후회에 빠졌다. 분위기에 녹아 멋도 모르고 나불거렸던 말들이 그물망처럼 그의 심기를 포박했을 것으로 짐작이 갔다. 한 차례의 흔쾌한 정사 후였다. 원수도 용서해주고 싶은 그 기분에 도취한 김에, 정말은 나무토막 속에 들었다는 당신의 소원을 못알아낸 것을 은폐하기 위한 시간끌기 작전으로, 공방에서 주위들은 짜깁기 상식을 늘어 놓았었다고 실토했었다. 피나무는 섬유질이 적고 나이테 부분이 명주바닥처럼 곱습니다. 뽀요노란 색깔과 종이결처럼 보드랍고 매끄러운 목질 때문에 주로 바둑판을 만드는 데 쓰이죠. 그 밖에도 행자목은 연장발을 잘 받는 데 고급 통영반을 만드는 수종인 동시에 또 관을 만들면 아주 고급품이어서 임금님이나 고관대작들이 부모나 자신들의 유택을 만드는 데 선호했다지요. 미소띤 얼굴로 잠자코 듣고 있는 남편을 향해 물음을 던졌다. 당신은 내가 그 답을 말 못할 것을 정말 알고 있었던가…. 남편은 굳이 말로 표현하지 않았다. 잔잔하게 고여 있던 미소가 싸악 얼굴에서 걷어졌을 따름이었다.

대섭은 정말 돌아오지 않았다. 믿어지지 않는 잠적을 두고 정순은 제 마음을 제가 달랬다. 채취해 놓은 재목을 둘러보러 갔거나 노루, 토끼가 걸렸을지도 모르는 덫을 살피러 갔을지도 몰라. 이 외진 산속 눈구덩에 처자를 내버려 두고 도망갔다는 생각은 끔찍해서도 하지 않았다. 볼일을 보고 오다 발을 헛디뎌서 혼자 죽을 고생을 하는지도 모르는 사람을 두고 괜한 오해를 하고 있는지도 모른다 싶어 근처의 숲을 헤쳐 다니며 소리쳐서 그의 이름을 부르고 또 불렀다.

쌓인 눈 위에 눈은 또 쌓이고 쌓였다. 드디어 먹을 것은 동나고 체온을 지키기도 힘들어졌다. 서까래를 뽑아서 불을 피우고 눈 녹인 물을 마시며 모자는 서로를 끌어안고 지냈다.

이듬해 해동이 되었을 때야 토굴 같은 암자에서 정순은 맑은 정신이 들었다.

그녀가 생과 사의 무의식의 공간을 헤매고 있는 동안 등에 업고 나섰던 아이도 없어져 버렸고 부러졌던 왼쪽 다리도 삐뚜름하게 붙어 있었다. 어떤 남자가 여기까지 안고왔소. 아이는요, 스님?. 아이는 없었소. 인연 중에는 악연도 있는 법, 이 모든 것은 업장에서 비롯된 것입니다. 하루라도 게을리하지 말고 업장을 소멸시키는 길 밖에 없습니다. 스님이 들려주시는 좋은 말씀은 많았지만 그녀의 마음속에 뿌리 내린 원한을 제거하기에는 너무 미미했다. 죽어도 용서할 수 없는 사람을 용서하기 위해 받는 고통만큼 어려움도 없으리라. 흉내내기 선행보다는 차라리 바락바락 악을 키우며 사는 편이 마음 편할 것 같아 하산하는 쪽을 택했다.

노파가 새를 잡는 매가 되고 싶다는 생각을 하고 새장을 사다 건 것은 그리 오래 전 일은 아니었다. 세월이 많이 바뀌어 기능장이니 명장이니 해서 '쟁이'에 대한 인식과 대우도 판이하게 달라졌음을 노파 앞에서 시위나 하듯 노파가 사는 동네의 새로 생긴 미술관에서 전국 규모의 목공예대전이 열렸다. 그 즈음 노파의 거처에도 꽤 많은 목물이 수집되어 있었다. 먹고 남은 돈으로 한 점 두 점 모은 것인데 하나같이 작자미상이었다. 처자까지 버리는 비겁한 사내가 토해내는 혼의 결정이라면 떳떳이 이름을 밝히지 않을 것이라는 노파 나름대로의 짐작이었다. 땀땀이 생산해내는 대섭의 피를 한 방울도 남기지 않고 흡수해 버리는 쾌감이 전부일 뿐 막상 어쩌겠다는 계획도 없는 허망한 집착이었다. 그 속에는 만에 하나라도 대섭이 그 때 지리산 계곡에서 불행한 일을 당하여 아이와 함께 이미 저 세상 사람이 아닐지도 모른다는 불안을 걷어치우고 싶은 간절함도 담겨 있었다.

그녀가 움직이는 동안 유일하게 한 번 가게문을 닫았던 적이 있었던 것도 그때였다. 그녀가 입수한 정보에 의하면 출품 작가가 직접 나와서 자기 작품에 대한 설명을 한다는 것이었다. 그녀가 전시장에 도착했을 때 전시장 안에서는 돌발했던 어떤 사태가 막 수습

되고 있는 중이었다. 무참하게 파기되어버린 전시품 하나를 에워싸고 사람들이 수군거리고 있었다. 괴목 삼층장인데 국무총리 상을 받은 거래. 사기야, 순 사기야 하면서 끌과 망치로 저것들을 부숴 버리는데 참으로 가관이야. 진짜는 정말 저런 것이로구나 싶게 장인 정신이 높이 보이더라구. 깨진 물건을 그대로 전시해 두어도 사이비 쟁이들에 대한 경종은 충분할 거야. 대체 그 늙은이가 누구야. 진짜 작가는 그 사람인데 심부름하던 아들이 미완성 작품을 훔쳐서 출품했다는 거야. 노파는 사람들의 제지를 무릅쓰고 자력에 이끌린 듯, 막 수거해 가려는 파기된 삼층장 옆으로 다가갔다. 획을 그으며 뇌리를 스치는 어떤 느낌이 있었던 것이다. 노파는 파기된 삼층장의 측면 부분에서 인두로 지진 흔적을 발견해 냈다. 주의해서 보아야만 그럴싸하게 알아볼 수 있는 작은 흔적이었지만 목공예에 관한 한 이미 상당한 식견을 갖고 있던 그녀는 예사로운 흔적이 아님을 식별할 수 있었다. 그것은 새의 날개였다. 날개라고 확인한 순간 노파는 어디서인지도 모르게 끼쳐온 전율에 휘말려 진저리를 쳤다. 새, 새. 창공을 어디든 자유롭게 날아다닐 수 있게 하는 날개. 노파는 한 개 한 개 파편을 들추어서 날개의 흔적을 찾아냈다. 처음의 것은 왼쪽 날개였으며 나중에 찾은 것은 오른쪽 날개. 그렇다면 어디엔가 몸뚱이가 있어야 셋이 한 조를 이루는 완벽한 새의 문장으로 낙관이 이루어진 작품, 삼층장이 완성될 것이었다. 작가만이 아는 은밀한 구석에서 안목있는 이의 시선을 받고서만이 비상할 수 있도록 은신해 있는 새-. 파기된 목편을 조각조각 다 살펴보아도 몸뚱이는 발견되지 않았다. 그러므로 파기된 이유가 미완이었음은 더욱 명확해지는 것이었다.

남편 대섭이 무슨 낙관을 쓰는지 노파는 아는 바 없었다. 그렇지만 왠지 남편의 것이라는 요지부동의 믿음이 노파의 가슴에다 심증의 푯대를 꽂아 버렸다. 새, 그것은 자신의 영혼을 구속하는 모든 것에서 자유로워지고 싶은 남편 대섭의 의지이며 저 높은 곳으로의 끝없는 성취 지향의 상징이기 때문에.

노파는 그 길로 원추형 새장 하나를 샀다. 남이 알까 부끄러운 주술이었지만 칸살이 튼튼하고 촘촘한 것을 골랐다. 자유를 갈망하는 새가 된 남편을 향해 매눈을 번쩍이며 살아야 하는 것이 숙명이라면 곱다시 순종할 마음의 채비였다.

그런데 꿈에서나마 노파는 정말 매가 되었던 적이 있었다. 지리산 골짜기에서 걸려온 소년의 전화를 받고 난 저녁이었다. 남편은 소년에게서 전달받은 나무토막으로 무언가를 다듬고 있었다. 연장 끝에서 한 겹 한 겹 목질이 깎여나가는 순간마다 하나 둘 날개가 도드라지고 머리며 두 다리가 완전한 새의 형상이 드러났다. 남편이 새를 조각해내는 것이 아니라 나무 속에 숨어 있던 새에다 생명을 돌려주는 것이었다. 더욱 기이한 것은 방금 조각된 새로 변해버린 남편이 곁에서 지켜보고 있는 아내에게는 눈길도 한 번 주지 않고 어디론가 날아갈 태세를 취하는 찰나에, 이제는 놓치지 않겠어, 단말마를 외치며 노파가 팔을 뻗는 순간, 아, 노파는 제 몸에서 뻗어 나온 새매의 날카로운 부리와 억센 두 발의 발톱을 보았다.

꿈을 깬 노파는 한동안 멍청해 있었다. 현실이 아니어서일까. 복수라면 그보다 멋진 방법이 현실에서는 불가능할 터였지만 통쾌했던 행동만큼 상쾌한 기분이 아니었다. 노파는 또 다시 버림을 받을망정 잘 아는 목기장수가 일러준 대로 지리산 깊은 골짜기로 다시 한 번 남편을 만나러가는 아낙네이고 싶었다. 산골 소년의 또랑또랑한 목소리도 되살아났다. 우리 아버지가 그라는데 할아버지는 시대를 잘못 만난 기인(奇人)이래요. 나무의 관상도 볼 줄 아는 재주가 있으면서 평생 마음에 드는 놈 하나 못만나서 목기나 깎아서 연명을 하는 신세가 부끄럽고 한스럽다더래요. 노파의 느낌으로 아들손자 그들은 노파의 핏줄 이었다. 이게 그럼 증표란 말예요?. 나무토막을 넘겨주자 믿어지지 않는 듯 소년은 두 눈을 끔뻑거렸었다. 증표, 증표. 말이야 그렇게하지만 그 속에 들어있는 애달픈 사연을 아이가 어떻게 알까.

노파는 표현할 수 없는 육신만큼 마음으로 깊이 울었다. 그가 아무리 자신의 입으로 내가 정순의 남편 김대섭이라고 밝힌다 한들 이제 그녀는 자신의 힘으로는 움직일 수조차 없다. 아니 내 아들과 손자를 만나러 가겠다는 뜻조차 나타낼 수가 없다. 허망하고 허망했다.

〔아, 알았다. 사람은 죽으면 뭘 남기는지〕

의료기구를 챙기던 손자며느리가 새로운 발견이라도 한 듯 제 남편을 보고 말했다. 그게 뭔데?. 손자가 눈으로 묻는 것 같았다. 노파의 신경도 그 쪽으로 쏠렸다. 그러나 대답없이 키들거리던 손자며느리는 엉뚱한 말만 했다.

〔보기 흉해요. 이건 이제 창고에다 갖다둬야겠어요〕

문갑 위에 놓였던 노파의 경대가 냉큼 사라지고  없었다. 안돼, 안돼!. 노파는 혼신의 힘을 다해 손자며느리를 불렀다. 그러나 닫혀진 방문을 열고 볼일을 보고 나간 그들은 아무도 돌아오지를 않았다. 방안 가득한 무거운 불빛만이 노파의 눈을 내리덮을 뿐. ⬛

# 판구

〔사나아로 쥑이고 살리고, 여자 그 기 요물은 요물이라〕

판구는 낫을 갈다 말고, 소쿠리를 들고 이쪽으로 대야를 들고 저쪽으로 줄곧 돌아다니며 중얼거리는 어머니를 힐끗 돌아보았다. 오늘 따라 유독이다. 그 놈의 여자, 여자, 여자타령 좀 그만 하라고 꽥 소리라도 지르고 싶은 걸 꾹 참는다. 정희가 왔다. 어머니께 이 말을 하면 어머니의 반응은 어떨까. 갈던 낫을 든채 판구는 저도 몰래 일손을 멈추었다. 살찐 고기를 잡아넣은 것 같이 하얀 종아리가 돋보이던 정희의 그 새까맣던 그물 스타킹. 낫을 들고 있는 손이 바르르 떨기조차 한다. 판구는 천렵을 해본 적이 없다. 납덩이가 조롱조롱 달린 투망을 개울에다 멋지게 던져서 한 대야씩 물고기를 잡는 어른들을 보며 나도 한 번 멋지게 투망질을 해보려니 꿈을 키웠었다. 그러나 이제 오염된 하천, 그나마도 상수원을 확보한답시고 저수지를 막은 통에 마을 앞을 흐르던 내에는 장마철 아니면 물구경을 하기도 어렵게 됐다. 예전과 다른 것은 말라버린 냇물만이 아니다. 진달래나 칡을 캐러 헤매다니던 뒷동산에도 밤이나

감나무 등의 유실수를 심어놓고 아무나 들어가지 못하게 울타리를
쳐놓아 간데족족 앞이 막히고 숨마저 가빠온다.

판구는 암울하게 생각이 열리지 않는 날은 일없이 낫을 갈았다.
이 일을 하고 나면 다음은 저 일을 하리라. 낫을 갈면 머릿속에서
해야 할 일의 순서가 잡히던 전날처럼 습관적인 낫갈이를 해본다.
그러나 마음은 차분하게 가라앉지를 않고 점점 더 헝클어지기만
했다. 산란해진 머릿속에는 세련된 도시여자가 된, 그러나 병색으
로 수척하게 말라보이던 정희의 모습이 달밤에 본 미인도처럼 야
릇한 색채를 발하며 박혀 있었다. 판구는 침을 삼키고 갈아진 낫날
을 엄지손가락으로 훑어본다. 그러나 초점이 모이지를 않는다. 자
꾸만 정희의 하얀 종아리를 감싸고 있던 검은 스타킹 그 육감적이
던 모양이 눈앞에서 어른거리며 지워지지 않는다.

〔야야, 필요도 없는 낫은 뭐한다꼬 자꾸 갈아 쌓고 그라노. 오라
는 춘만네나 퍼뜩 가보제. 재옥이랑 명식이랑도 들어가 쌌더마〕

판구는 말대꾸를 않는다. 머리카락에 대고 문질러 본 낫을 다시
숫돌에다 대려다 말고 어머니께로 눈을 돌렸다. 된장을 푸러 가는
지 양재기를 들고 장독대로 가는 어머니의 구부정한 등판에 개구
리처럼 납작하게 올라붙어서 잠이 든 아이의 디룽거리는 다리에
눈길을 박고 눈살을 찌푸린다. 쳐들린 아이의 오른쪽 볼에는 달팽
이 기어간 자국처럼 눈물 콧물이 말라붙어 있는 게 측은하기는 커
녕 구질스럽고 밉상스러움만을 불러일으킨다.

〔제수는 언제까지 안데꼬 가고 오매한테 매끼 놓을 낀고〕

〔아아 하나 떼는 기 하나 낳는 거하고 똑 같은디 몸이나 좀 추스
리고 나야 데리고 가든지 말든지 할꺼 아이가〕

〔젠장, 재구 그놈아 자슥도 일찌감치 맘보로 고치 묵어야제 그라
다가 천벌 받는다카소. 아아가 어데 밭에 뿌려진 무 배추라 캅디

꺼. 아들이라꼬 놔뚜고 딸이라꼬 솎아내게]

발칵 판구의 목소리가 커졌다. 집안 걱정이라고 하다 보니 괜히 심통이 난다. 언놈은 씨받을 함지도 못구해서 속이 상한데 그놈의 자식은 진밥 된밥을 가리고 있다. 사람은 세상 따라 변하게 되어 있다고 하지만 어머니의 저 작은 며느리에 대한 넌적스러운 배려도 마음에 들지 않는다.

〔아따야, 재구 걱정 말고 니 걱정이나 해라 고마. 그때 이모 말 듣고 고마 장개 갔시모 하매 지도 무인 끝을 봤을끼구마는]

판구는 뻥하게 입을 열고 어머니의 뒤통수를 쏘아보았다. 내 신세를 이렇게 만든 게 누군데.

〔한 번만 더 내 듣는 데 그런 소리하모 가만히 안있을 낀께 알아서 하소]

판구는 다시 낫을 숫돌에다 댄다. 손가락으로 물을 찍어 조금 흘렸다.

〔그래, 씽갱이 해봐야 맨날 그놈의 소리 나도 인자 이에 신물난께 불퉁가지 그만 내고 오라는 데나 가 봐라. 손자놈 돌상을 저거 할아부지 환갑상보다 더 걸판지게 채렸더라야]

어머니는 귀신이다. 배가 고프면 사람이 신경질적이 되고 공격적이 되는 것을 아주 잘 알고 있다. 그러나 옛날과 같은 신뢰감은 판구의 가슴에서 사라진 지 오래다. 어머니는 이제 자신이 키우고 열매 거둔 씨앗에 대한 자긍심을 잃었다. 자기의 가치를 상실한 것만큼 초라한 존재는 없다.

〔나는 뭐 사람도 아닌 줄 아요]

어른만 아니라면 끈질기게 자꾸 권하는 어머니의 엉덩짝이라도 한 대 갈겨버리고 싶다.

주섬주섬 낫을 챙겨 담은 고무대야를 농기구간 더그매 위에다 얹어놓고 판구는 집을 나섰다. 술 많이 묵지 마래이. 따라오던 어머니의 당부가 이웃집 담 모서리에 걸려서 사라졌다. 춘만네 아이 돌잔치는 며칠 전부터 소문이 나 있었다. 못이기는 척 끼여 앉아서 목 때 한 번 기름진 음식으로 닦아볼까 하며 사람들은 기대하고 있었다. 그러나 이제 판구는 그 딴 어린애 돌잔치에 불려가서 돼지처럼 먹거리나 탐할 생각은 걷어 치웠다. 나이 사십 줄에 가깝도록 장가도 못간 주제에 남의 새끼 돌 음식이나 울근불근 씹어먹고 있다니 한심하기 짝이 없었다.

동네를 빠져 나오던 판구는 지금은 수세식으로 말끔히 개조된 재영이네 화장실 옆 울타리를 지나갈 때 나목이 된 늙은 감나무를 올려다보았다. 들고양이처럼 떼 몰려서 밤 공기를 주름잡고 다니며 온갖 서리를 할 때, 단감을 따러 올라갔던 정희가 이엉이 낡은 화장실 지붕이 푹 꺼지는 바람에 똥물에 빠져서 허우적거리는 것을 간신히 끌어냈던 기억이 났다. 달빛이 하얗게 부서져 내리는 냇가에서 옷을 벗고 몸을 씻는 정희를 망보아 주며 은근슬쩍 훔쳐보았던 그녀의 희디흰 속살. 판구는 그때 보았다. 가시나무 그림자 사이로 물을 찰랑거리고 있던 그물에 걸린 한 마리 싱싱한 물고기. 며칠 전 물방앗간 폐가에 정희가 나타난 것을 보았을 때도 판구는 어이없이 그때 일을 떠올리며 제풀에 얼굴을 붉혔다. 아름답게 기억하고 있음직한 많은 다른 추억들을 두고 자신은 왜 자꾸 그런 방향으로만 머리를 굴리고 있는가. 판구는 이제나저제나 자신은 바보짓만 하는 놈이라는 자괴감을 갖고 있다. 하고 싶었으나 끝내 하지 못하고 돌아와서 내내 후회했던 말들이 아직도 목젖에 걸려 있다. 정 살기 어려우면 농촌도 이제 이전 같지 않으니까 고향에 와서 사는 게 어때. 두억시니 머리통을 흔들며 정희는 화를 냈다. 고향도 잘된 사람이나 가야 반기지 이 꼴로? 내 구경시키러?. 기

갈만은 그래도 새파랗게 살아서 다시는 고향 땅을 밟을 것 같지 않더니, 그 정희가 왔다. 짙은 화장으로 가린 야윈 얼굴이며 파마기가 조금 남아 있는 색바랜 머리칼을 날리며 해족해족 걷던 야윈 몸이 가을 바람에 불리는 갈대 마냥 가볍고 허허롭게 판구의 망막에 맺혀 흩어지지 않았다.

저녁 이내에 물든 마을 회관 앞 마당을 얼음 타듯이 건너서 길옆으로 걸어갔다. 채 잘라내지 않은 옥수숫대가 찢어진 깃발처럼 펄럭거리며 초겨울 북풍을 받고 있다. 그는 바람결에 몸을 맡기고 들판으로 눈길을 보냈다. 밀물이 들어온 바다처럼 허옇게 떠 있는 들판의 비닐하우스, 그 옆의 공동창고에 한참 열심히 일하고 난 일꾼들처럼 쉬고 있는 경운기, 콤바인, 탈곡기, 제초기 등의 철로 된 커다란 농기구들이 눈길을 끌었으나 낯선 곳에 온 어린아이처럼 문득 삭막해지고 슬퍼지는 느낌을 받았다. 그런 생각은 농산물 대금이 적립된, 현금으로 치면 축 처져내릴 중량의 돈이 들어 있는 통장을 주머니에 넣고 돌아오는 날 같은 때도 마찬가지였다. 그리고 촉성재배되어 나오는 고등소채들을 보면 초등학교 시절 자연시간에 봄, 여름, 가을에 나는 과일이나 채소를 구별하지 못해서 가위표 투성이던 시험지 생각이 나고 계절이 따로 없는 생필품들의 범람 속에서 사는 요즘 아이들이 배우는 교과서는 무엇을 어떻게 가르치고 있을지 궁금해지기도 했다. 예전 같으면 농한기로 비어 있을 벌판이나 집안에도 이제는 무엇이든 가득가득 채워져 있고 기름기가 돈다. 하지만 이제 채워져 있는 식상함 번거러움으로 하여 판구의 갑갑증은 한층 더 목을 조여오고 가슴은 끝간 데 없는 공허로 팽창해 있다. 예전에는 먹고 사는 형편만 좋아지면 그만일 것이라고 생각했으나 사실은 그게 얼마나 잘못된 생각이었는지 판구는 요즘 들어 새록새록 느끼고 있었다. 어머니를 돋보이게 하던 순박

하고 단순한 시골집 종부의 품위도 어느 새 빛을 잃었다. 비록 자신은 그저 그렇게 사는 모습이려니 대수롭잖게 여겼을지라도 아들인 판구의 눈에는 변해진 어머니의 모습이 환하게 보였다. 빌미야 동생들의 밑닦이를 한다였지만 하찮은 호박잎이나 석류 알까지 돈이 된다 싶은 물건이면 어머니는 모두 장으로 내갔다. 이웃에 온 남의 손님들에게까지 따주며 그런 것들까지 다 돈주고 사먹는단다, 이상스러운 듯 고개를 내젓고는 했는데 지금은 집에 온 손님이 벌어진 석류 하나 얻기를 원해도 차마 돈 내라 소리는 못하고 줘서 보내놓고는 얼마쯤 공으로 날아갔다고 돈금어치만큼 아쉬워하고는 했다. 판구는 어머니에게 타박을 들었다.

〔요새 세상에는 부모 자식간에도 니꺼 내께 있어야 된단다야. 아 말이야 바로 해서 제가 잘 살아서 남에게 베풀고 사는 건 흉이 안되지만 친형제간에도 두 번 거퍼 도와달라고 손 내밀어 봐라. 이마빡에 살땀 안올라가는가. 세상은 자꾸 변하는 기라. 세상 욕하지 말고 세상 따라 내가 안변하모 내가 몬살 판인디 어쩔끼고〕

판구는 갑자기 마른침을 카악 긁어 뱉었다. 느닷없이 떠오른 누군가의 목소리가 그의 울적한 심사를 찌르고 지나갔던 것이다. 아이구 판구네도 그때 그만 아가씨 하나 꿰차고 와서 살았으모 춘만네처럼 지금쯤 돌잔치하제. 위로랍시고 무심히 던지는 말들.

삼 년 전. 그때만 해도 판구의 하늘은 그렇게 흐려 보이지만은 않았다. 나는 못난 놈이요. 광고라도 하듯이 춘만이들과 연변이니 필리핀 어디로 몰려가서 맞선을 보네 미팅을 하네 하는 건 정말 하기 싫었다. 길문이 늦게 틔여서 그렇지 얼굴이 못났나 살림이 남만 못하나 마음씨가 나쁜가. 판구 자신이 생각해도 어른들의 말이 틀린 것은 아니었다. 장가를 가도 어든 골라서 갈 수 있는 조건은 갖추고 있다 싶었던 것이다. 그러나 막상 춘만이와 정택이, 또 다른 군에 사는 사람 하나가 연변 처녀와 결혼식을 올리고 많은 사람들의 관심과 축복 속에서 신혼의 보금자리를 차렸을 때는 기분이 조금 야릇한 동요를 일으켰다. 일치감치 도시로 나가서 죽치고 있는 사촌들만 해도 아이들이 벌써 초등 학교, 중등 학교에 다니는 판인데 자신은 아직도 예전 같으면 댕기꼬리를 늘어뜨리고 다녀야 할 떠꺼머리 총각신세를 면치 못하고 있는 것이다. 에라이 말문도 덜 튼 언내 보듬고 어르는 것 같애서 각시 맞이나 나것나. 어딘가 불구스러운 자신의 기분을 숨기기 위해 외국 색시의 서툰 말 흉내를 내며 춘만에게 괜한 찍자를 걸기도 했다. 그렇지만 놈은 상대를 하지 않고 두레 일을 마치기가 무섭게 제 아내가 기다리는 집으로 들어가 버리고는 했다. 그럴 때면 판구는 해 저문 들녘에 우두커니 혼자 남아 점점 거무스름하게 변해 가는 노을을 바라보며 저도 몰래 김샌 한숨을 토해냈다. 누가 이럴 줄 알았나. 아버지 어머니의 그 뜨거운 눈물에 빠진 내가 잘못이지.

판구는 아무 데나 걸터앉으며 담배를 꺼내 물었다 홍살문이 데뚝하게 서 있는 마을 안으로 풍맞은 장정의 어깨처럼 기우뚱한 제각의 퇴락한 모습이 보였다. 종손. 판구는 피식 웃었다. 아버지가 그랬다. 예로부터 말이 있다. 참새가 세 마리 굶어죽어야 종손이 배를 곯는단다. 아버지는 고등학교를 졸업하자마자 도회지로 나가려는 판구를 자신의 곁에다 묶어 두기 위해 자못 살갑게 굴었다. 마치 종손이라는 이름이 선택받은 권좌라도 되는 양. 길문이 안틔는 것도 알쪼가 있제. 요새 겉이 좋은 세상에 내라도 종갓집에 딸 안주겠네. 이 핑계 저 핑계로 제수들도 오지 않으면 휑덩그레 큰 부엌에서 혼자 제수를 장만하면서 어머니는 알게 모르게 판구의 기 꺾이는 소리를 했다. 고조부 내외는 시제로 올렸다지만 이제는 삼대 조상의 아랫자리가 된 아버지까지 봉제사가 기본만 다섯 차례에다, 후사도 없이 단명한 할머니가 둘이니 일곱 번 기제가 되고 산사람의 명절과 시제를 다 찾으면 일년 열두 달 치고 한 달도 잔치없이 넘어가는 달이 없다. 게다가 지차집 가속들의 제사반환이나 길흉사까지 더하면 그야말로 물묻은 손 닦아볼 겨를이 주어지지 않는다. 그러면서도 어머니는 근천스럽게 열심히 중매쟁이를 넣었고 넣었던 숫자만큼 퇴짜를 맞아 판구의 가슴을 멍들게 했다.

얼마쯤 가다가 판구는 우뚝 섰다. 어제도 그제도 이렇게 일없이 밤을 쏘다녔다. 어디든 가고 싶어서 나섰으나 막상 찾아갈 곳이 없었다. 용지골 하나를 차지하고 개를 키우는 수곤이, 느리골 잡목숲에서 겨울을 나는 양봉업자 명식이, 비닐 막사를 지어놓고 우렁이 양식을 하는 재옥이 등, 하나 하나 단짝 친구들의 얼굴을 떠올려 보았다. 지금도 모두들 그 시절 못잖은 우정을 나누고 산다고는 한다. 그러나 왠지 판구는 명식이가 수곤이를 찾아가고 수곤이가 명식이 재옥이를 무람없이 찾아가서 밤이 늦도록 놀다 오듯이 그들을 만나러 가지도 못한다. 애기 아빠요?. 수문장이듯 버티고 서서 말을 받는 그들 아내의 거부하는 눈길을 생각하면 몸 구석 어딘가부터 오그라드는 불구감이 생긴다. 오늘 저녁은 춘만네 잔칫집으로 부부동반 몰려가서 세상 부러울 것 없이 히히덕거리고 있을 그들을 생각하니 무릎에 힘이 빠지고 입맛이 쓰다. 그렇다고 어젯밤처럼 요령소리도 잠잠해진 우사에다 깔개짚을 던져 넣기도 하고 가마솥에다 물을 붓고 군불을 때다가 어머니에게 퉁박을 먹는 일도 지난하기 짝이 없다. 총총 하얗게 박혀 있는 별무리를 바라보며 그는 눈을 부릅떴다. 야야, 방바닥이 타는디 뭔 군불은 때고 그러냐. 어머니는 모른다. 농사정보지를 뒤적거리며 부농의 꿈을 꾸는 것도 한도가 있고 텔레비전을 멍청하게 보고 있는 것도 그렇고 오디오가 있다고 취미도 없는 음악을 마냥 듣게 되지도 않는다. 외톨이로 젊은 밤을 고독하게 보내보지 않은 그 누구도 판구의 심정은 모른다. 아, 쇠죽 끓이잖아요. 판구는 벌컥 소리를 질렀다. 날 샐라믄 아직도 멀었는데 쇠죽은 뭔놈의 쇠죽을 한밤중에 끓이고 야단이여. 옛날처럼 여물을 넣고 쇠죽을 정식으로 끓이는 것도 아니어서 어머니의 말이 옳았지만 판구는 괜히 악다구니를 했다. 미리 해 놓으모 어디가 탈난듀. 탈이야 나건 안나건 간에 지끔 할 일이 있고 낭중 할 일이 있제. 그래요, 아무 껏도 안할게요. 그래 이놈이 병신, 축구 등신이란께요. 화가 난 판구는 불이 붙은 삭정이를 마구 꺼내어서 물을 부었다. 덜 탄 나무에서 뿜어나오는 매운 연기로 찔린 듯이 눈이 아렸다. 눈물을 흘리며 마당 가운데 우두커니 서 있는데 하늘을 가르며 길게 불줄기가 사라지는 게 보였다. 어느 하늘 가운데를 소속도 없이 떠돌다가 사라지는 유성인가. 소속도 없다는 제 표현에 비감하여 그만 코끝이 시큰해졌다. 길갓집 남새밭 가에 있는 외등에서 흘러온 불빛에다 팔목시계를 비쳐보았다. 밤이 이슥하지 싶었으나 아직 열 시도 되지 않았다. 돌아보니 어머니나 막내동생 방의 불은 모두 꺼지고 온 집안에서 판구 자신만 외롭게 혼자 서성거리고 있다. 판구는 갑자기 가슴이 조여왔다. 의식적으로 가슴통을 크게 벌리며 숨구멍을 틔워보았지만 답답하기는 마찬가지였다. 자신을 정점으로 어둠이 조여온다고 여기면 한 곳에 가만히 서 있을 수가 없었다. 장막처럼 둘러진 검은 산, 뚜껑처럼 탁 내리누르고 말 것 같은 하늘. 언제까지나 걷히지 않을 듯한 어둠에 갇혀 숨이 꼴깍 넘어가고 말 것같은 조급증은 어디든지 그냥 지쳐서 쓰러질 때까지 발길을 내몰았다. 그는 허겁지겁 들로 나가 비닐하우스의 문을 열었고 야행성 동물처럼 일을 했다. 그리고 밤이슬을 머리에 이고 마구 싸돌아다녔다. 판구는 돈이 있어도 동네 사람들 무서워서 돈을 마음대로 쓸 수도 없었다. 술을 마시고 심화

풀이를 하거나 마음에 드는 물건을 사들여도 동네사람들의 측은한 눈길은 몰려들었다. 왜 내가 불쌍하냐고 물으면 그걸 꼭 말로 해야 되느냐는 눈치들이다. 판구는 점점 밤의 사나이가 되었다. 이것아. 니도 참 몬달릴 데 달리갖고 니 신세 곡내난다, 곡내나. 판구는 오줌을 누고 바짓말을 여밀 생각도 잊은 채 멍하니 고개를 떨구고 있을 때도 있었다. 술이라도 한잔 마시면 공연히 그 물건에 더 미안한 생각이 들곤 했다. 차라리 여자로 태어났더라면 지금쯤은 반질반질 윤나고 퉁실한 몸매에 딸 아들 몇은 거느리고 있을 것이었다. 야야, 너 낳고 나서 그 때 참 나는 내가 여자 몸으로 난 것을 천지신명한테 감사를 올렸다. 행복했제. 대 이을 종손을 낳았다꼬 사랑도 받았제. 아문, 아문, 너그 할아부지가 올매나 좋아하싯는고 삼동네가 다 알게 술잔치를 안벌렸더나. 어머니가 복에 겨운 코맹녕이 소리로 그런 소리를 들려주었던 날들은 정말 꿈이었던가.

판구는 입귀에다 삐딱하게 담배를 문 채 일없이 뒤집어가며 손을 들여다본다. 새삼스럽게 양쪽 발가락을 꼼지락거려 보는가 하면 얼굴을 쓰다듬어 보기도 했다. 키가 작고 잔약한 편이기는 하지만 기능은 모두가 만점이다. 얇은 눈시울 아래 고여 있는 옹달샘마냥 정 많은 눈빛이며 약간 수줍게 비죽거리며 제 할말 외에는 허튼 소리를 좀체 내뱉는 일이 없는 푸른 기 도는 입술 속의 단정한 치열도 한때는 매력으로 상대방 아가씨의 눈길을 끌었다. 나도 한때는 잘 나갔어. 농자천하지대본. 영농후계자. 목장도 만들고 넓은 과수원 속에다 그림 같은 집을 지어 천사처럼 예쁜 아이들과 사랑스러운 아내…. 희망도 찬란했다. 판구는 맥없이 웃으며 하늘을 본다. 좋았던 한 때, 그 한 때의 아쉬움이 목메이게 서럽다. 판구는 물고 있던 담배를 뽑아서 살얼음긴 논 구석에다 던져버리며 엉덩이를 털고 일어났다. 물방앗간으로 가볼 작정이었다. 물방앗간 건

물은 허물어져서 두엄자리처럼 잦아들었고 물이 마른 수로에 걸린 낡은 물레만이 삐이걱 삐이걱 바람의 손길에서 놀 뿐이다. 남들은 그렇게 안다. 이제는 쓸모없이 버려진 외딴 물방앗간. 그래서 판구는 더 그 곳에 가보고 싶었다. 꼭 그래야만 될 것 같은 심정이었다. 사정은 다 밝힐 수 없고 당분간 여기 좀 있을 거야. 판구가 다니는 길옆에 서서 기다리고 있던 정희가 쓰러질 듯 남아 있는 물방앗간 안채에다 거처를 정했음을 알려주었다. 비닐 하우스의 방한 피복을 덮어놓고 돌아오던 길에서였다. 구들도 내려앉고 문설주도 기우뚱해진 방이랄 수도 없는 방이었다. 너 아직도 혼자라며? 그때 호순이랑 서로 좋아했잖아. 꽉 잡지. 야릇한 웃음을 흘리며 정희가 빤히 들여다보았다. 뜬금없이 지난 일을 꺼내기는 시기도 장소도 맞지 않는다 싶으면서 판구도 따라서 씨익 웃고 말았다. 동네에 쓸만한 빈집도 많은데 하필이면 여기냐. 뭐 오래 있지도 못할 건데…. 무슨 일로 잠시나마 여기 있기로 했는지 판구는 궁금했으나 정희는 거저 웃기만 했다. 아, 저 웃음. 실눈에 어린 정희의 웃음을 보고 판구는 바짝 긴장을 했다. 미끼. 뜬금없이 왜 그런 생각이 불현듯 스쳐 지나갔는지. 판구의 머릿속에는 마을의 닭장을 분탕치고 다니는 삵괭이를 잡기 위해서 덫을 놓고 기다리던 어릴 때가 얼핏 떠올랐다. 마음으로 정한 먹이를 한 입에 삼키기 위해 살금살금 다가들던 삵괭이의 눈빛. 아냐, 정희의 눈은 전부터 그랬어. 판구는 고개를 저어 제 가슴속에서 생성되고 있는 의구심을 지웠다. 판구를 보면 정희는 잘 웃었다. 판구를 만나면 누가 있건 없건 다정한 척 눈웃음을 지었다. 다른 친구들은 매력적이라고 하는, 상대방을 호리는 듯한 정희의 눈을 판구는 괜스레 경계심을 앞세우며 차단시켰다. 그러나 그렇고 그런 사이라는 판구와 정희에 대한 소문이 마을에 좍 퍼졌던 때의 그 당혹감이란. 정희의 웃음. 판구는 예전과 달라진 이력을 가지고 있는 정희의 환경을 비교하며 그 웃음의 진의를 해석해 보려 했다. 그러나 옛날과 다름없음을 믿고 싶은 마음 뿐이지 세파로 얼룩진 을씨년스러운 표정 속에 숨겨진 정희의 속셈을 분석해 볼 능력을 판구는 이미 상실해 가고 있었다. 사람들의 수군거림을 털어 버리고 순수하던 시절의 정희만을 생각하려고 애썼다. 너 나한테 장가 안오고 어른들 말듣기 잘 했다. 지금 내 꼴을 봐. 니 신세가 어떻게 됐을지. 알큰 가슴이 저렸다. 아냐 내 탓으로 너는 이렇게 된 거야, 가련해진 그녀를 껴안고 찬바람 든 서로의 가슴에 난 구멍을 메우고 싶었다. 마른 망초가 꿋꿋하게 늘어서 있는 마당을 서성거리며 속내가 드러나지 않는 건조한 음성으로 정희는 말했다. 마음쓰지 마, 와서 문 고치고 돌봐 줄 사람 있으니까. 어쩔 줄 모르는 자세로 발송곳만 비비는 판구를 보고 정희는 거듭 말했다. 언제 저녁에 와. 꼭 할말이 있대이. 역시 아무 말도 못하고 발길을 돌리는 판구의 등뒤로 망설임 섞인, 그러나 간절하고 끈끈한 정희의 목소리가 뒤따라 왔다.

판구는 아직 정희에게로 가보지 못했다. 자신이 어떻게 해야 할지도 정해지지 않았고 사람들의 눈을 피해 밤을 이용해야 하는 게 더욱 부담스러웠다. 언젠가 한 번은 꼭 만나서 해야 할 말이 많은 것 같았는데 막상 그녀가 고향으로 돌아오고 얼마간을 눌러 있을 것이라고 했는데도 찾아볼 용기가 나지 않았다. 아직도 정리 안된 자신의 마음을 원망도 해본다. 어른들을 거역할 용기가 나도록 정희를 정말 사랑했다면 그게 훨씬 행동을 자유스럽게 할 것 같았다. 잠 안 오는 밤을 우두커니 혼자 있을 때면 더러 정희와 호순일 떠올리고 그때의 상황을 재생시켜 보았지만 구체적인 현실감은 전해지지를 않았다. 잘 풀려 나오다가 잘려버린 필름처럼 전체적인 그림은 캄캄했다. 나 네 각시가 되어서 너희 집에 시집가고 싶어. 봉제사 잘 하고 집안 권속들 잘 거느릴 자신 있어. 정희는 정말 아가씨 답잖게 당차고 자신이 넘쳐 보였다. 어른들 앞에서 정희랑 결혼하겠다고 한 마디만 자신있게 해주기를 그 웃음은 바라고 있었다. 네 이놈 책임질 일 저질렀다면 저질렀다고 바로 말해라. 종손은 온 집안의 근간인 것을 할아버지는 어지간히 교육시켰다고 확신하고 있었다. 책임질 일. 판구는 한 여름날의 뙤약볕 같은 어른들의 시선을 전신으로 받으며 고개를 가로 저었다. 호순이랑 둘이라면 또 모르지만 저렇게 새청맞고 당돌한 정희랑은 언감생심이었다. 두 손을 모으고 마지막 선고를 기다리는 정희의 눈길을 외면하며 판구는 한 번, 두 번 제 뜻을 확고히 했다. 어른들을 거역해본 적 없는 착한 손자의 단호한 기분으로. 세상이 아무리 날 건달 세상이 되어간다기로 가문의 법통마저 흔들려서는 안된다. 근본도 없는 떠돌이 도부꾼들 종출 아니냐. 지금이야 물방아 돌려서 밥술이나 먹는다지만 흰 개꼬리 굴뚝에다 삼년을 넣었다가 꺼내도 황모 안 된다고 근본은 못속이니라. 게다가 제 오라비들 밥 벌어먹고 사는 꼴을 봐라. 하나는 술집에 색시장사고 작은 오래비는….

 이 등신은. 판구는 가시가 박힌 듯 아린 목젓을 침으로 달랬다. 그런 남의 생활 방편은 험구로 애써 열거할 필요없다는 소리조차도 그때는 하지 못했다. 정희와의 일로 토라져버린 호순이마저 변명 한 번도 제대로 못해 보고 놓쳐버려야 했고 억울함을 변상 받고 싶은 할아버지도 아버지도 이제 이 세상에 없다. 결혼 적령기가 되어도 짝이 나서지 않자 남들처럼 도회지로 나가서 직장을 구한답시고 손자인 판구가 하고 다닌 짓들을 살아 계신 할아버지가 아셨다면 어떤 현상이 일어났을까. 판구는 이제서야 민첩하지 못했던 자신의 판단을 절절이 후회한다. 어른들의 설득에 넘어갔다기보다 세상을 보는 눈이 어두웠음이라고 하면 변명이 될까. 호순이보다는 매사에 적극적이고 변덕스러운 정희 쪽이 안정감이 조금 덜하기는 해도 변화무쌍한 세태의 아내 감으로는 제격일 것이라는 뒤늦은 깨달음은 또 얼마나 안타까운 자괴감을 불러일으키는가. 네 사주가 세 방에 갓 걸 팔자라고 당골네가 안캤나. 그래서 명 잇음 하니라꼬 네 이름도 판구라고 짓고 당골네한테 안 팔았나. 판구는 건듯 떠오른 어머니의 불쾌한 음성을 떨치듯이 다시 또 한 대의 담배를 피워 물었다.

훤히 아는 길인데도 판구는 벌써 몇 번이나 땅을 짚고 나둥그러졌다. 쓰러진 채로 판구는 요란하게 밤공기를 가르며 쏟아지는 웃음소리를 듣는다. 온종일 잔치 분위기로 들떠 있는 춘만네의 덩실한 새집은 불빛조차 여느 날보다 더욱 찬란하게 들떠 보인다. 여자, 그게 있기는 꼭 있어야 되는 개벼. 춘만이 정신 차리고 살림 맛내는 것 보래. 하모, 아무리 뚜디리도 외손바닥이 소리 안난다꼬. 남자한테는 여자가 있어야 곳간이 차는 기라. 그래도 춘만이가 각시 복은 있으니깨 그렇지. 저기 정택이 봐요. 남의 일은 언제 어디서나 그렇게 새끼를 친다. 춘만이와 똑같이 외지 색시를 데려다 살림을 차렸으나 결혼 패물이며 믿고 맡겼던 통장까지 말끔히 챙겨서 색시가 달아나 버린 정택이는 도망간 여자를 찾겠다고 실성한 사람이 되어 어딘가로 떠나고 없다. 오늘밤에도 판구나 정택이는 사람들의 입살에 올라 올깃쫄깃 씹혔을 것이다. 곧 죽어도 신토불이다 이기가?. 제 행복을 돋보이려고 과장해서 떠벌리는 춘만이 녀석의 비아냥거림이 또 귓전에서 되살아난다. 세상이 달라졌어 임마. 순종토종 고집하다가 장개도 한 번 못가고 늙어 죽을래? 몽달귀, 옳은 귀신도 못되는 몽달귀 알제?. 눈만 또릿한 핏덩이를 새끼라고 백날 사진까지 들고 나와 으르면서 춘만이는 걱정인지 제 자랑인지 항상 판구의 비위를 비틀고는 했다. 나오는 대로 씨부리지 마라 임마. x이 꼴리모 쥐구녕에다 옇고 흔들망정 곧 죽어도 맘에 안드는 짓은 안한다. 노총각 심통부리는 인상을 지우지 못한 채 판구는 그들 앞에서 비실비실 벗어났다. 1995, 5, 7. 디룽하게 늘어진 부자지 밑에 선명하게 박혀 있던 백날 기념 사진. 그 아이의 서른 아홉 살은 또 어떤 변화와 혼돈의 바람 속에 놓이게 될까. 어쩌면 텔레비전에서 본 어느 벌거벗은 일처다부제의 나라에서처럼 아내와의 동침을 한 번만이라도 갖기 위해 이 나라의 농촌 남자들 모두 아첨스러운 혓바닥으로 여자의 발바닥을 핥고 있지나 않을까. 엉뚱한 상상으로 히죽 웃다가 판구는 때로 자신의 성격이 예상하지도 못했던 방향으로 많이 삐뚤어져 있음을 깨닫는다.

삼십 세 이전까지만 해도 판구는 당당했다. 작은어머니가 돌아가신 후 항우라는 별명을 듣던 억센 삼촌도 술만 취하면, 살아서는 서푼어치도 안되더니 죽고 나니 만냥 어치라고 넋두리하며 돌아다니는 것을 판구는 경멸했다. 집을 비웠던 어머니가 돌아오면 단연 생기가 돋아나던 아버지의 모습도 판구에게는 이해가 되지 않았다. 여자, 그게 뭔데. 돈만 있으면 여자가 하던 것 모두를 기계로 대처할 수 있는데. 그러나 나이 사십을 바라보게 되자 판구는 늘어나는 수입을 나누어 누릴 그 누군가가 있어서 옆자리를 채워줄 것을 간절히 바라고 있는 자신을 발견했다. 그리고 더 못 견딜 것은 자신을 헤집고 있는 자괴감이었다. 나는 이대로 남 다 가는 장가 한 번도 못가보고 늙어죽고 말 것인가. 열심히 일을 하다가 한 대 담배를 피워물면 물려둔 숙제처럼 문득 그런 회의가 튀어나왔다. 부드러운 흙의 속살 깊이 작은 씨앗을 뿌려놓고 그 씨앗이 자라나는 모습을 지켜보며 거름을 주고 병충해를 구제하며 수확을 하는 기쁨이면 굳이 혼자 못살 것도 없으련만 그 자신부터 꼭 해야 될 일을 미루고 있는 것처럼 마음이 조급하고 안타까워졌다. 판구는 한때 세상을 으스스하게 하던 경기도 어느 지방의 여자들만을 겨냥한 연쇄살인 사건의 용의자는 자신과 같은 시골의 장가 못간 노총각일지도 모른다는 생각을 했다. 지독한 농촌 혐오의 과거에 사로잡혀, 농촌이라면 고개부터 내젓는 여자들의 어리석은 눈알부터 먼저 공격했을 것이라 짐작했다. 말이야 바른 말이지 어머니 시대의 농촌 여자들이야 안팎으로 마소나 다름없는 취급을 받으며 살았다. 그러나 지금은 청바지에 고무장갑을 끼고 햇볕에 그을릴까 봐 모자를 쓰고 능실거려도 일을 잘못한다고 며느리를 나무라는 시어머니 시아버지는 드물고 어른들이 오히려 젊은이들의 비위를 맞춘다. 세상에 잘 난 총각은 자기 아들 밖에 없는 줄 알던 어머니도 판구의 나이가 서른 셋을 넘어 다섯으로 기울자 이제는 옷을 벗고 감춰 두었던 상처를 들춰보이듯이 풀죽은 기색으로 불쌍한 처녀를 구했다. '불쌍한' 이란 어머니의 구태연한 발상에 판구는 왈칵 불쾌감이 치솟았다. '불쌍한' 이란 옛말의 의미는 밥을 굶을 형편이어서 입 하나를 덜자고 어린 딸을 민며느리로 보내고 들이던 시절 올갖지 못한 처녀에 대한 통용어였다. 하지만 지금은 시골처녀들도 모두 도시로 나가서 일류 멋쟁이가 되어 거드름피우며 살고 있는데 불쌍한 처녀의 정의란 그야말로 외양이 반듯한 사람을 일컫는 말과는 사뭇 거리가 먼 소리다. 예컨대 혼례식이나 치르고 면총각이나 하면 그만이라는 말이나 다름없는 뜻이 된다. 치우시오. 어디 장개 못 가서 환장한 놈 있소. 판구는 그때 정말 세상을 하직하고 싶었다. 상대가 나약한 어머니가 아니라 아버지만 되었어도 '장가 못 가서' 라는 부분에다 좀 더 노골적인 표현을 쓰고 싶은 것을 죽자하고 눌러서 참았다. x할 년들. 자신을 약올리는 여자이기나 한 듯이 손보고 있던 경운기 바퀴를 드라이버로 한없이 찍어댔다.

혀끝에 감기는 찝찔한 침을 긁어 뱉으며 판구는 흙을 털었다. 풀석한 먼지 냄새가 콧구멍 깊이 빨려들었다. 어디선가 올빼미 울음 소리가 가느다랗게 들렸다. 세상 탓인가, 저것도 이제는 휘귀종이 되었더랬다. 홍수에 뒤덮인 들판처럼 허옇게 떠 보이는 들판으로 고개를 돌렸다. 오이, 고추, 딸기, 참외…. 들판에 비닐하우스가 들어서고 농한기가 없어지고 다수확 영농으로 부촌이 되면서 계절이 없어졌다. 집집마다 경운기는 필수 농기구가 되었고 트럭도 두엇 집 아울러 한 대씩은 된다. 재미를 붙여서 잘 하면 순수익 기천은 거뜬히 올릴 수가 있다. 밥그릇에 목이 매어 개처럼 굴어야 하는 도회지의 저급 월급쟁이에 비할 바가 아니다. 할만한 일이며 살만한 곳이라는 생각을 판구는 한다. 그런데도 그가 단지 장가를 못가는 것을 두고, 시집 오려는 아가씨가 없는 농촌 총각이라는 것만으로 판구는 지금 몹시 비굴해졌고 지쳐 있다. 판구는 어머니가 후사 없는 시름으로 이유없는 짜증을 부리며 자신을 구박하면서도, 작은아들 재구의 처가 성비의 파괴를 가중시키는 중절수술을 받느라고 어린 딸을 데려다 놓고 끼치는 불편을, 일그러진 얼굴로 견뎌내는 모순스러운 관상에다 비웃음을 보냈다. 여자인 자신의 존재가 얼마나 중요한 존재인지 인식시키는 일에 어머니는 둔한했으며, 손자를 얻는 것 외에는 며느리들의 위상을 높여주는 일에 조금도 기여하지 않으면서 며느리를 얻는 것이 마치 필생의 업적이기나 한 듯이 기를 쓰는 모습이란 어머니의 허울을 쓴 허깨비를 보는 것 같았다.

오라질 년들 천벌 받을 것이다. 여자는 모성이고 흙이 곧 어머니라고 했다. 그런데 왜, 그런데, 왜!. 판구는 힘껏 어둠을 걷어찼다. 휘청 넘어져서 엎어진 채로 언 땅을 주먹질했다. 나도 장가가서 아들 딸 낳고 잘 살고 싶다. 나는 건강하다. 살만큼 산다. 실한 농장도 있다. 판구는 자신이 지금 어디로 가고 있었는지 문득 정신을 차렸다. 정희 글마가 글씨 병도 그 뭐라더라, 희귀한 병이 들어서 오늘 죽을지 내일 죽을지 모른데. 제딴에는 판구한테 버림 받았다 꼬 몸을 함부로 굴렸다누만. 길가 비닐하우스 안에서 들려오는 그 런 소리들을 들을 때는 더 마음이 상했다. 마을 사람들이 다 아는 일인데 왜 나만 몰랐을까. 미안해. 판구는 중얼거렸다. 사과를 받 아줄지도 의문이었지만 무조건 정희를 만나 사과를 하고 싶었다.

더듬거리며 어둠을 헤쳐가던 판구는 발길을 돌려서 집으로 향했다. 까짓 것 꼭 숫처녀여야 한다는 법은 어딨어. 그녀가 허락만 한다면 자신의 너른 품으로 망가져 있는 정희 그녀의 상처를 치유해주고 싶었다. 그렇게 결정짓자 판구의 가슴은 새로운 각오의 뜨거운 물결로 마구 끓어올랐다. 문중 사람들 간에 또 한 차례 소용돌이가 일 법도 하지만 판구는 이제 개의치 않기로 했다. 그의 발걸음은 아연 돋아나는 생기로 하여 무게없이 가볍게 그의 몸을 실어나른다. 정희를 만나러 가되 그냥 가서는 안 된다는 생각이 들었다. 하지만 아무래도 그럴 수 있는 용기가 사그라질 것만 같아 판구는 동네 구판장에서 소주 한 병을 마셨다. 한 잔, 한 잔, 저녁도 안 먹은 빈속을 훑고 쓰라림이 밀려 내려갈 때마다 그는 가슴 밑바닥에서 북받쳐오르는 어떤 강한 힘을 느꼈다.

집 앞 골목에서 밖으로 나오던 어머니와 마주쳤다.

〔에이구 이녀르 삼시랑은 우찌 이리 잠도 깊이 몬 드는고, 노리 삼시랑이 태있는가〕

무안한 듯 히죽 웃으며 등에서 잠든 손녀를 주먹을 돌려 때리는 시늉을 한다. 그리고는, 춘만네는 갔었냐, 물었다.

〔내가 뭐 거진 줄 아우〕

〔이그, 그럼 어디로 그리 쏘다니냐. 굶은 늑대 맹키로 뱃가죽이

등에 붙어 갖고]

쯧쯧 혀를 차며 몸을 돌리는 품이 저녁상을 차리려는 거였다.

〔일 없어요〕

판구가 퉁명스럽게 떨치자

〔그래, 그럼 일찌거니 자거라〕

해놓고 어머니는 잦은걸음을 골목 밖으로 떼어놓는다. 전처럼 뭐든 먹어야지 어쩌고 하며 애달아하지 않는 품이 긴히 갈 곳이라도 생긴 모양이다.

벌겋게 오른 술로 머릿속이 혼란해진 판구는 잠시 침대에 머리를 박고 엎드렸다. 촌놈, 총각냄새 가시라고 어머니가 뿌려놓은 향수 냄새가 진동을 했다. 에이구우 이놈으 가스나들 눈도 멀었제. 빨개 벗고 몸만 달랑 와도 될 긴데. 옷장이며 비디오, 오디오에다 없는 것 없이 갖추어 놓은 판구의 방을 측은한 눈길로 둘러보는 어머니의 얼굴이 떠올랐다. 제 정신이 든 듯 판구는 벌떡 몸을 일으켰다. 장롱 밑에 넣어둔 제 이름의 통장을 꺼내 점퍼 주머니에다 넣었다. 구판장으로 나가 자취하는데 필요한 식료품도 한 아름 사서 들었다. 정말로 너 왔구나. 남들이 알면 어쩔려구. 정희의 웃는 얼굴이 벌써 그의 앞에 있었다.

정희가 거처하기로 했던 방앗간 안집은 그런 대로 손질이 되어 있었다. 아무래도 걸음이 멈칫거려졌다. 너랑 결혼하면 맏며느리 노릇 잘 하고 어른들도 잘 모실게. 아직도 그 제안은 유효한가. 떠올리는 것조차도 쑥스럽고 염치없는 일이다. 허물어진 담을 넘어 그가 들어가자 기다리고 있었기라도 한 듯 쏴아 쏴아 소리를 내며 바람이 일어났다. 지금 정희는 무엇을 하고 있을까. 혹시 나를 기다리고 있지나 않을까. 친근한 사람을 만나러 갈 때 그러듯이 판구는 발소리를 죽였다.

순간, 가슴 덜컥 무너지는 뜻밖의 목소리가 방에서 울려나왔다.

〔쬐끔만 참아. 내가 그리 맹글고 있응게 꼭 온다, 제발〕

〔본인 마음이 제일이지, 아주머니가 자꾸 이러신다고 될일 아니 잖아요. 저요, 그래도 아직 자존심도 남아있구요〕

〔그래, 에린 마음에 당했던 옛날 일로 생각하모 와 분기가 없겠 노. 그라모 내가 우짜꼬, 판구 그 놈아한티 무르팍 꿇고 싹싹 빌라 꼬 하까?〕

〔이런 걸 보고 세상이 달라졌다고 하는가 보죠? 저 다 떨어진 헌 가시낸 거 아시죠?〕

〔그런 소리 마라, 그때는 판구 그 놈아도, 우리 모두 소견이 없어 서-〕

〔좋아요, 그렇다면 조건이 있어요〕

〔조건? 그래 무슨 조건인지 말만 해부아〕

갑자기 튀어나오는 정희의 새청맞은 웃음에 눌려 애원하듯 웅얼 거리는 어머니의 음성. 판구는 안고 있던 꾸러미가 손에서 미끄러 져 내리는 것도 몰랐다. 흩어지는 바람의 갈기 속을 헤집고 메마른 개천바닥을 정신없이 뛰었다. 그렇게 싫다할 땐 언제고 이제야 엉 큼하게 접근을 하다니. 모자를 비웃는 정희의 웃음으로 자꾸 살갗 이 떨렸다.

어디를 얼마나 뛰었는지 모른다. 비닐막을 스쳐온 거친 들바람 이 수치심으로 헐떡거리는 판구의 상기된 볼을 쓸고 지나갔다. 판 구는 망연히 하늘을 올려다보았다. 이 겨울이 지나고 나면 봄이 오 겠지라는 믿음 뿐, 별도 달도 없이 캄캄한 밤. 🌑

# 浦口

용녜는 문득 진저리를 쳤다.

"예쁜 눈 다 버렸구마, 쯧쯧쯧"

언제 문이 열렸는지 주인댁의 허여멀건한 얼굴이 거울 속에 들어 있었다. 눈두덩에 바를 연고를 손가락에 짜들고 있던 용녜는 소스라치며 돌아보았다. 부기 덜 빠진 눈꺼풀이 푸르르 떨렸다. 두껍게 쌍시울 지고 처져내린 눈자위가 어색하고 밉살스러워 사실은 용녜 자신도 타인처럼 자신의 얼굴을 뜯어보고 있던 참이었다.

"남들은 본판보다 잘 나 보일라꼬 뜯어 고친다카더마, 원 무슨 노므 변덕이 나서, 밥 팔아 똥 사 묵는 짓도 유분수지"

가만히 듣고 있던 용녜의 눈썹이 꼿꼿하게 일어섰다. 순간 대꾸가 튀어 나왔다.

"변덕, 변덕, 자꾸 그러지 마세요. 내딴에는 진작부터 계획하고 있었던 일인께"

"아이구야, 적금 타자 목돈 뚝 잘라서 그 짓부터 한 게…. 내사마 낯설고 밉어서 손님 떨어질까 겁난다"

"손님이야 나보고 오요, 성님 음식 맛보고 오제"

"얼굴 뜯어곤치고 안면 바꿀 사람 있는 것도 아니고…. 야튼, 내 사마 한 솥 밥을 몇 년이나 같이 묵었음서도 갈수록 웅덩이속 디다보는 것 같이 모르겠는기 니 속이다"

그럴수록 용네의 얼굴은 환해졌다. 원하던 대로 된 거였다.

"있다 오후에는 주민등록증도 할라느마"

"그래 그 맘 하나는 잘 묵었다. 아따, 내 정신 좀 봐라. 전화나 받아봐라"

"또 정씨죠? 없다 그러랑께요?"

"정씬가 오씬가 받아보고 말해"

방에서 나온 용네는 계산기 옆에 놓여있는 수화기를 집어들었다. 단박 하얗게 변해진 안색이 굳어 붙었다. 부리나케 다른 쪽 귀로 수화기를 돌려 댔다. 전화줄을 움켜쥔 손에 힘이 불끈 주어졌다. 용이오매, 조심해라이. 당신 쥐이뿐다꼬 용이가 칼차고 나섰단다. 즈가부지가 꼬수해 죽었는 갑더라.

전화를 끊은 용네는 탁자모서리를 짚고 고개를 숙였다. 주인댁이 옆구리를 쿡 찌르며 들여다보았다.

"아침부터 뭔 노므 새살로 까리 갖고 사람을 이리 죽상으로 맹글어 놓노. 누고 그 여자가, 정가 안사람은 아인 것 같고…?"

용네는 굳어진 얼굴로 답을 회피한 채 주방으로 들어섰다. 우두커니 주방 가운데 멈춰 섰다. 눈길은 여기저기 부엌 안을 둘러보지만 집중이 되지 않았다.

"자, 장꺼리 인제 도착했다"

주방 뒷문이 열리며 양손에 풋고추와 대파 단을 들고 주인댁이 들어왔다. 용네는 체머리를 흔들며 뒤통수를 손으로 쓰다듬어 머리 매만지는 시늉을 한 뒤 그것들을 받아 개수대 옆의 큰 대야에다 담았다. 드럼통을 개조해서 만든 커다란 솥에서 곰국이 우러나고 있다. 조금 남은 해장국도 퍼내고 솥을 비워야 한다. 용네는 갑자기 밀린 일들을 떠올리며 바지런해진 손길로 개수대의 물을 튼다.

"놔 뚜고 괴이(고기) 하꼬부터 들로 가자"

"정 씨는요?"

"배달이 바뿌다꼬 떨과만 놓고 내뺐다. 그 다 니탓 아이가. 쪼끔만 살갑게 대해주모 입에 든 쎄겉이 잘해 줄끼거마"

앞치마에 손을 닦으며 샛골목 어귀에 쌓여 있는 장거리를 내려다보았다. 다듬고, 씻고, 데치고, 볶고, 무치고, 어느 결에 하루해를 후딱 잡아먹을 일거리들이다.

녹기 시작한 생선상자에서 물이 쭈르르 흘렀다. 걸음을 어긋나게 떼도, 맞춘 듯이 물줄기는 발등으로 떨어졌다. 실금마다 꺼멓게 때가 낀 갈라진 발꿈치 사이로 벌써 끼이적끼이적 거품이 돋는다. 하수도 옆에다 상자를 놓는 즉시 발에 물부터 부었다. 군청색 플라스틱 신발을 벗고 발가락 사이를 살펴본다. 거죽이 터진 사이로 벌써 빨갛게 새살이 보인다. 좁쌀알 같은 구멍이 송송 피부 밑에 숨어 있는 것도 보인다. 쓰라림과 함께 빨간 피가 발가락 사이에서 스며나왔다. 용네는 휴지를 접어 물기를 닦은 발가락 사이에 끼웠다. 입삐뚤이마냥 왼쪽 이를 악물어 바람소리를 내며 발가락을 움켜잡고 흔든다. 대강 물기가 제거된 슬리퍼를 신고 분류해 놓은 푸성귀를 다듬기 시작했다.

목욕을 다녀오느라 아침 설거지를 미뤄놓은 상태여서 어지럽고 뒤숭숭한 가운데 일손마저 차분해지지 않는다. 물이 끓을 동안 설거지를 하고, 나물을 데치고, 머릿속으로 줄너른히 일의 순서를 배열해 보지만 쌈박하게 잘 해낼 자신이 서지 않았다.

"여기 있던 작은 칼 우쨌노?"

장국에 넣을 토란대를 헹궈 들고 주인댁이 넘겨다본다. 용네는
들은 척도 하지 않았다. 고갱이가 센 깻잎다발을 헤쳐놓고 미운 놈
꼬집듯 모지락스러운 동작으로 잎줄기를 분리시킬 뿐. 차반을 들
쳐보고 쓰던 도마를 다시 들고 밑을 기웃거려보고 주인댁은 여기
저기 분주하게 눈을 굴렸다. 드디어 꽥 목청을 돋구었다.

"칼 못 봤냐니깨"

투덕, 떨거럭. 뚝배기 드놓는 소리가 났다. 그래도 용네는 반응
을 보이지 않았다.

"칼이란 칼은 죄다 없어졌잖아"

주인댁의 목에 걸린 서돈 짜리 황금돼지가 어지럽게 그네를 탄
다.

"칼…, 저어기 있잖아요"

주인댁이 홱 돌아서며 용네의 너부죽한 등에다 시선을 꽂았다.
처진 목덜미의 양 켠으로 둔덕을 이룬 두 어깨가 질마소의 그것처
럼 견고해 보였다.

"아, 어디!"

"쩌어기, 찬장밑 빼닫이-"

"맙소사, 내일은 또 오데다 감출 끼고"

드윽, 서랍이 열리고 얇은 칼날 부딪는 소리가 났다.

"내사마 조리 전에 변돈을 내도 몇 닢 놓고 물어봐야지. 이대로
는 못 넘기겠다. 칼도 흉기니깨 간수 잘 하는 기사 나쁘잖다만, 날
마다 이건 병이다, 병"

용네는 대꾸 대신 부지런히 파의 전잎을 벗겼다. 눈물이 흘렀다.
닦아도 솟고, 닦아도 솟고, 어줍잖은 일에 눈물샘이 틔었다. 파를
멀리하면 곧 나아질 테지만 엎어진 김에 쉬어간다고, 어차피 끝내
야 될 일이라 물러나지 않았다.

눈물이 앞을 가려 더듬어서 파를 집어든다. 짐작으로 겉이파리 속이파리를 가리고 뿌리를 잘랐다. 눈물고가 트였다. 용네는 손등으로 자꾸 눈을 닦았다. 쓰라린 눈동자를 훑고 흘러내린 눈물을 입술로 받았다. 눈물을 오래 머금고 있으려니 미미하게 단맛을 느낄 수도 있다.

흥건하게 젖은 시야 속으로 용네는 다른 곳을 보고 있었다. 빗나간 십대의 비행을 상상하는 건 어렵지 않았다. 아비가 던진 소줏병에 얻어맞아 가면서 녀석이 키웠을 원한과 분노의 부피가 보였다. 굳이 손가락을 꼽아볼 필요도 없었다. 남원에서 3년, 목포에서 4년, 여기 포구에서 5년…. 잘 크는 아이들을 비유하여 '장마오이' 같다고 하잖는가. 제 아비를 닮았으면 골격도 실할 것이다.

용네는 불현듯 허리를 펴며 뒷문께로 내달았다. 등골 깊숙이 얼음 박히는 듯한 아픔과 함께 써늘한 이물감이 끼어 들었다.

따갑고 쓰린 눈을 비비며 가늘게 눈을 떴다. 배의 깃대 사이로 어지럽게 갈매기가 날고, 크고 작은 배들이 정박해 있는 항구 풍경이 멀리로 바라보였다. 4차선 길을 가로질러 공장으로, 부두로 차량들이 엇갈려 달린다. 파란색 제복을 입은 공장 젊은이들이 지나다니는 길이다.

막국수봉지 하나가 공처럼 해풍을 타고 굴러온다. 좁은 골목은 괴괴하다. 청태가 끼도록 습한 공간이 절지의 땅처럼 생경스러울 때가 있다. 불이 꺼진 깊은 밤이 연상되는 공간이다. 맞풍이 시원하다며 주인댁이 뒷문을 열어두기 시작한 여름 내내 용네의 신경은 온통 뒷문 쪽에 꽂혀 있었다. 혼자서 늦은 설거지를 하고 있으려면 하찮은 바람기에도 등골이 오싹할 때가 많았다. 누군가 발소리도 없이 등뒤에 와 서 있는 것 같은 착각으로 씻고 있던 투가리를 집어던진 적도 있었다.

뒷문을 닫은 용녀는 잠근 문고리에다 숟가락을 꽂았다. 주방 안에 고여 있던 김이 후끈 열기를 부풀렸다. 용녀는 개수대 옆의 홀로 통하는 창문을 활짝 열었다. 갑자기 빈혈증이 났다. 손끝에 걸리는 것들을 모두 쓸어치우고 싶었다. 그릇이며 장만된 음식들이 그녀를 에워쌌다. 숨통이 막혀 질식할 것 같았다. 세제를 듬뿍 붓고 수돗물을 틀었다. 센 물줄기에 따라 부얼부얼 거품이 솟아올랐다. 쏟아지는 물줄기를 손등에 맞으며 수세미를 들었다.

"저, 저 물 끓네. 숙주부터 데치진 않고"

마늘가루를 풀어 넣고 장국 맛을 보던 주인댁이 뾰죽한 소리를 냈다. 용녀는 흘끔 쳐다보며 숙주소쿠리를 들었다. 못된 것, 나이는 밑이면서 주인노릇은 언제나 똑똑 부러져. 용녀의 눈에 잠시 일어났던 저항의 빛이 잠잠한 체념으로 바뀌었다.

"저런, 물 넘친다"

주인댁의 귀는 흐르는 물도 본다. 용녀는 수도꼭지를 잠갔다.

"물 끓을 때 한 목 데쳐야지. 고구마 줄기, 깻잎도 가려놨지?"

주인댁의 눈은 뒤꼭지에도 달렸다. 용녀는 다시 부엌바닥에 쭈그리고 앉아 고구마 줄기에 손을 댔다.

"저런 저런 숙주 여어놓고 뭐하노, 애고 다 됐겠다"

용녀는 그 소리를 듣고 벌떡 일어섰다. 들고 있던 고구마잎을 떨어뜨렸다. 용녀의 꼬옥 다문 입술의 주름마다 힘이 들었다. 실제 나이보다 세 살이나 줄일 수밖에 없었던 때의 외롭고 곤고했던 기억을 다시 들추고 싶지는 않았다. 마음의 바다에 아까 본 배들의 모습이 떠돌기 시작했다. 닻줄을 걷어올리면 통통통 높아지는 기관음과 함께 어디든 멀리멀리 떠날 수 있는 배들…. 가늘게 뜬 그녀의 눈 사이로 골이 패며 예리한 경련이 일어났다. 네 년이 가면 어디로 갈껴. 낮고 쫀쫀한, 그리고 크고 투박한 두 음성이 복합되어 용네의 의식을 뒤흔들어 놓는다. 용네는 희미하게 웃음을 지었다. 그들은 배가 있고, 어디로든 길이 열리는 바다의 생리를 잠시 잊은 것이리라.

"성희 엄마, 내가 맡겨 놓은 돈 있죠?"

"언제는 맡아 돌라꼬 억지로 매끼더마, 이 여자 와 갑자기 맘이 변했노"

"쓸 데도 좀 있고…"

"아, 알았어. 와 그렇게 셨노. 일은 태산인디"

용네는 얼른 뒷머리를 손으로 쓰다듬었다. 끝이 팬 갈색 파마 머리가 윤기라곤 없이 푸스스하다. 괜스레 빗핀을 뽑아 이마 켠의 머리에다 꽂는다. 국숫발을 눌러 붙인 듯 주름투성이 이마가 드러났다. 탈색된 하얀 피부가 붉거진 이마를 떠 보이게 했다. 핀을 다시 뽑아 뒤로 돌리고 앞머리를 원래대로 끌어내려 덮었다. 임자는 그 이마가 눈하고는 안맞아. 이성지합도 영 상극이여. 간판이 빈상인디, 지 아무리 공작눈 떠봐야 득은 없어, 실이 더 많고. 아버지를 벗어나 남원의 광한루 주변을 서성거릴 때 수염 많은 관상쟁이가 일부러 불러서 들려 준 말이었다. 임자 눈이 원래 공작눈이여. 공작 이놈이 꼬리를 활짝 피고 파들파들 떨믄서 사람 꼬셔대는 거 보믄 기가 막히제.

용네는 괴어드는 생각을 부지런한 손놀림으로 털어 냈다. 부챗살을 편 듯 동그랗게 일어서는 긴 속눈썹, 가늘고 얇은 시울로 선을 두른 둥글고 큰 눈. 그 눈은 이제 이 세상에서 자취를 감추었다. 하지만 망가져버린 과거까지 지울 수는 없었다.

"인제 얼추 됐응게, 손님 들기 전에 얼렁 갔다 올게"

주인댁은 용네가 무쳐 놓은 나물반찬을 골고루 찬합에다 담으며 시계를 본다.

"성님도, 아저씨 안 계실 때는 성희 제 맘대로 하게 좀 놔뚜시오"

"이 사람 말은 아무리 예사로 듣자 캐도 말에 뼈가 섞였더라꼬. 세상에 어느 에미 애비가 자슥 못되게 하는 데 있더노"

"그기사 성희 본인이 우뗳기 받아들이는지 알아보고 할 소리요"

"사람 어깨 힘 빼는 소리 치아라 고마. 수영이다, 피아노다, 스케이트다, 고전무용이다, 힘들여 가르칠 때는 예사 맘으로는 안되는 일인께"

"그러케 내 말은, 부모 욕심에 겨워서 엔간만 깝치라 그 말이요. 그러다가 양념딸 영영 구경도 못하는 일 생길지 누가 알아요"

"쎄 빠지는 소리 그만하고 밥이나 고실고실하게, 이쁘게 좀 담아라. 도서관에 물은 있는지 모르겠네"

꾸려진 점심 찬합을 들고 주인댁이 나가자 네모 난 적요 속으로 온 집안이 푹 빠졌다. 용네는 소리나게 그릇을 부닥뜨리며 손님 맞을 반찬을 담기 시작했다. 그러나 무겁게 처져내리는 상념의 끄트머리에 눌려 활기는 살아나지를 않는다.

홀에 있는 라디오를 들어다 켰다. 두드리고 깨부수는 듯 요란한 음악이 터져 나온다. 헐렁하게 더풀거리는 옷을 입고 미친 듯이 날뛰는 애들의 노래다. '이제 모든 걸 다시 시작해. 내겐 아직도 시간이 있어…' 맞지도 않는 음정으로 용네는 노래를 따라 흥얼거린다. 저 애들은 얼마나 많은 가시밭길을 지나 정상에 섰을까. 하긴 세상이 달랐다. 남자와 여자라는 신분의 차이도 있다. 용네는 파리 쫓듯이 고개를 흔들었다. 세상에, 모질고도 독한 것. 지 새끼 잡아묵는 범 없는디. 골만 찡할 뿐 뇌리에 박힌 어두운 그림자는 요지부동의 견고함으로 들어 붙는다. 용네는 아예 일손을 멈추었다. 생각에 잠긴 두 눈의 망막에 수염 많은 관상쟁이와 아버지의 모습이 얼비쳤다. 무덤에 핀 잡초를 뽑으며 아버지에게 사죄를 하게 될 날은 언제 올까. 크게 심호흡을 했다. 앙금이 굳어 붙어 답답한 가슴은 열리지 않았다. 찬장서랍을 열고 약을 꺼냈다.

"뭘 훔쳐 묵노. 주인도 없는디"

용네는 풀썩 주저앉음과 동시에 대야를 들어 반사적으로 앞을 가렸다. 미처 비우지 않은 구정물이 앞섶에 쏟아졌다.

"넨장 놀래기는 와 그리 놀래노"

능물스런 웃음을 흘리며 정 씨가 들어섰다. 용네는 정 씨를 향해 대야에 남은 구정물을 끼얹었다. 하얗게 굳은 용네의 얼굴이 바스러질 듯 강팍스럽다. 무안을 끄기 위해 정 씨의 손이 용네를 끌어 일으켰다. 화가 덜 풀린 용네의 손이 정 씨의 가슴팍을 쥐어박자 기분 나쁘지 않은 듯 정 씨는 웃고 섰다. 용네는 한길이 환히 보이는 문 쪽을 흘낏 살펴본 뒤 구석으로 정 씨를 몰아 세웠다.

"이라지 마소. 주인댁도 눈치채고 설 자리가 군시럽구만"

"그게 내 술책인께"

"술책 좋아하시네. 정 씨가 아무리 찍어도 내 맘은 안 넘어 갈 끼요. 죄 많은 인종, 인제 더는 죄 안 짓기로 결심한 지 오래요"

"올 데 갈 데 없이 병 든 걸 그만큼 간호하고 벌어 믹있시모 인자 내삐리도 죄는 안된다. 양심도 없는 기 뭘 믿고 바가치는 긁어대는지 나도 인자 넌덜머리가 난다"

"그 기 인연이요. 병 들었은께 더 안되고, 자슥이 있은께 더 안되고 도둑을 피하모 강도를 만낸다꼬, 내 속은 또 우찌 믿을 끼요. 나도 똑 같은 여잔 디"

용네는 끓는 국솥을 열고 장국 한 투가리를 떴다. 고춧가루, 파 마늘을 듬뿍 넣고 맛을 낸 장국을 정 씨 앞으로 놓아준다. 종이로 막은 소주병을 부뚜막 구석에서 들어내 컵과 함께 들고 오다가 용네의 걸음이 우뚝 멎었다. 정 씨가 복면처럼 마스크를 쓰고 웃는 건지 화 난 건지 모를 눈으로 용네를 빤히 바라보고 있었다.

"와 카는 기요?"

겁에 질린 얼굴로 뒷걸음질을 하며 용네가 말했다. 와 이라는 기요?. 고함을 입속에서 얼버무리며 거의 울상이 되었다.

"아따 간도 생기다 말았나. 질리기는 와 그리 잘 하노. 깨소금 단지가 열두 단지라 캐도 서방님 비우를 못맞춘다카더라, 참 더럽게 에럽네"

마스크를 훌렁 걷어들며 정 씨가 투덜거렸다. 인중으로 말려올라간 두툼한 입술이 들창코 밑에서 덩달아 씰룩거렸다.

"그리 놀래키는 것도 내 비위 맞춫는기라 그 말이요. 익은 호박에 잇금도 안 들어가는 소리 그만하고 이거나 드소. 시장에서 여기까지 물건 실어다 준 표신께 행여 딴 생각은 말고"

선언처럼 말을 해놓고 용네는 주방을 나섰다. 음식이 놓인 부뚜막으로 당겨 앉는 정 씨의 기척과 구시렁거리는 소리가 낮게 들렸다.

삐뚤어진 의자를 바로 놓고, 수저통이며 물주전자를 챙겨 놓고, 닦은 탁자를 하릴없이 다시 닦으며 서성거리는 용네의 눈에 장국을 먹는 정 씨의 동작이 주방 턱 너머로 보였다.

한 번 버린 사람은 두 번 버리기 쉽다. 용네는 묶인 발목을 뽑듯이 출입구의 문턱을 넘어 한길로 나서며 길 아래위를 둘러보았다. 정오의 햇살이 머리 위에서 빛났다.

음마, 그단새 요렇게나 팔았어. 내가 늘 집을 비워야겠네. 주인댁의 호들갑이 떠오르자 빙싯 웃음이 나왔다. 모퉁이를 돌아서 환하게 빛나는 넓은 길로 건장한 사내 하나가 절뚝거리며 걸어왔다. 곱으로 장국 몇 그릇은 비우겠다. 목청을 가다듬은 용네는 마중하듯이 다가갔다. 어디 공사판 인부인지 객지 생활의 흔적이 걸쳐 입은 윗도리며 흙이 치덕치덕 쳐 발린 신발 등 전신에 배어 있었다.

"어서 오이소. 장국이 일밉니데이. 소문 난 집입니더"

털모자를 눌러 쓴 사내가 흘끔 바라보았다. 털털한 겉모습에 비해 얼굴이 삼박했다. 갓 주운 사금파리처럼 눈빛은 더욱 싸늘했다. 알 수 없는 전율로 소름이 쭉 끼쳤다. 용네는 저도 몰래 미적거리며 두 손으로 가슴을 감쌌다. 어깨에 멘 사내의 가방으로 눈길이 갔다. 삐죽 튀어나올 듯 기다란 물체가 시선을 사로잡았다. 용네는 말뚝처럼 숨을 죽였다. 내처 갈 듯 하던 사내가 무슨 생각이 들었는지 뒤돌아섰다. 포구집. 일미 해장국. 주류 일체. 안주 일체. 잠깐 망설이던 사내는 가게로 이어진 계단에다 발을 얹었다.

사내는 홀 안을, 그리고 내실과 골방이 있는 쪽을 훑어보고 천천히 주방으로 고개를 돌렸다. 정씨에게서 시선을 거둔 뒤 기우뚱기우뚱 오른쪽으로 가더니 옆의자에다 가방을 내려놓고 창옆에 자리를 잡았다. 양말목을 내려놓고 다리를 들여다보고 있던 사내의 손길이 용네가 다가가는 순간 거두어졌다.

얼결에 말라붙은 피의 흔적을 보았다. 무심하게 대하려 했으나 왠지 용네의 심정은 호객을 할 때처럼 자연스럽지 못했다. 물컵을 놓고 물을 부으며 무엇을 자시겠냐고 물어야 했지만 입술은 굳어붙고 마냥 떨리는 손길이 가누어지지 않았다. 군살이 박힌 손바닥에 비해 애티를 벗지 못한 사내의 손으로 옆 눈을 보냈다. 수염자리도 덜 잡힌 야윈 볼이 조금씩 그녀의 심장을 옥죄어들게 했다.

"정 씨 뭐하고 있수?"

용네는 필요없이 큰 소리로 정 씨를 부르며 사내의 가방을 다시 훔쳐보았다. 곧 튀어나올 것 같은 긴 물체가 그녀의 관심에서 밀려나지 않았다. 용네는 서둘러서 사내의 주위를 벗어났다.

"아줌마, 술도 한 병…"

뭐야 아직 어린애잖아. 정씨의 눈길이 그런 표정으로 홀 쪽을 흘 겼다. 용네는 눈짓으로 쉿, 정씨의 참견을 막았다. 간 졸이는 깐에 비해서 듬뿍 뜬 장국에다 고기 몇 점을 더 집어넣었다.

"정 씨"

입을 훔치다 정 씨가 바라보자 장국과 사내를 턱으로 가리켰다. 용네는 일부러 김이 빠진 소주를 모아 한 병이 되게 만든 뒤 뚜껑 을 탁 막아서 장국 옆에다 놓았다.

사내는 손바닥으로 이마를 훔치며 맛있게 먹는다. 용네는 사내 쪽으로 자주 눈길을 보냈다. 문득 시선을 멈추게 하는 행동이 있었 다. 휴지를 말아서 연신 코밑을 훔치는 것이다. 물수건이 시커멓게 되도록 얼굴을 닦아내는 손님은 많지만 아직 저런 사람은 보지 못 했다.

'애 놈이 잔망스럽게 뜨건 국물만 먹으모 콧물을 흘리네'

'용이 저 새끼도 내 닮아서 안그렇나. 그런 깨 피는 몬 속이는 기 라'

호호호…. 신이 난 웃음소리가 되살아난다. 돌발적인 몸짓으로 용네는 뒷문을 열어젖혔다. 갯내음이 왈칵 바람을 타고 밀려 왔다. 바다는 아까보다 너울이 세다. 길게 누운 햇살이 물너울 위에서 파 닥거리고 한층 힘차게 날갯짓을 하는 물새 떼들로 하여 포구의 하 늘도 어지럽다. 하얗게 가른 물살을 뒤로 밸며 배들이 떠난다. 뚜우ㅡ, 고동을 울리며 들어오는 배도 있다.

용네는 흠칫 상체를 돌리며 홀을 내다보았다. 사내는 여전히 술 과 장국밥을 먹고, 정 씨는 주인 같은 폼으로 이쑤시개질을 하면서 신문을 보고 있다. 용네의 얼굴은 다시 먼 바다로 향했다.

'더도 덜도 말고 애 셋만 놓거든 당신 아버지한테 인사 드리러

갑시다. 아인 말로 장인영감이 넘편 있는 남으 처자를 우짤끼고. 내 갋을 사람 있거등 나오란 말이시. 당신이 꾀는 많은 여편네라'

사내가 술잔을 기울인다. 제 행동이 적이 흥겨운 듯 사내는 우정 발그레한 낯빛을 짓고 있다. 때 먼지에 절어 검정인지 회색인지 모를 털모자가 눈에 거슬렸다. 용네는 먼지를 털어준다는 핑계로 홀렁 뚜껑을 걷어보고 싶어졌다.

띠이, 띠이…. 전화가 왔다. 용네는 재빨리 수화기를 왼쪽 손으로 돌리며 청색 사인펜을 집어들었다. 현대 어망, 국밥 둘 공깃밥 셋. 기둥에 걸린 셀로판지에 메모를 한다. 용네는 식곤증으로 잠든 정 씨를 돌아보며 혼자 씽긋 의미있는 미소를 짓는다. 좁은 포구에는 쌔고 쌨는 게 음식 집이다. 배달음식만큼은 주인댁 모르게라도 질량을 높이는 게 용네의 수단이었다.

'사내는 일로 아낙을 후리고 아낙네는 먹새로 사내를 후리는 게지 달리 방법이 없어'

오늘따라 이명처럼 되살아나는 소리들. 아아, 왜 이럴까. 용네는 투가리에서 넘쳐흐르는 국물을 솥으로 다시 떠넘기며 애증이 얼크러진 얼굴들을 떨쳐냈다.

행주로 차반을 대강 훔친 뒤 음식 위에다 대발을 펴고 그 위에다 상보를 덮었다. 정 씨를 깨워 배달 부탁을 했다. 단박 정신을 차린 정 씨는 신이 났다. 언제 한 번 시간을 내준다는 용네의 승낙인 것이다.

정 씨를 따라 문간으로 나갔던 사내의 눈길이 용네에게로 와서 잠시 머물렀다. 버거워진 용네는 필요없는 수선으로 사내의 시선을 흩뜨리며 말을 걸었다.

"국 좀 더 드릴…까요?"

"아, 아닙다. 많아요. 됐슴다"

트림을 해 보인 사내는 일회용 휴지를 뽑아 입언저리를 훔친 뒤 무의식적인 동작으로 모자를 벗어 땀이 배인 이마 언저리를 닦았다. 짧은 밤송이머리를 보는 순간 용네의 가슴이 철렁 내려앉았다. 오른쪽 이마에서 눈썹 끝까지 지렁이처럼 굵게 나있는 흉터. 용네의 시선이 조금 더 집요해졌다. 누비듯이 사내의 이목구비를 훑었다. 용네의 시선을 의식한 사내는 얼른 모자를 쓰며 일그러져 보이는 인상을 바로 잡았다.

"아줌마, 여기…"

차림표를 보며 사내는 구겨진 지폐 한 장을 바지주머니에서 꺼냈다. 거스름돈이 필요했다. 용네는 돈통을 열고 바꾸어다 놓은 잔돈을 꺼냈다. 껌을 들고 돌아서던 용네는 제 풀에 놀라며 손사래를 쳤다. 사내가 큰 몸집으로 내려 누를 듯 등뒤에 서 있었던 것이다.

용네의 다급한 눈길이 문밖으로 뻗치며 휘돌았다. 정 씨. 소리쳐 부르고 싶었으나 목젖이 굳어 붙었다.

"화장실이…"

"아이구, 그려. 저기 저어기 골방 앞으로-"

용네는 막혔던 한숨을 내쉬며 눈을 감았다. 때가 끼어 원래의 흰색 바탕이 아주 없어지고만 해진 운동화의 뒤축이 뻗장걸음인 오른쪽 발에 끌리며 멀어졌다. 용네는 식대로 받았던 돈을 사내의 가방을 비집고 찔러 넣었다. 땀내 배인 티셔츠 한 장. 더 속엣 것을 뒤져보려던 손을 가방에서 뺐냈다. 화장실에서 물 내리는 소리가 났던 것이다.

바지춤을 여미며 돌아 나오던 사내는 목을 빼고 기웃이 주방을 살펴보았다. 용네는 바싹 벽에다 몸을 기댄 채 사내의 행동에서 눈을 떼지 않았다.

"아줌마 혼자서 장사하세요?"

"…아, 아니…아, 아까 그 아저씨랑. 응 가까운 데라서 곧 장 올 꺼구만"

"아들 딸은요?"

휴지를 집어든 사내의 손이 다시 코밑을 훔쳤다. 용네는 눈이 시어 사내를 마주 볼 수 없었다. 얼굴을 돌리는 결에 사내의 등에 묻은 흙부스러기를 털어 주었다.

"고, 고맙습…"

가방을 메고 걸음을 옮기던 사내가 휘청, 다리를 꼬며 탁자를 짚었다. 서슬에 정돈되어 있던 좌석들이 제 자리를 벗어났다.

사내가 문을 나서자 용네는 문부터 걸어 닫았다. 긴장된 마음이 풀리자 걸음을 옮길 수가 없어 아무 의자에나 엉덩이를 걸치고 앉았다. 연방 전화가 걸려왔다. 마음은 달려갔지만 몸이 말을 듣지 않았다.

"이봐, 뭐하고 있어, 문 열어 문"

유리문 밖에서 정 씨가 소리를 쳤다. 용네는 소리를 죽인 텔레비전 화면을 보듯 물끄러미 유리문 밖의 정 씨를 보고 있었다. 문을 두드리는 거친 동작도 보였지만 용네의 귀에는 모든 소리들이 까마득히 멀어져 갔다.

"이 봐, 그 놈한테 무슨 일이라도 당한 거 아이가?"

물수건으로 뺨을 문지르면서 정 씨가 들여다보았다.

"아이요, 괜한 사람 욕하지 말아요"

용네는 빛이 싫어 몸을 뒤집었다.

'내가 쟁인영감하고 영판 다른 무식한 놈이라서 남편 삼았다, 그 말이재? 이 가스나야. 내는 아무래도 좋다. 니겉은 선녀로 각시 삼다니 꿈인가 생신가 싶어 꼬잡아 본다'

그때만 해도 행복했어. 용네는 울먹였다. 아무런 제재나 속박없이 살아온 사람들은 내 기분 모를 거야, 열 아홉 살 처녀의 탈출을 이해해 줄 사람이 드문 것처럼. 용네는 손바닥으로 입을 눌렀다. 입술을 벌리기만 하면 무엇이든 터져 나올 듯 했다.

"전화 오거든 받아 놓고 좀 누워서 쉬어"

배달을 나가며 정 씨가 말했다. 용네는 넓적한 정 씨의 등허리에서 눈길을 돌렸다. 다시 매무새 고치는 시늉으로 뒤통수를 쓰다듬으며 힘없는 몸을 일으켜 세웠다.

"야, 이 새끼들아, 놔라 놔"

왁자지껄 소란을 떨며 한 덩어리로 뒤엉킨 청년 서넛이 밀려 들어왔다. 박 군과 이 군, 최 군, 단골들이었다. 세 단골은 발버둥치는 낯선 청년 하나를 끌고 들어와 패대기치듯 부려 놓았다. 낯선 청년의 볼따귀에는 어디서 쓸렸는지 피가 삐죽삐죽 솟아 있었다.

"야, 이 새끼들아. 너그는 모린다. 너그가 낼로 우찌 알 끼고"

"이 지랄할라꼬 니 술 묵었나. 내 오늘 이 씨부랄 놈의 새끼 버릇을 싹 뜯어 고쳐 놓겠다"

소매 걷은 팔로 낯선 청년의 멱살을 거머쥐는 박 군의 손을 이 군과 최 군이 뜯어 말렸다. 그리곤 그를 끌고 나가며 용네에게 일렀다.

"아줌마, 얘 좀 있다 한숨 잘 거니까 깨거든 국밥이나 톡톡하게 한 그릇 믹이주소"

"술은 절대 안돼요. 내 앞으로 달아 놓고요"

각각 한 소리씩을 용네에게 해놓고 두런거리며 일행은 사라졌다.

막상 저항할 상대가 없으니 김이 샜는지 의자로 멀쩡하게 기어올라 앉은 낯선 청년은 탁자 위로 상체를 널부러뜨리며 엎어졌다. 곧 손님들이 올 텐데. 용네는 청년이 제 말을 들을 것 같지 않은 예감을 하면서도 물수건을 내밀었다.

"필요 없어요"

벌건 눈으로 용네를 노려보며 청년의 허연 이빨이 드러났다. 이어서 주먹으로 탁자를 내려찍었다.

"지 놈으 새끼들이 뭘 알아. 지놈으 쌔끼들이 병신 아부지랑 살아 봤어? 소줏병에 얻어맞으며 쫓겨 다녀봤어? 개새끼들, 콩밥 먹고 한뎃잠 자봤느냐구"

청년의 으르렁거리던 이빨과 시선이 창날처럼 용네를 향해 날아왔다.

"내가 구경거리요? 씨팔, 저리 가란 말이야. 여자들은 꼴도 보기 싫어. 모두 원수야"

쫓기듯 주방으로 들어온 용네는 찬장 아랫단에 있는 꿀병을 꺼내놓고 컵과 얼음을 챙겼다. 으으으… 신음 같은 울음을 토하다가 '이 새끼들아' 고함지르는 소리와 탁자 치는 소리가 들릴 때마다 용네는 움찔움찔 온 몸을 떨었다.

용네는 침착하려 애쓰며 진하게 꿀물을 탔다. 얼음이 든 꿀물 그릇을 들고 청년에게로 다가가서 내밀었다. 들이밀어진 꿀물 그릇을 스친 청년의 눈이 용네에게로 기어올랐다. 청년의 손이 갑자기 그릇을 밀어 쳤다. 그릇은 치울 겨를도 없이 저만큼 홀 바닥으로 내동댕이쳐져 이가 빠졌다.

"가라고 했지. 이 따위 선심에 독이 풀릴 것 같애? 병든 남편과 어린 자식들 버리고 도망가면 어디 간들 잘 살 것같애? 죽여 버린다. 그딴 건 에미도 아니고, 자식도 아니야"

청년의 입에서 울컥 토사물이 흘러 나왔다. 질펀하게 탁자를 뒤덮은 오물 위로 청년의 얼굴이 기울어졌다. 말없이 청년을 지켜보고 있던 용네의 두 손이 청년의 머리통을 갑자기 짓찧어댔다. 하얗게 변한 얼굴에 파란 불꽃을 담은 눈빛이 이글거렸다.

"오죽하믄, 오죽하믄 그랬을까…"

용네의 부은 두 눈이 분노로 탱탱하게 부풀어올랐다. 급습에 의해 모로 쓰러졌던 청년이 머리를 흔들며 일어났다. 라면 가락과 벌건 오물찌꺼기가 머리카락을 타고 사방으로 흩어졌다. 용네의 팔을 붙잡은 청년이 팔굽을 와락 끌어당기는 순간 용네의 몸이 앞으로 끌렸다. 청년이 팔을 뻗자 용네의 몸이 다시 뒤로 밀렸다. 팔을 빼려고 했지만 청년의 손아귀에 힘이 주어졌다. 용네의 저항에 밀려 탁자가 기우뚱하자 양념통과 수저통이 바닥으로 굴러 떨어졌다. 내용물이 쏟아진 양념통들이 여기 저기로 굴러다녔다. 홀 안은 무질서하게 흐트러지고, 용네와 청년의 트잡이는 계속되었다.

"이 봐, 무슨 쌔끼고?"

차반을 들고 들어오던 정 씨가 청년을 보고 다짜고짜 발길질을 했다. 차반을 용네에게 넘겨준 정 씨는 청년의 덜미를 끌고 문밖으로 내쳤다. 제 아무리 항거하며 앙석을 했지만 멀쩡한 정 씨를 이길 수 없어 맥없이 끌려가는 청년의 뒷 모습을 바라보는 용네의 얼굴에 조바심이 어렸다.

용네는 담배를 피워 물었다. 허깨비같은 모습에서 혼신의 흔적처럼 허옇게 긴 담배 연기가 흘러 나왔다.

"내 원 참, 젊은 놈이 대낮부터 주정을 부리고. 저런 것들은 어느 귀신이 잡아간 것도 모르게 없어져야 세상이 편해"

손바닥을 털며 들어오는 정 씨의 얼굴에 의기가 양양했다. 심하게 다루지는 말지. 용네의 말은 표정으로 그쳤다.

"걱정 마, 멀찍이 내다버렸은께"

용네는 미간을 찡그려뜨리며 고개를 슬슬 흔들었다.

"정 씨, 우리 어디로 뜹시다"

탁자를 바로 놓고 바닥을 치우던 정 씨가 뜨악한 얼굴로 용네를 바라보았다.

"주민등록도 하고 여어서 산다등마?"

용네는 힘없는 걸음으로 창가로 옮겨갔다. 유리창에 나방 한 마리가 말라붙어 있었다. 얼마나 맹렬히 파닥거리다 그렇게 됐는지, 유리창 곳곳에 나방의 몸이 부딪힌 흔적으로 얼룩이 져 있었다. 쾌속선 한 척이 포구를 휘돌아서 빠져나가고 있는 중이었다. 그녀의 눈에 바람이 스쳐갔다. 물결이 따라 일어났다.

"이봐, 거짓말은 아이제?"

곁으로 다가온 정 씨의 눈이 그녀의 기색을 살폈다. 용네는 비시시 웃으며 담배를 마저 빨아들였다. 큭, 소리를 내며 목과 입을 틀어쥐었다. 동시에 기침이 터져 나왔다. 정 씨의 손이 용네의 등을 두드렸다.

"놔요"

정 씨의 손을 피하며 용네는 소리를 질렀다. 되돌린 얼굴 속의 검은 눈동자가 빤히 정 씨를 응시했다. 아글다글 끓고 있는 바다 한 자락이 거기 있었다.

"와, 와 그라노?"

조금 두려워진 목소리로 물으며 정 씨는 슬며시 거리를 두었다.

"아이요, 아무 것도"

용네는 혀끝으로 담뱃가루를 퉁겨내며 부인하는 고개짓을 했다. 말을 잃고 서 있는 그들 사이로 먼 바다소리가 가까운 곳의 소음을 넘어 아슴푸레 들려왔다.

어렵사리 진정된 어조로 용네가 먼저 말을 건넸다.

"정 씨, 내 수수께끼 하나 낼까?"

응낙을 기다리지도 않고 말을 이었다.

"어떤 여자가 있었는데, 그 여자한티는 생래적으로 세 남자의 올 가미가 따라 다녔어. 여자는 버리고 배반하며 계속 도망을 쳤지요. 비극적인 행로에 피를 토하는 슬픔과 절망을 안고. 그런데 결국 막 다른 골목에 이르고 말았어요. 그때, 여자는 어떻게 했을까요?"

"점쟁이도 아니고 그걸 내가 우찌 알 끼고. 순전히 지어낸 이바구재?"

용네는 희미하게 웃으며 술 한 컵을 따랐다. 수육 접시와 곁들여 정 씨 앞으로 밀었다.

"오늘 너무 고마웠어요. 신문지 한 장의 따스함을 뼈 시리게 체 험해 보지 않은 사람은 모를 끼고요"

주인댁은 특별한 일이 있었다며 다 저녁때가 되어서 돌아왔다. 미안함을 가리기라도 하듯 선참으로 용네가 부탁했던 돈부터 내밀 었다. 손바닥에 돈을 올려놓고 가만히 내려다보고 있던 용네는 골 방으로 들어가서 자신의 가방을 꺼냈다. 눈과 비를 같이 맞으면서 그녀를 따라다녔던 물건들이 채곡채곡 들어 있었다.

옷갈피 속 깊이 손을 넣어 지갑을 끄집어냈다. 얼마의 지폐와 주 소를 적은 쪽지 틈을 손가락으로 비집고 낡은 사진 한 장을 골랐 다. 머릴 빡빡 깎은 사내 아이 하나와 소매를 둥둥 걸어붙인 건장 한 남자가 한 여자의 어깨에 손을 두르고 있었다. 그들은 모두 함 박 같은 웃음을 베어 물고 있었다. 눈 화장한 여자의 두 눈의 모양 이 단연 두드러져 보였다.

용네가 골방에서 나오자 옷을 갈아입고 나오던 주인댁이 생각난 듯 이야기를 꺼냈다.

"세상에 별일도 다 있대. 어젯밤 갈매기집 아줌마가 괴한한테 목 이 졸려 죽을 뻔했대. 도망가는 걸 보니까 글쎄 낮에 와서 밥 사 묵고 간 사람이더라 안카나. 소문이 나니까, 여기 저기 주방아줌마만 골라서 그런 일이 몇 차례나 있었다 안카나"

카운터에 앉아 전자 계산기를 두드리고 있는 주인댁 옆에 용네는 서 있었지만 아무런 대꾸도 하지 않았다. 주인댁이 셈을 끝내자 용네는 들고 있던 지갑을 내밀었다.

"이기 뭐꼬?"

"누가 날 찾아 오거든 좀 줘요"

"누가?"

대답을 하지 않고 용네는 밖으로 나갔다. 은색 폭넓은 치마가 돛폭처럼 해풍을 맞아 펄럭거렸다.

"저게 또 술 쳐먹었구마"

돈과 사진이 든 지갑을 들여다보며 주인댁이 중얼거렸다.

얼마 후에 정 씨가 들어왔다. 주인댁과 눈이 마주친 정 씨의 손이 들고 있던 가방을 뒤로 돌렸다. 주인댁 몰래 주방을 훔쳐본 정 씨는 용네의 행방을 물었다. 용네가 한 부탁을 생각해 낸 주인댁은 지갑과 정 씨를 번갈아보며 고개를 갸웃했다.

"곧 들어 올 텐께 앉아서 기다리소"

그 때 무적을 실은 해풍 한 자락이 포구집 안으로 휘몰려 들어왔다. 포구는 조금씩 밤 안개에 묻혀들고 있었다. 🔁

# 永樂福祉院

'창호가 없어졌다. 인자 나는 우짜모 좋노, 예삐네야'

썩은 나뭇가지가 투두둑 부러진다. 늘어진 목덜미가 심하게 떨린다. 뜨거운 눈물 두 줄기가 도드라진 광대뼈 밖에 보이지 않는 검은 얼굴을 타고 내린다.

'써글내 성님 복쪼가리도 함안읍내 문철네 복인 거 진작 깨달았어야제. 내가 뭐랬수. 그 늙은이들하고 같이 살몬 창호 병도 나을끼라꼬 우기더마 잘 됐소. 성님이나 나나 언제는 남정네 덕보고 살았더랬수'

비몽사몽간에 이루어진 만남이었건만 예삐네의 음성은 생시처럼 꼬장꼬장 아픈 심장을 찔렀다. 뜬금없이 예삐네가 보이다니. 좋은 징조일까 나쁜 징조일까. 석굴네는 골똘히 생각에 잠겼다. 아무래도 마음은 즐거운 쪽으로 기울어지지를 않는다. 내가 너무 기가 허해져서…. 너무 외롭고 적막해서…. 석굴네는 이내 고개를 가로 저었다. 아무리 의지가 필요해도 죽은 사람은 안 된다. 흉조다. 이마 주변에 오소소 게털이 곤두섰다. 시아버지도 전에 보이기만

하면 사건이 터졌다. 창호가 자살을 기도하고 경호가 집을 뛰쳐나
가고…. 그때는 사흘거리로 시아버지가 보였다. 한결같이 피 흘리
고 쓰러지며 절규를 했다. 우리 집 대가 끊기면 안된다. 너라도 살
아야 돼. 아직도 생생하게 귀를 울리는 목소리.

아침밥을 지을 때가 다 되었다는 생각을 하면서도 천근 무게의
심신에 짓눌린 채 손가락 하나 까딱할 의욕이 일지를 않는다. 마지
못해 또 한 가지의 옷을 벗는다. 옷가지 하나도 쇳덩이처럼 무겁
다. 가슴이 탄다. 수북하게 벗어놓은 옷을 멍하니 바라본다. 석굴
네는 옷 탐이 유난히 많았다. 뒤뚱거릴 정도로 비둔하게 옷을 껴입
고 걸차게 먹이를 축내고 있을 때만은 근심 걱정이 없었다. 허기지
고 고통스러우면 검센 남정네의 손길처럼 바람은 왜 그렇게 옷깃
을 파고들어 맨살을 지분거리던지…. 모양이 말이 아니어서 고치
려고 노력도 했다. 그러나 습관은 아무래도 고쳐지지 않았다.

깍, 깍, 까각, 깍깍깍…… 역시 상엿집 옆의 늙은 느티나무에서
일 것이다. 귀 기울여서 잘 들으면 마치 횡재할 기찬 물건이 거기
있다는 신호처럼 들리기도 한다. 하지만 이제 아무도 까치 소리에
혹해서 관심을 쏟는 사람은 없다.

차노인이 죽는 날, 예삐네가 죽던 날도 새벽부터 까치는 우짖으
며 집 앞의 감나무까지 베 날아 다녔다. 개숫물에 딸려 나오는 밥
티며 쌀 알갱이를 주우러 발길에 채며. 처음 이곳에 왔을 때는 석
굴네 자신도 깜빡 속았다. 이놈아, 그래도 안죽고 있으니 소식은
보내는구나. 사뭇 격해진 심정으로 친 아들 경호의 얼굴을 떠올리
며 손가락까지 꼽았다. 소식 한 자 없이 종적을 감춘 지 우금 십
오 년. 아무래도 됐다. 살아 있었다카이 됐어.

방문을 반이나 노랗게 적시면서 햇살이 내려와있었다. 까각, 깍
깍깍……. 까치도 벌써 마당까지 날아왔다. 뒤껻에 몰려 있는 가랑

잎 위에 눈처럼 허벅지게 쌓여 있는 무서리를 파헤치는 기척도 들렸다. 질정없는 바람에 이리저리 휩쓸리던 기진한 육신을 뉘어 놓고 또 추위에 떨어야 하는 가련한 것들이니라. 소리질러 까치를 쫓으려다가 쳐들었던 손을 내렸다. 부질없다는 생각이 들었다.

웬일인지 오늘 아침에는 아직 밥을 재촉하는 잔기침들이 들려오지 않는다. 하긴…. 뒤미처 석굴네는 미간을 찌푸렸다. 어젯밤 늦게까지 부산하게 흥청거리던 살생잔치의 게걸스러움이 퍼뜩 상기되었다.

최포수는 요즘 매일이다시피 죽어 늘어진 꿩, 산비둘기, 산토끼 따위를 들고 들어왔다. 콩이나 까치밥 속에 비상을 넣어서 그가 잡은 것들이었다. 오후 서너 시쯤 몸이 빠른 늙은이 하나를 달고 요소요소의 사냥터를 더터서 죽어 있는 짐승들을 걷어 돌아오면 거의 어둠 발이 덮인다. 고기 맛을 들인 늙은이들은 최포수가 혹시 늦을 때면 떼를 써서 식사시간을 미루고 기다렸다.

어제는 근래에 드물게 큰 것들이 메여 들어왔다. 하, 함매, 산산 돼지 쌔애끼하고 고라니, 도도둑고양이도 있다. 등을 마구 치면서 호들갑을 떠는 오양에게 들고 있던 밥주걱을 내던져 버리고 방으로 들어오고 말았다. 두엄더미에 엉성하게 덮혀 있는 내장이며 피를 흘리며 걸려 있는 짐승 가죽을 상상하는 것만으로도 진저리가 났다.

석굴네는 비록 파리 한 마리일망정 산목숨을 해치는 일은 싫었다. 목숨을 지키는 일은 고통스럽고 힘겨웠고 또 지엄한 책무에 해당됐다.

〔그리 안해도 죄 많은 인총들인디 예서 더 우떠키 죄를 받아 젤라꼬〕

첫 사냥 성공이라고 희희낙락해 있던 최포수와 대판 입싸움을 벌였었다.

〔차암 아짐씨도 모르는 소리 마슈. 살아도 사는 것 같잖은 목숨
들은 일찌감치 쥑여주는 거 그게 적선인 게요. 아, 그래야 후딱후
딱 죄껍질을 벗고 달리 태어나서 살길이 열릴 것 아뇨〕

모여 서서 귀추를 주목하고 있던 늙은이들한테서 단연 손뼉이
터져나왔다.

〔지 목숨이 중하모 남으 목숨도 아까븐 중 알아야제〕

먹거리를 탐하는 본능 외에는 어떤 소리도 자극이 되지 않았다.
그들은 이제 빗장을 지른 방안에 석굴네가 도사리고 있는 것도 아
랑곳없이 저희들끼리 물 끓이고 털을 뽑고… 밤을 새워 질탕으로
육물 포식을 했다.

이 가스나는 똥을 싸서 다부 쳐 묵고 있나 뭐하노. 빠끔하게 들
려 있다가 지금은 축 늘어져 있는 오양의 잠자리를 돌아보며 석굴
네는 가만히 한숨을 흘렸다. 덩치는 어른이면서 소견머리는 열 살
배기만도 못한 오양을 그래도 같은 여자라고 의지하는 마음이 서
글퍼졌다.

그때, 이쪽을 향해 내달아오는 팽이처럼 날쌘 발자국 소리가 났
다. 저 천방지축. 빙긋 떠올랐던 미소가 또 다른 상념으로 꺼멓게
짓뭉개졌다.

얼른 벽에 걸린 달력으로 눈길이 갔다. 오늘이 사흘째. 방송국,
신문사, 경찰지서에서는 당연하다는 듯 아무런 연락이 없다. 어마,
바조 바조…. 힘없는 혀끝에서 점액질의 침이 쉴새없이 흘러내리
는 누런 얼굴이 떠오른다.

단짝으로 어울리던 창호가 사라졌다는 의식조차 까마득히 잊어
버리고 저 계집애는 저렇게 신이 나서 뛰어다닌다.

쿵. 살문이 후르르 떨린다. 마루 모서리에 박치기를 한 모양이

다. 아쿠 아야. 뛰어온 제 힘을 가누지 못한 오양이 턱에 찬 숨을 헐떡거리며 아픈 곳을 주무른다. 얼굴이 마주치자 면상을 씰룩거리며 말문을 튼다.

〔하. 함매, 아, 아즉도 자자잤나〕

쓰레발처럼 듬성한 검은 이빨 사이로 허연 김과 침방울이 튀어나온다.

〔이년아 뭐이 그리 바쁘노?〕

등을 두드리며 진정을 시켰으나 연신 마른침을 삼키며 끄끄, 끅 말을 잇지 못해 애를 쓴다.

〔포, 포수 아아 재가 사,사장 할배를 지직있다아……. 하할배, 우, 울고 나날리 났다〕

석굴네는 기대고 있던 문설주에다 머리통을 박으며 눈을 감았다. 오늘 하루가 또 시작인 거다. 석굴네는 도리질을 했다. 강하게 한 번, 더 강하게, 더 강하게. 무겁게 내려 뜬 망막 속에 하나 둘 미늘이 돋아났다. 박사장과 최포수가 마주 버티고 서 있었다.

쓸어서 한데 모아 둔 검부럭지 같은 존재들이 여기 식구들이지만 기본 성정을 이루는 깡다구마저 소진되지는 않아서 알그락달그락 늘 싸우는 게 그들의 소일이었다. 그러나 오늘 아침처럼 이런 황당함은 아직 없었다. 참말로 무인 일이꼬, 연일. 석굴네는 두려움이 왈칵 엄습하는 것을 느꼈다.

지금 복지원에는 원장도 사무장도 없이 어른 없는 집에 남은 어린애들처럼 원생들만 집을 지킨다. 마치 이런 기회를 노리고 있었던 것처럼 잇달아서 일이 터졌다. 석굴네는 원장이 외국 친구를 만나러 떠난 날을 되짚어 본다. 아주 오래된 것 같았지만 겨우 나흘이 지났다. 출장 기간은 아직 열흘이나 남았는데. 석굴네는 복잡하게 얽히는 생각을 흩어버리느라 고개를 힘차게 저었다. 그러나 탱자나무에 걸린 그믐달처럼 이해할 수 없는 사람 최포수의 얼굴은 더욱 또렷해졌다.

최포수, 아니 최씨 그가 명색 뿐인 복지원의 고샅길로 제 집 찾아들 듯이 스스럼없이 성큼성큼 들어선 것은 꼭 일 년 전이었다. 늦장마가 끝나고 모처럼 환하게 햇볕이 드러났던 날, 깃을 말리는 가금류처럼 때에 전 옷을 벗어 비늘을 털던 늙은이들 모두의 눈에 소리개같은 인상으로 그는 다가들었다. 사내의 녹황색 가죽점퍼와 지퍼로 여미게 되어 있는 목이 긴 가죽 장화는 탄탄하고 장대한 체격에 썩 잘 어울렸다. 사냥철은 아직 일찍은데. 그가 포수일 거라고 짐작한 일동은 중얼거렸다. 비어 있는 평상에다 어지간히 끌고 다닌 듯한 가죽가방을 내려놓은 사내는 굳어있는 늙은이들의 표정을 손칼처럼 한 눈으로 주욱 긁었다. 늙은이들의 끈끈한 눈길은 사내의 불룩한 뱃구레를 연신 흘끔거렸다. 폐촌의 한 집에다 영락복지원(永樂福祉院)이라고 이름만 걸었을 뿐인 신 살림이었다. 상대적으로 줄어들 수 밖에 없는 자기네의 몫을 따지는 게 분명한 거부의 눈초리를 아랑곳없이 사내는 당당하게 굴었다. 빡빡한 침묵을 깨며 꽝, 발을 구른 사내가 먼저 말문을 텄다.

〔이샹! 아무리 인심이 개x 같기로, 나, 최가외다. 당신네들 질긴 고기 뜯으러 온 야차 아니라고〕

그제서야 엉덩이에 박힌 돌멩이를 비켜 앉으며 늙은이들의 헛기침이 나왔다. 그러나 객쩍은 힘을 과시하는 낯선 사내에게 박힌 경계와 호기심의 눈살은 쉬이 걷히지를 않았다. 그렇거나 말거나 좌중을 향해 떡 버티고 선 채 돌아가던 사내의 시선이 구석자리에서 멎었다.

〔이게 갖고 싶소?〕

사내가 쳐들어 보이는 털목도리에 집요하게 꽂혀 있던 한 늙은

이의 눈길이 비굴하게 미끄러졌다.

〔옛소!〕

자라목을 한 늙은이를 향해 사내는 선뜻 목도리를 던졌다. 매가리없이 포개져 있던 얼굴들이 너도 나도 손을 뻗었다. 엉성궂은 늙은 손들 위로 사내는 하나 하나 자신의 물건들을 던졌다.

〔제에길, 부자지꺼정 몽땅 떼 돌란 말이가?〕

하나도 얻어 가지지 못했다고 웅얼거리는 박사장의 손에다 사내는 담장 위에서 돌멩이 한 개를 냉큼 집어다 주고 히죽 웃었다.

〔이건 아짐씨가 좀 맡아주시오〕

열려 있는 주둥이를 채 여미지도 않은 가방이 다듬고 있던 석굴네 앞의 푸남새 위로 휙 날아왔다.

사내는 복지원 식구가 되는데 성공을 했다. 부재중인 원장의 대리 자격으로 박사장이 으름짱을 놓았지만 발가벗겨서 내쫓을 작정이냐고 되려 어깃장을 놓았다. 하나씩 물건을 얻어 가진 늙은이들의 동정어린 눈길도 사내를 한 몫 도왔다.

〔새끼들아, 그깟 지린내 땀내 배인 것들 당장 쓰레기장에 못버리나!〕

아무 늙은이도 박사장의 호통에 눌려서 얻은 물건을 버리지 않았다. 그 중 넉넉한 쇠푼을 미끼로 우두머리 행세를 하던 박사장의 호적수로 최씨는 자연 맞서게 되었다.

석굴네가 댓돌을 내려서는데 저쪽 마당을 가로질러 나가는 최포수의 모습이 보였다. 푹한 날씨 덕분에 여미지 않은 상의 자락이 이륙하는 날짐승의 날갯죽지처럼 옆으로 펴뜨려졌다. 최씨. 양손을 주머니에 찌르고 털렁걸음을 걷던 그가 두어 걸음 앞으로 나가다 돌아보았다.

흥얼거리던 콧노래도 동시에 멎었다. 석굴네는 마른 입술에다 침을 발랐다. 흥흉한 기분이 말머리를 막았다. 별일 아니면 내쳐 갈 태세를 보이는 최포수의 거동이 석굴네의 마음을 다급하게 했다. 곁에 있는 오양을 돌아보고서야 가까스로 말이 되었다.

〔무슨 그런 해괴한 소리가 들리는지 모르겠네요〕

무슨 말을 하려나 숙지근히 듣고 있던 최포수의 윗입술이 빙싯 씰그러졌다.

〔에이 밥맛 떨어지는 늙다리들, 아랫도리에 힘이 뻗치니까 본성이 나오는 거 아뉴. 백 원 짜리 주전부리에 목이 배여 졸졸 따라 다니는 놈들이나〕

순간 석굴네의 가슴이 쯔르르 했다. 최포수의 눈동자에서 피어나는 황혼의 들녘 같은 저 쓸쓸하고 삭막한 공허. 저게 저 사람을 버려놓은 근원임에 틀림없어. 최포수는 그 사이 자리를 뜨고 없었다. 그라모 그렇제. 곁에 있는 오양의 등짝을 한 차례 후려쳤다.

몸피답잖게 돔바지런한 최포수의 기여도는 알아주어야 했다. 마을의 헛간에서 찾아낸 연장통을 들고 다니며 복지원의 덜렁거리는 방문을 손질하고 무너져서 울퉁불퉁한 구들장을 뜯어고친 것도 그였다. 오이씨 같은 신경통 약을 한 줌씩 털어 넣는 환자들을 염두에 두고 고양이 덫도 놓았다. 거의 날마다 뒤꼍에 걸린 오지솥은 김을 뿜었고 '사룡탕'이니 '서구탕'이니 최씨가 만든 국적불명의 곰탕은 원생들의 밭아 붙은 내장에다 기름칠을 했다. 박사장은 그 중에서도 유난히 '남의 살'을 밝혔다. 괴기도 먹어본 놈이 잘 먹는 법이라는 소리를 넉살좋게 앞세우면서 다른 사람이 두 번 손 댈 겨를도 없이 제 앞으로 고깃점을 끌어당겼다.

벗어놓은 옷을 다시 껴입을까 말까 망설이고 있는데 정씨의 부름이 뒤채로부터 날아왔다.

〔아이구 엊구져라. 자기들 쌈에 애맨 사람은 뭐하로 오라 가라

쌌노]

박사장의 거처로 들어서자 모여 있던 원생들이 석굴네의 길을 열어주었다. 심상찮은 분위기가 전신을 에워쌌다. 다른 날처럼 엄살도 없이 누워 있는 박사장에게로 눈길을 돌렸다. 밥이 굳다, 국이 싱겁다. 사소한 건덕지만 있어도 석굴네를 붙잡아 놓고 생트집을 부리던 그가 딴 사람처럼 얌전한 것이 조금 마음에 걸렸다. 박사장의 주위로 현장검증을 위한 물증처럼 구멍을 파던 콩낱이며 까치밥 묶음이 흩어진 채 고스란히 놓여 있어 강퍅하게 말라비틀어진 그의 몰골을 한층 을씨년스럽게 했다. 석굴네는 흘깃 박사장의 머리맡을 일별했다. 그는 언제나 머리맡에 수북이 쌓여 있는 약갑들을 뒤적거리며 수작을 걸었다.

'인생 다 살았다꼬 넋 놓지 마라. 인생은 칠십부터란다. 임자만 좋다믄 지끔이라도 여기 떠나. 나 이래뵈도 이런 데서 썩어질 예사로운 그런 사람이 아니라구. 창호 저 반편이 데리고 뼈가 바스라지게 뭇잡놈들 수발 드느라꼬 임자 고생하는 것 보모 내 살이 다 아프다고…]

여자가 귀하니까 별 소리를 다 듣는다며 웃어 넘기려 하자 예삐네는 정색을 하며 주의를 환기시켰었다.

'성님, 썩어도 준치라꼬 늙어도 x은 x이요. 사내들은 그 짓 한 번이면 사기가 되살아나서 폭탄 한 트럭과 맞먹는 힘을 낸다우'

붙였다가 뜯어낸 파스며 신경통약, 소화제, 영양제, 안약, 감기약, 변비약, 물약, 가루약, 환약, 정제…. 석굴네는 한두 뜸씩 호흡을 건너 뛰어야 했다. 이 방에 머물러 있는 길지 않은 시간 동안 늘 해 온 버릇이었다. 시체가 썩는 것 같은 냄새 속에 섞여 있는 약 냄새를 맡으면 기분이 야릇했다. 아무짝에도 소용없고 위함 받지도 못하는 목숨인데 손가락만 조금 삐어도 약을 찾고 간호를 청하는 저 까탈스러운 어린애. 그건 비단 박사장 한 사람만의 심정이 아니란 걸 석굴네는 잘 알았다. 그래서 그네는 정도 이상의 무뚝뚝하고 굳은 표정을 탈처럼 쓰고 살았다.

왠지 모르게 울컥 역정이 치솟았다. 토악질하듯이 비를 든 손을 휘둘러 온 방을 쓸어댔다.

[쥑일라카는 손이 있으모 죽어주라모. 것도 적선이람서]

빗자루를 피해 원생들이 몰려 나갔다.

[참말이가, 니 그 말이 참말이가?]

눈치를 보며 가만히 누웠던 박사장의 팔이 별안간 석굴네의 두 다리를 감고 늘어졌다.

[거 봐라, 내가 뭐랬노. 가재는 게 편인 게 확실하재?]

석굴네를 놓친 안타까움으로 버르적거리던 박사장은 자줏빛 입술을 바르르 떨며 밖에 있는 누군가를 손가락총으로 찔러댔다.

[정가야, 와 잠자코 있노. 말 좀 해라. 이 여편네 귀에는 내 말이 모두 어거지로 들리는 기다]

석굴네는 손에 들린 비로 박사장을 때리며 지청구를 했다.

[똑같은 처진데 불쌍해서 감싸지는 못할망정 낫살이나 더 쳐묵은 값을 해라. 어제 뒷산에서 잡아온 능구렁이 고운 국물도 니가 다 마시데. 어느 자슥이 그리 고마울 끼고. 은혜를 원수로 갚을라카나]

그들 사이에 어쩌다 자신이 얽혀 들었는지 저울대를 곧추세우며 빠져나오려고 애를 썼다. 하지만 늘 이랬다. 석굴네는 암담한 눈길을 저쪽으로 펼쳐진 저수지 가는 길로 보냈다. 누군가 마악 길모퉁이를 돌아갔다. 최포수인 것 같았다.

석굴네는 쓴 입맛을 다시며 부엌으로 돌아왔다. 정씨와 마주쳤으나 할말이 있는 것 같은 눈치를 싹 무시해 버렸다. 서둘러서 아침을 해결시켜 놓고 오늘은 석굴네 스스로 경찰지서며 방송국, 신문사를 찾아가 볼 작정을 했다. 사실 창호를 찾는 일보다 그녀에게 더 중요한 일은 이 세상에서 아무 것도 없었다.

〔아지마씨, 나 좀 봅시다〕

저만큼 닭장 앞에서 한 무리의 늙은이들과 수군거리고 있던 정씨가 다가왔다. 쇠뿔은 단김에 빼렸다고 뜸들이고 자시고 그럴 게 어뎄어. 그런 소리가 꼬리처럼 정씨를 따라왔다.

놀놀하게 뻗은 염소 수염을 걷어 매만지던 손으로 부엌 모퉁이를 손짓해 놓고 정씨가 앞장을 섰다. 으슥한 곳에서 걸음을 멈춘 정씨가 돌아설 때 그의 가슴팍을 무심코 바라보던 석굴네는 아연 놀라지 않을 수 없었다. 단추 구멍에서 흘러 주머니로 들어간 좁쌀 모양의 은줄. 박사장의 심부름을 잘한 대가로 받았다는 시계다. 오양의 정보가 이럴 때도 있었다. 석굴네는 역겨운 시선을 빗겨 싸릿대 울타리 위의 말라진 호박덩굴로 보냈다. 죽어도 본색은 썩지 않을 것인가. 거간꾼이었다는 생업대로 야살맞기 그지없는 이 늙은이. 그러나 등 돌리고 원수진 식구 없는 것도 따지고 보면 그 설레발 덕이라고 눌러 보아온 참이었다.

〔걸 뭘 그렇게 보시우?〕

헤벌쭉 웃으며 시계줄을 풀더니 아예 호주머니에다 챙겨 넣은 정씨는 의식적으로 주위를 한 번 둘러본 뒤 바로 석굴네 앞으로 걸음을 당겼다.

〔아지마씨가 하도 성님(박사장)을 내쳐서 보다 못해 내가 나섰시다〕

〔그래서요?〕

석굴네는 정면으로 그를 쏘아보았다. 다그침을 기다리기나 했듯이 영감은 말을 이었다.

〔창호가 아지마씨한테는 목숨 이상 가는 중한 사람이라는 걸 우리 식구들 중에 모르는 사람은 아무도 없시다. 아지마씨도 눈치없는 양반이 아니니까 벌써 거니는 챘을 줄 알았더니…〕

답답하다는 표정에 이어 뜸을 들이는 굼뜬 동작으로 담배를 꺼내 무는 정씨의 얼굴이 다른 날 보다 더욱 의뭉스러워 보였다. 황이 시원찮은 성냥개비 몇 개를 하나 둘 확인하며 버리는 품이 모사꾼의 궁리에 찬 모습을 더 선연하게 지어 보였다. 가슴속에서 찬바람 한 줄기가 몰려나와 그녀를 더욱 까닭없는 외로움 속으로 몰아넣었다.

〔거 참 바쁜 사람 붙들고 왜 그러시우. 담배는 낭중 펴도 될끼구마〕

석굴네는 영감의 손에서 성냥과 담배를 빼앗으며 '우리가 누구냐, 한솥밥 먹는 오랍동생 아니냐'며 그의 인정에다 호소를 했다. 난감한 기색을 새로 지어 보이며 입맛을 다시던 정씨는 석굴네의 성화만 계속 부풀게 말을 하지 않았다. 그냥 두시우. 기다리다 못한 석굴네가 화를 내며 자리를 뜰 태세를 취하자 선뜻 영감의 말문이 열렸다.

〔이 말 듣고 아지마씨 판단이 중요허쉬다. 내 혼자 생각만이 아니고 온 식구들 의중이 비슷하게 일치가 되니, 어쨌든 이번 일은 자승자박, 아지마씨 소치가 더 명확해졌고요〕

일시에 핏기가 가시는 것 같았다. 석굴네는 바르르 목청을 돋구었다.

〔방금 뭐라 캤소. 엊그제도 그라더마 우째서 남의 오장을 이리 뒤집소. 그래 최씨랑 내랑 뱃구녕 맞출라꼬, 그래서 우리 창호가 없어졌다. 말이나 되는 소리요 시방?〕

정씨의 멱살을 겨냥하며 손이 뻗어가자 재빨리 피한 영감은 손을 뿌리쳤다. 서슬에 석굴네는 서릿발이 숭숭 솟아 있는 언 땅위로 나둥그러졌다.

〔아이구 죄 받는다. 이 처지에 있는 날로 두고 천벌 받는다. 미물에 짐승도 새끼로 일가뿌리모 가닥가닥 애간장이 미여진다카는데…. 소년과부 하는 일이 일일이 허사라카더마 이 일로 우짜꼬, 낯을 들고 우찌 살꼬〕

손톱 사이로 끈끈한 액체가 찌적찌적 스며나오도록 땅바닥을 긁으며 석굴네는 울었다.

〔내 손에 밥 묵는 인간들이 음해를 씌아도 유만부동 이제, 최씨가 몇 살이고 내보다 몇 살이나 작다〕

석굴네의 통곡소리가 온 집안을 울렸지만 누구 하나 반응을 보이지 않았다. 곁에 있던 정씨만이 피우던 담배를 밟아 끄며 어깨에다 손을 대고 흔들었다.

〔진정하소, 그러니까 우리 말은 아는 정 모르는 정 없이 흑백을 가리자는 거 아니요〕

석굴네는 비로소 정영감의 말대로 제 몸을 제가 묶었다는 말을 실감했다.

창호가 없어진 날 저녁, 저수지 쪽으로 최포수와 같이 가는 걸 보았다는 소리가 늙은이들 입에서 흘러 나왔다. 다른 목격자가 더 없어 혐의를 쓰게 된 최씨는 조사를 나온 경찰지서 사람들 앞에서 머리 위에 빤히 밝혀져 있는 전등을 주먹으로 쳐서 암흑을 만들어 놓고 뱃가죽에 철판 간 놈 있으면 그 따위 소리 또 한 번 해보라고 고래고래 소리를 질렀다. 궁지에 몰린 그를 제일 먼저 구해낸 것은 석굴네였다. 나름대로 짐작이 없지 않았던 것이다. 창호는 요즘 들어 간간이 뭔가 보이지 않는 것을 보기 위한 안타까움을 자주 보였다. 그러므로 그녀의 기대도 희망으로 꽉 차 있었다. 저수지 물가에 앉아 있는 동안 잊고 있던 세계에 대한 기억이 희미하게 되살아났을 수도 있었다. 집에서 같이 나갔다고 끝까지 동행하란 법이 어딨느냐는 최씨의 말도 수긍이 갔다. 그녀는 앞장서서 실종신고를 가출신고로 바꾸었다.

〔그라모 최씨가 우리 창호를 해꼬지 했단 말이요? 와? 뭣땜에?〕

찰나에 퍼뜩 박사장의 거처에서 본, 저수지 길이 떠올랐다. 최씨의 공허하고 삭막한, 평소답지 않은 눈빛이 동시에 아귀가 맞았다.

〔본 사람이, 그 사람이 혹시 박사장 아니요?〕

정씨의 옷깃을 그러쥐고 있던 손아귀에 힘이 탁 풀렸다. 범인인 최씨가 범죄를 은폐하기 위해 박사장을 죽이려고 했다…. 발길을 획 돌렸다. 어서 빨리 박사장에게로 가야 했다. 하지만 그보다 앞서 정씨의 가슴팍이 앞을 가로막았다.

〔까놓고 말해서 박사장이나 최가 아니면 나머지 우리는 아지마씨 눈에 사람도 아니요?〕

아, 이게 또 무슨 소린가. 석굴네는 정씨의 얼굴을 올려다보았다. 형형한 노기로 이글거리는 그의 노오란 눈동자가 야수처럼 눈앞에서 확대되었다.


늦은 아침 식사가 끝나도 최포수는 돌아오지 않았다. 식후 담배질을 하는 늙은이들 몇이 어서 최가를 찾아 다리몽댕이를 분질러서 내쫓아야 된다고, 석굴네 들으란 듯 큰소리로 얼러대었다.

그녀는 사람들 눈에 띄지 않게 부엌 뒷문으로 집을 벗어났다. 내장을 뒤집어서 결백을 주장해 보일 수도 없었다. 망측하고 억울했다.

최포수는 이제 영락복지원에 없어서는 안될 일손이었다. 최가라고 자신의 입으로 밝힌 성 밖에는 아무 것도 아는 게 없다. 오십 다섯을 넘어 육십 안쪽일 것 같은 나이 대접도 짐작일 뿐, 튼실한 체구와 털북숭이 가슴에서 훨훨 나는 독수리 문신을 보면, 선불 맞은 상처 때문에 영혼이 떠도는 맹수인지 모른다는 추측까지도. 열심히 땔감을 구해다 뜨끈뜨끈 군불을 지펴서 뼛골이 쑤신다고 끙끙대는 늙은이들이 노골노골 삭신을 풀게 하는가 하면 또 부엌까지 들어와서 아람찬 기명물통을 덜렁 비워주기도 했다. 그도 아니면 불때기 좋게 장만한 나뭇단을 부엌 안까지 안아다 주어도 두 손을 재고 앉아 배기지를 않는 게 최씨였다. 어쨌든 그는 스무 명 되는 선참 늙은이들을 젖혀두고 석굴네를 독차지 맞상대하는 위치가 되었다.

지난 봄 뒷산으로 산나물을 뜯으러 갔을 때였다. 아픈 허리를 두드리며 잠시 쉬고 있는데 최씨가 불쑥 송기 두 자루를 내밀었다. 하얗게 포동포동 살이 찐 먹음직스러운 것이었다. 한 자루는 집에서 늙은이들 입성이나 꿰매고 누워 있는 예뻐네에게 갖다주랬다. 숨겨놓은 비밀을 들킨 듯, 이런 것 자실 줄 알지요, 라는 물음에 웃기만 했다. 대화에 익숙한 처지라면 주고받을 많은 화제를 그도 간직하고 있음이 얼른 엿보였다. 속도 여물지 않은 젖떼기 어린이 때부터 송기밥, 송기떡을 어지간히 씹어 돌리며 연명을 했죠. 수틀을 안고 놀아야 할 처녀 시절 좋은 한때를 전쟁위안부니. 좌익이니 우익이니… 하는 탁류에 휩쓸려 떠내려가다 보니 어느 결에…. 최씨의 눈에도 같은 시대의 어려움을 경험한 동류의식의 진한 공감대가 여울져 흐르고 있었다. 노동이 많은 그의 밥그릇이나 반찬을 챙기는 석굴네를 보고 예뻐네는 그랬다.

[성님, 조심하시우. 늙은 말이라고 콩 마다 하는 법 없어요. 여차하면 칼부림 날라]

그때만 해도 예뻐네는 맑은 정신으로 경험적 충고를 잊지 않았고 그녀 역시 반박의 기회를 놓치지 않았다.

〔임마야, 내 택호가 우째서 석굴넨고 벌써 이자뿌릿나. 괴기 쪼시개에 한방 얻어맞고 변가 그 놈이 붙인 거 아이가. 저 년 ×구녕은 돌구녕이란께 어쩌고, 미친개 맹키로 떠들고 안댕깃나. 덕분에 내사마 넘짓거리는 놈 없어 편하게 됐고〕

그 시절은 석굴네의 생을 통틀어서 가장 복스러웠던 때였다. 스산했던 과거며 불확실한 미래도 생각할 필요가 없었다. 성님은 복이라고 옆방에 살던 예삐네는 늘 부러워했다. 자신이 못가진 건강이며 씩씩하고 착한 두 아들, 비록 하루 벌어 하루 먹는 힘든 생활이지만 곁에서 늘 함께 바라볼 수 있게 되기만이라도 원했다. 그녀 석굴네 역시 달짝같이 예쁜 여자가 왜 혼자 몸이며 왜 아랫도리를 못쓰는 불구인지 호기심을 풀기 위해 묻지 않았고, 한쪽은 남자처럼 한쪽은 여자처럼 마음으로 의지하며 한 식구가 되어 살았다.

깊은 속을 묻은 채로 저수지로 가는 둑길에 오르자 상여집이 빤히 건너다 보였다. 골이 패인 지붕을 이고 두엄더미처럼 납작하게 짜부라져 있는 상엿집이 석굴네의 상심으로 흔들리는 눈길에 의해 어룽어룽 들까불려 보였다. 늙은이들이 옛 솜씨를 발휘해서 메운 상여를 타고 예삐네는 복지원을 떠났다. 죽어서 혼백이나마 고향으로 돌아갔는지. 짬 있으면 자신은 부끄럽고 면목없어서 못간 고향 산천에다 묻어달라며 건네주던 예삐네의 낡은 사진과 주소가 서랍 속에 들어 있다. 오늘 내일 미룬 것이 벌써 달포가 넘었다. 예삐네야, 나는 인자 우짜모 좋노. 맥없이 중얼거리며 마른 풀을 뜯었다. 예삐네의 완강한 반대를 무릅쓰고 그녀는 복지원으로 왔다. 서서 오줌 누는 대상에 대한 예삐네의 증오심을 모르지 않았지만 아버지처럼 지긋한 나이의 식구들과 어울려 사는 동안 창호의 짓밟힌 영혼을 억누르는 대인 기피증이 열어지고 굳어 붙은 혀며 뒤

틀린 사지까지 좋은 공기 속에서 치유받을지 모른다는 기대- 사실은 오막살이집과 모아둔 돈은 병원비로 다 날리고 혹덩이 환자를 데리고 갈 곳이 없었다-로 이판사판의 선택을 했었다.

창호는 까막눈인 그녀의 기구한 인생을 적바림해 놓은 치부책과 다름 아니었다. 강동 팔 십리까지 뻗어와서 훼방 놓는 수양산 그늘만 아니었다면 지금쯤은 창호도 경호도 어엿한 중년 사회인이 되었을 터였다. 뜨끈한 손자의 오줌으로 등허리를 적시다가 그도 싫으면 지갑을 챙겨들고 밥내기 화투나 치러 다닐 텐데…. 그런 아쉬움 서러움으로 베갯잇을 적시던 날도 이제는 아득했다. 작은어머니, 저는 빨갱이 자식이라면서요?. 그때 죽어버리게 놔두지 않고 왜 저를 이토록 욕되게 하세요. 너무 괴롭습니다. 경호한테도 어머니를 빼앗고 시치미떼고 살려니 너무 미안하고 너무 힘듭니다. 부러지고 쓰러진 깃발을 안고 울부짖던 창호. 그때도 그녀는 의연할 수 있었다. 세상에 길이 하나 뿐 아니다. 핏덩이 너굿들을 데불고 나도 살았는디, 덩치 아깝다. 치아라 고마.

전날에도 그랬듯이 지금도 열심히 내 앞에 놓인 일을 할 뿐이라는 마음으로 복지원 살림을 살았다. 죽으면 한 줌 흙밥될 육신인데 외롭고 불쌍한 늙은이들을 위해 이 한 몸 헌신 봉사하리라. 그러노라면 다행히 창호의 병도 더 악화되지 않고, 원장의 외국 친구들이 약속한 대로 후원자가 많아지면 복지원도 좋아질 것이다. 단 한 가지 남은 욕심이 있다면 목숨이 다하는 날까지 부지런히 창호를 회복시켜서 그의 핏줄을 이어받은 씨 하나만을 떨구게 되기를, 그 소망 가운데 넌지시 오양을 끼워 넣고 그들이 언제 이성을 갖추어서 가시버시 구실을 해줄는지 마음 졸이며 손을 꼽았다. 비록 허망한 바람으로 끝날지언정 대가족의 뒷바라지로 고단한 중에도 등불처럼 그 꿈은 연연한 희망의 빛이 되곤 했다.

까각까각…. 구부러진 느티나무 가지에서 상엿집 주위로 까치는 여전히 우짖으며 오르락내리락 했다. 저것들도 암수를 서로 다투느라 저 야단인가. 불쾌감을 털며 엉덩이를 들었다. 거칠게 고개를 흔들다가 움푹 팬 황토 언덕 아래로 눈길이 가자 얼른 몸을 숨겼다. 상엿집 쪽으로 부지런히 정씨가 올라가고 있는 게 보였다. 그도 최씨를 찾기 위해 집을 나선 게 분명하다고 석굴네는 짐작했다.

마을이 조붓이 내려다보이는 언덕까지 올라왔지만 최포수의 움직임은 어느 곳에서도 눈에 뜨이지 않았다. 누구보다 먼저 최씨를 만나야 된다는 가쁜 마음이 다시 맹렬하게 살아올라 언덕길에다 자꾸 그녀를 쓰러뜨렸다. 최씨가 다른 사람에게는 시퉁궂게 굴어도 자신한테는 진정을 드러내 보일 것이라 싶었다. 주위의 추측대로 그의 언행이 사실로 석굴네 자신에게 기울어 있다면 말할 것도 없었다.

〔욕되게 사는 것만큼 비참한 삶도 없는데 아짐씨가 잘못한 거요〕

강원도 탄광에서 가출한 지 십 년만에 진폐증 환자인 창호를 찾아왔던 이야기를 듣고 최씨는 대뜸 말했다. 또 한 번의 자살미수로 영영 회복불능 상태가 되었다는 말에도 제 일처럼 화를 내며 대놓고 창호를 구박할 때도 있었다.

〔야이, 인충아. 늙은 에미 어지간히 고생시키고 그만 뒈져라〕

그의 분명히 주제넘은 참견에도 불구하고 석굴네는 왠지 그를 나무라지 못했다. 누가 나를 이렇게 깊이 이해하며 생각해 주었던가. 형제처럼 같이 살아온 예삐네도 가슴에 뭉쳐 있는 피멍덩어리를 그토록 과감히 칼질해 주지는 않았다.

석굴네는 저수지로 가는 길로 발길을 돌렸다. 늙은이들의 짐작이 맞을지 모른다는 생각이 불현듯 뇌리를 스치고 지나갔던 것이다. 나를 위해서, 최씨가 창호를…. 평소에 창호를 살뜰하게 보살피던 말이나 행동을 보면 천부당만부당한 일이 아닐 수도 있었다. 그도 온전한 이성을 가진 사람이 아니기에 더욱.

지난 여름 한 철을 최씨는 창호를 데리고 저수지에서 살다시피 했다. 닭장에 던질 개구리와 반찬거리 우렁이를 한 소쿠리씩 건지는 재미였다. 무람하고 익숙히 드나든 곳이므로 끌고 미느라 힘들지도 않았을 것이다. 첨벙, 열렸던 물은 수면을 닫고 최씨는 시치미를 떼고. 그러다가 그 언젯적에 있었던 꿈 이야기처럼 사람들의 기억에서 창호의 이야기는 사라지고….

돌보는 이 없는 저수지의 수문은 쇠막대로 굳게 잠겨 있고 늦장마로 고인 물은 무넘기를 넘치던 대로 허옇게 얼룩은 채 햇살을 받고 있었다. 반 너머 못의 면적을 잠식해 있는 토사 위에 무성한 숲을 이루며 늘어서 있는 갯버들과 갈대 숲에 가려서 이쪽과 저쪽을 동시에 한 눈으로 보기란 불가능했다. 얼룩은 결빙의 층에 따른 색색의 빛을 직사광선은 사위스럽게 반사시켜 잔 물결치는 수면 위로 날려 보낸다. 바람에 놀란 물오리 몇 마리가 물 가운데서 푸드덕 날개를 털며 치솟아 올랐다.

석굴네는 수심 깊은 곳의 충충한 물결에다 눈길을 박았다. 벌써 원혼이 된 창호의 넋이 하소연하는 소리가 들리는 듯 마음이 조급해졌다. 아냐, 창호는 죽지 않았어. 물가로 헤엄쳐 나와 기진맥진 쓰러져 있을 거야. 우리가 어떤 엉구렁에서 살아나온 목숨들인데 그렇게 쉽게 명줄이 끊길 리 있나.

가장자리를 돌자 진흙 위에 박힌 수많은 발자국이 음각된 동판처럼 굳어 있는 것이 보였다. 어느 것이 근래에 딛은 창호의 발자국인지 식별해 보려 했지만 모두가 그게 그것 같았다.

얼마간에 몇 번이나 저수지 둘레를 헤매 다녔을까. 노출된 피부에는 핏물이 죽죽 그어져 있었다. 쑥부쟁이 땅가시에 긁혀 빠끔한 데가 없었다. 땅버들의 아랫가지에 휘감겨 있는 비닐 나부랭이를 먼 빛으로 보고도 진흙에 발을 빠뜨리고 뛰어가기를 수차례. 물에 젖은 옷자락이 매운 바람결을 맞아 꾸덕꾸덕 얼어붙었다. 빨갛다 못해 푸르딩딩해진 두 발은 다리까지 잠기는 진흙 밭에 서 있어도 아무런 감각이 없도록 마비가 되었다.

해가 비스듬히 기울자 산그늘에 반사된 햇살이 침침하던 건너편의 언덕 밑을 제법 훤히 밝혀주었다. 수면에 둥 떠 있는 부유물이 넓어진 시야로 관망되었다. 그때, 또록하게 모은 초점을 한 곳으로 끌어당기는 물체가 있었다. 눈길을 고정시키자 물체의 부피들은 더욱 확대되고 선연해졌다.

〔아이고 이 놈아!〕

누군가 옆에서 외치는, 아니 석굴네는 자신의 음성을 꿈결에 가위눌림 같은 소리로 들었다. 석굴네는 단번에 혼이 빠졌다. 저 멀리 보이는 창호를 향해 접질린 무릎을 끌고 두 손으로 앞을 긁어나갔다. 다행히 진흙은 거죽이 녹았고 잡을만하게 결이 선 얼음도 있었다. 한참을 기다가 두 눈을 똑 바로 뜨고 정면을 응시했다. 그녀가 본 것은 창호가 아니었다. 소식도 없어 죽었는지 살았는지 모르던 경호였다. 친아들인 저를 젖혀놓고 사촌형만을 감싸고 편애하는 어머니에 대한 반항으로 집을 나간 경호. 원양어선을 탔다거니, 패싸움에 휘말려 개죽음했다 거니, 온갖 풍문을 일소하며 기다려 왔던 경호. 경호야. 석굴네는 안타깝게 부르며 흙 묻은 손등으로 눈을 씻었다. 경호가 보이지 않았다. 부유물 속에 떠있는 것은 경호가 아니고 창호였다.

〔창호야, 쪼끔만, 쪼끔만 숨을 자주 쉬거라. 에미가 간다. 쪼끔만 더 버티고 더 자주 숨을, 숨을, 숨을…〕

허겁지겁 물을 헤어나간 석굴네는 드디어 플라스틱 바가지, 비료부대, 썩은 나뭇가지들이 엉켜 있는 속에 늘어져 있는 비닐끈 한 줄기를 손에 쥐는데 성공했다. 그녀는 묶여 있는 창호를 끌어당기기 시작했다. 손끝에다 온 몸의 힘을 다 모았다. 가쁜 손짓으로 스르륵 당겨 오도록 비닐 끈을 낚아채는 순간, 눈으로 왈칵 흐린 물이 밀려와 시야를 가로막았다. 콧구멍 아리게 밀려든 물은 또 우우 소리를 내며 귓구멍 속으로 밀려들었다. 걸쭉한 해치와 물풀 나부랭이가 그물처럼 그녀의 팔 다리를 감아 몸의 움직임을 방해하며 감겨들었다.

　〔허수, 허수아비…, 그, 그라모 우, 우리 창호는…〕

　더 이상 석굴네의 입 밖으로 나온 소리는 없었다. 목이 터져라 외쳤지만 골 아프게 밀려드는 흑탕물 속에서 그녀는 허우적거리고만 있을 뿐이었다. 얼굴이 뭉그러진 허수아비가 너울거리며 그녀에게로 끌려들었다. 흐름을 거스르는 몸부림과는 반대로 몸은 점점 두꺼운 얼음 밑으로 물결을 따라 말려 들어갔다.

　저녁 때, 노인들의 간계로 상엿집에 갇혀서 울고 있던 창호는 최포수에게 발각되어 복지원으로 돌아왔다. 어마, 바조, 배고파… 바조, 바조…. 보이지 않는 어미를 찾는 창호의 부르짖음만 복지원의 휘젓한 뜰을 맴돌아 다녔다. ✿

# 넥타이

한 묶음씩 벽돌이 날라져 오고 있다. 양손에다 벽돌을 든 인부가 한 번씩 모습을 드러내는 대로 저 담쟁이덩굴의 목숨은 짧아진다. 제 아무리 굳건히 담과 어울려 있다 한들 담장이 없어지면 담쟁이의 군센 의지도 존폐의 위기를 맞고 말리라. 서로에게 힘이 되어주면서 오래 오래 그 모습을 유지해 주기를 바라는 아이의 마음과 상관없이 담쟁이덩굴이 엉켜 있는 낡은 담은 곧 철거될 것이다.

그 쪽을 바라보고 있는 동안 시나브로 고여든 물처럼 슬그머니 할머니 생각이 났다. 끈 떨어진 연처럼 지금도 그 영혼은 어느 시공간을 헤매고 있지나 않을까.

아이는 일곱 살 때, 손자국이 나도록 할머니에게 맞은 일이 있다. 개척교회에서 받아온 상품은 산산이 흩어져서 뒹굴었다. 이 놈아 늬애비랑 니는 칠성줄을 받아서 났어. 벌이 내리면 어쩔 라고. 샤먼의 맹목적인 신봉자였던 할머니에게서 납득할만한 대답을 얻기는 어려웠다. 그러나 아이는 배반해서 안 되는 길고 굵은 줄을 타고 아버지도 아이 자신도 이 세상에 온 것을 믿어야 했다.

살면서 느낀 것이지만, 사람들은 탯줄을 잘리는 순간부터 이 세상에서의 또 다른 줄로 엮이면서 종으로 횡으로 기기도 하고 날기도 하면서 원하는 줄을 찾아 헤맨다.

아이네가 도시로 이사 오게 되었을 때, 할머니도 어머니도 피를 말리는 심정으로 아버지를 지켜보고 있었다. 이미 한 차례 줄에서 떨어져 나뒹굴어진 아버지. 비록 실패는 했지만 아버지는 프로였다. 날마다 술을 마시고 담배 연기에 찌들려 지내면서도 가족들 앞에서 이제 어떻게 살거나, 걱정 한 마디 하지 않았다. 다시 한 번 손에다 침을 바르고, 멋진 공중회전을 한 뒤 이번에야말로 정확하게 건너편 그네의 줄을 잡아야 한다. 부지런히 나다니면서 사람들을 만나고 어쩌고, 아버지의 뇌리에는 오직 그런 생각 밖에 없는 것 같았다.

송곳 하나 꽂을 데 없는 곳에서 물 밥 사먹어 가면서 어떻게 살지 모르겠어요. 이 칼날 같은 세상에. 어머니는 다분히 의도적인 걱정을 드러내 놓고 해댔지만 할머니는 아무 대꾸도 하지 못했다. 아니 '입이 광주리 구녕 같애도 말할 자격 없다'는 말은 이미 할머니 스스로 했던 고백이었다. 그렇다. 할머니에게는 사위도 아들도 다 같은 자식이었다. 겨우 겨우 마련했던 집간까지 찬밥 물 말아먹듯이 닦아치우고 들어온 딸의 식구들에게 할머니는 무슨 끈이든 힘이 되는 것이면 이어 주고 싶었을 것이다. 소금도 먹은 놈이 물 켠다고, 아무케도…. 어쨌든 남보다는 처남 매부지간으로 짝을 이루는 게 낫지 않겠느냐는 뜻은 비단 할머니만의 제의는 아니었다. 그렇지만 실패란 놈은 잔인해서 아버지가 아무리 효자라 한들 효자의 일이라고 사정 봐주지 않았다.

이삿짐을 챙기는 옆에서 할머니는 내내 징징거렸다. 짐승도 죽을 때가 되면 저 살던 데로 도돌아 온다는데. 조상 대대로 터 잡고 살든 안터봉을 떠나 그 허허벌판에다 어떻게 뿌리를 내릴는지. 더욱 꼬부라진 할머니의 등을 밀어 차에 태우며 그나마 아버지의 목소리는 씩씩했다. 아, 애들 장래를 봐서라도 잘된 셈이지요. 늙도 젊도 않은 나이, 세상에 대한 공포증으로 초죽음이 되다시피 한 연만한 할머니. 아버지인들 어찌 속까지 편했을까. 그렇지만 고사하지 않으려면 거들난 뿌리는 재빨리 묻어야 한다. 도약대로 나선 아버지는 이미 손에다 침을 바르고 있었다.

매끄럽기 참기름 병 같은 도시에서 깃들 곳을 찾는 일은 쉽지 않았다. 아버지의 당당한 체력, 황소처럼 근실한 어머니, 옷을 지어 입히면 시체도 모델같이 화려해지는 길쌈솜씨를 가진 할머니를 아무도 알지 못하는 곳.

내가 무슨 죄를 짓고 생매장을 당해야 하는고. 할머니는 고향을 떠나 올 때 이미 혼백을 떨구고 온 모양, 이런 데서 사는 사람 많다고 아무리 설득을 해도 아버지가 전 재산을 싹싹 긁어서 마련한 보금자리를 인정하지 않았다. 머리카락을 뽑히면서도 할머니의 실 잣는 무릎에서 뒹굴며 자랐기에 할머니의 것이라면 고뿔까지도 전염 받아서 같이 앓았던 동생과 아이였다. 마을 뒤의 고분 석실에서도 이런 냄새가 났던 것 같다. 아니, 습기로 벽이 시커멓게 변한 지하실의 환경은 그에 비할 바가 아니었다. 답답증에 달뜬 코를 벌름거리면 머릿속까지 꽉꽉한 곰팡이 냄새가 끼어 들었고 위층에서 걷는 발걸음 소리에도 온 몸이 짓밟히는 듯 정신이 헷갈렸다. 그렇지만 가장인 아버지의 형편을 빤히 아는 아이네는 부패하는 어항 속의 금붕어처럼 옹기종기 창문에다 목을 매달망정 참아야했다.

할머니보다 먼저 동생을 잃어버렸다 찾은 다음날, 아버지는 복덕방용 관내지도를 펴놓고 식구들을 불러모았다. 여기, 여기가 지금 우리가 사는 덴데, 이쪽으로 가면 학교, 이쪽으로 가면 시장, 여기서 이쪽은 차 타는 데고, 생수를 길러 가는 약수터가 여기다. 저 번 참에 엄마가 일 갔다 온데가 여기고 아버지도 여기까지 갔다 왔 다. 겹으로 홑으로 낸 볼펜 자국으로 인해 지도 위에는 나무가 그 려졌다. 낯선 도시의 한 곳을 우리 것으로 만들려면 우리는 어서 어서 실하고 큰 가지를 뻗쳐야 한다. 꽃도 피우고 열매도 맺어야 고향 떠나 온 낯이 서는 것이다. 아버지도 무심한 동작이 무엇을 상징해 냈음을 알았는지 뿌리 부분에다 진하게 검은 칠을 하면서 중얼거렸다. 어린애는 그렇다 치고 노모까지 대동하여 떠난다는 건 무리다. 어떻게든 다시 추스르고 이곳에다 뿌리를 묻어야지. 입 달린 사람들은 모두가 말렸던 아버지의 이농이었다. 익힌 기술이 라고는 착하고 성실하게 산 것 밖에 없는 아버지. 그러나 아버지는 이미 감발 쳐놓은 결심의 끈을 풀지 않았다. 거기도 사람 사는 곳 인데 설마 산 입에 거미줄 칠까. 큰소리친 깜냥으로 배수의 진을 친 모양이었다.

지하 방을 벗어나고 싶은 간절한 욕구가 너무도 당연한 것의 발 견은 우연이었다. 동물도 아닌 식물도 온 몸으로 말을 한다. 책갈 피에 끼워놓고 다듬잇돌로 눌렀던 풀 포기처럼 그 나무는 납작하 게 담에 붙어 있었다. 아직 초봄이라 잎도 나지 않은 그것은 그러 나 온 몸으로 생의 의지를 표현해 내고 있었던 것이다. 동생과 아 이는 시골마을과 가장 닮은 그 담 아래서 놀았다. 내려다보면 지표 면에 붙어 있는 아이네 방의 작은 창은 보이지 않았다. 아이는 보 낼 곳 없는 심심한 눈길로 담을 감싸고 있는 그 나무의 끝을 더듬 었다. 암벽 등반가의 팔뚝처럼 강인하게 뻗어나간 덩굴, 단단하게 밀착된 흡착근들은 열심히 열심히 벽을 더듬는다. 더 이상 갈 곳 없는 담장을 벗어나 감각이 닿는 대로 벽 옆에 있는 낙엽송의 몸뚱 이를 감고 가다 또 그 옆의 지붕 위를 기고 있는가 하면 까마득한 벽오동의 우듬지까지 기어올라가 있었다. 언뜻 보면 낡은 콘크리트 담장이 담쟁이덩굴에 도움을 주었을 것 같기도 하고 또 담쟁이덩굴에 의해 담의 노쇠한 몸이 도움을 받고 있는 것 같기도 했다.

신안 해저 유물이 무더기로 쏟아져 나오기 직전, 그 유물들의 출구는 조그만 개밥 그릇이었다. 우연히 예고 없이 포착되는 횡재가 어찌 그런 물질에서 뿐일까.

한 사람, 두 사람, 안면이 익혀지면서 아이는 마치 자신이 오래 전부터 살든 이 동네를 잠시 떠났다가 다시 찾아온 것 같은 착각에 빠졌다. 눈뜨고도 코 베이는 데가 도회지라는 어른들로부터의 생래적인 불신감을 비집고, 도회지 사람들도 본심은 시골 사람들과 별반 다를 바 없다는 확인은 아이에게 뜻밖의 자신감을 안겨 주었다. 고놈 뉘 집 앤지 요새 애들 치고 인사성 하나는 철저히 밝네. 이사 온 집 애래요. 아이는 만나는 사람마다 좀 전에 지나치면서 인사를 했던 사람이거나 말거나 마주치면 다시 또 인사를 했다. 안녕 하세요?. 안녕 하세요?. 안녕 안 하면 어쩔 거냐고 꿀밤을 먹이는 아저씨도 있었다. 먹고 있던 과자를 들킨 듯이 넘겨주는 아주머니도 생겼다. 그들의 그런 반응에 처음에는 아이도 놀랐다. 한 동네가 모두 일가 친척으로 어우러져 살든 시골에서는 밥 먹고 물 마시듯 하는 게 인사였다. 아이는 아는 이 없는 도시 가운데 갇힌 듯이 혼자 있는 게 싫어 누군가와든 눈을 맞추고 싶었다. 입술이라도 떼서 우주의 미아 같은 이 고적감에서 벗어나고 싶었다. 싱거운 기분이 들도록 사람을 사귀는 비법은 아주 낮고 사소한 데 숨어있었다.

아스팔트의 틈 사이에 풀도 뿌리를 내리는데, 아버지도 그런 적극적인 각오를 다졌을 것이다. 바깥 일 때문에 집안 일, 더구나 청소 따위는 안식구나 아이들이 하는 일로 여기던 아버지가 새벽마다 비를 들고 나갔다. 노란 조끼도 안 입은 사람이 웬 청소?. 힐끔거리며 지나치는 눈길을 아랑곳없이 아버지의 골목청소는 사방팔방으로 영역을 넓혀 나갔다.

　좀전에 복덕방 주인인 구멍가게 아저씨가 자진해서 아버지를 찾아와서 용건을 말할 때, 올 것이 왔다. 뇌리를 스치고 지나가는 빠른 빛줄기가 그렇게 전하는 순간 아이는 장롱이 있는 윗목을 힐끔 자신도 몰래 돌아보았다. 고동색 낡은 장롱은 전에 살던 사람이 새 집으로 이사가면 필요 없다고 버리고 간 것이어서 군데군데 흠집이 있고 칠마저 바래 볼품없는 물건이었다. 그러나 단봇짐을 지고 들어온 아이네에게는 대단히 요긴하게 쓰이고 있는, 지금은 없어서는 안될 식구처럼 따뜻함이 배어 있다. 그러나 아이는 지금 그 낡은 장롱 속에 들어 있는 물건을 말하려는 것일 뿐 그까짓 다시 사면 되는 가구 하나를 화제에 올리려는 것이 아니다.

　그 속에 가지런히 걸려 있는 넥타이만 보면 동철이에게 보였던 자신의 행동이 생각나서 아이는 나도 참 웃기는 놈이구나, 저절로 웃음이 났다. 사실 장롱 속에 있는 그 색색의 넥타이들도 새것은 아니다. 버리려면 아깝고 또 사용을 하려니 색도 바래고 구형이라서 모아 두었던 건데 혹 끄나풀로 쓰더라도 쓰임새가 있을지 모른다, 며 일층 아줌마가 어머니에게 넘긴 것인데 어머니는 그것을 요모 조모 뜯어보더니 방구석에다 던져두었다. 내참-. 아줌마 앞에서는 고맙다며 웃던 어머니가 슬픔이 어린 얼굴로 넥타이 묶음을 들고 흔들던 것을 본 아이는 가슴이 찌르르했다. 아무리 가난하지만 쓰레기처리용의 선심을 언제까지나 받아들여야 하나. 엄마도 어지간히 아버지를 닮아간다. 하긴 어머니의 그런 마음의 보조로 인해 아버지는 자기 생각을 행동으로 옮기는데 거침이 없고 또 이만큼의 안정된 생활기반이라도 마련하는 게 아닌가. 아이라고 어디 그런 것쯤 모르겠는가. 아이는 어머니가 이마에 실듬을 지으며 보이던 표정 속에 감추어져 있는 깊은 속을 누구보다도 잘 안다. 어쨌든 이제 아이네의 그런 인내심 덕분에 서서히 서광이 비치기 시작한 것이다.

아이는 다시 한 번 듬직하게 다발져 있는 장롱 속의 넥타이를 생각하며 아버지가 보일 반응에 대해 기대를 한다. 이제 됐다. 아버지는 그럴까? 아니면?. 아이는 고개를 저을 수 밖에 없다. 아버지에 대해⋯. 생각하다 보니 아이는 갑자기 머릿속이 혼란스러워졌다. 아버지라는 이름 외에 대단한 분이라는 생각 밖에, 아버지를 구체적으로 깊이 생각해본 적이 한 번도 없다. 지금은 중학생, 이제부터는 아버지의 인물됨을 보편적인 안목으로 살펴볼 정도의 나이는 되었다 할지라도 아이는 아직 저 자신의 모습마저 진지하게 살펴본 적이 없다. 그저 가랑잎처럼 도시의 변두리로 모여든 가난한 집의 자식으로 더러는 주눅들고 더러는 상대적인 박탈감 비슷한 울분으로 어디론가 한없이 달려가 버리거나 누구랑 피 터지게 부딪쳐 보고도 싶은 시기를 아슬아슬하게 넘기는, 그저 그런 보통의 아이일 뿐이었다. 아이가 비틀거리는 마음을 그 나마라도 탈선 없이 다잡을 수 있었던 것은 워낙에 근실하고 질긴 아버지의 울타리를 벗어날 수 있는 날개가 아직 미성숙하기 때문이라 볼 수도 있다. 아버지의 영역에는 견고한 투명막이 존재하고 있었다. 남들이 싫어하는 궂은 일을 하면서도 담담하던 아버지가 자랑은 못될지라도 아이는 부끄럽다거나 초라해 보이지 않았던 것이다. 그 태연자약한 아버지의 자세는 언감생심 거역할 마음조차 못 내게 굳건한 그런 무엇의 일부분으로 아이네 식구들을 장치해 놓고 있었다. 조목조목 따지고 보면 생활에 불만을 품을 허점은 많다. 부식비라도 벌어 보탠다는 명목으로 어떤 때는 아버지보다 먼저 집을 나가는 어머니 때문에 동생과 자신의 도시락을 챙기고 할머니의 식사 시중을 드는 것은 물론 할머니가 밤새 내놓은 오물이 가득한 요강까지 처리해야 하는 것도 아이의 차지였다. 그저 당연히 해야 될 일을 했을 뿐이므로 책에서처럼 그로 인해 용돈을 받거나 칭찬을 받아 본 일도 없다. 그렇지만 동생이나 아이, 어머니까지 누구 하나 불평이나 불만을 털어놓아 본 적이 없다. 땀으로 뜨거워진 몸을 이끌고 집으로 돌아온 아버지는 식구들의 이성이 차가워지는 것을 용납하지 않았다. 아버지가 보인 넥타이에 대한 반응도 그랬다. 상한 자존심에 대한 어머니의 고자질도 아랑곳없이 아버지는 허허 웃으면서 말했다. '사람 참, 필요 없으면 사용 안하면 됐지, 일단 받아 놓은 거는 잘 했어' 하고는 신기한 물건을 얻은 듯이 이리 저리 헤집어 보았던 것이다.

그런데 놀라운 일은 어른들의 어떤 근성이 아이 자신의 속내에도 내림되어 있는 것의 발견이었다. 한 번은 이런 일이 있었다. 친구인 연탄집 동철이를 데리고 와서 놀다가 낮잠을 자려고 베개를 꺼내는데 동철이 녀석이 뒤에서 와아 감탄을 했다. 너희 아빠는 웬 넥타이가 그렇게 많냐? 하는 것이었다. 남이 보아서 안될 것을 들킨 당황함으로 돌아보니 이외로 동철의 눈에는 부러움이 가득 고여 있었다. 아이는 무심코 너의 아빠도 넥타이 없이…? 하려다가 순간, 너희 아빠는 넥타이 없어? 하고 고쳐서 말했다. 녀석은 한숨 비슷한 숨을 내쉬며 넥타이 매고 어데 갈 일이 있어야지, 했다. 아이는 녀석의 심정을 충분히 이해할 수 있었다. 순간 알 수 없는 으쓱거림이 아이의 어깨를 부추겼다. 어제 읽은 동화 속의 착한 아이가 떠오르며 동철이를 위해주고 싶은 마음이 생겨 얼른 나오는 대로 말을 했다. 우리 아빠 고향에 계실 때 매든 건데 너 몇 개 줄까?. 그래도 되니? 너희엄마가 알면. 어머니가 헤아려 놓았다면 뒷말이 궁하게 되겠지만 아이가 볼 때는 그냥 넣어 두었으니 괜찮았다. 또 엄마가 알고 뭐라고 한들 거저 생긴 건데 크게 아까울 것도 없으며 이웃과 나누어 쓰는 것이 당연하지 않느냐고 말할 수도 있었다. 그날 동철이 역시 윗집 아줌마가 넥타이를 넘겨줄 때 어머니가 보였던 표정처럼 별로 즐거운 것 같지도 않게 파란색 바탕에 흰색 물방울 무늬가 있는 것과 밤색바탕에 노란색 빗금 무늬가 있는 것 또 분홍색에 까만 점이 있는 것 등 아이가 주는 대로 세 개의 넥타이를 가지고 갔다. 아이는 그 후 동철이 아버지가 시골 외할아버지의 칠순에 갈 때 점퍼 속에 얌전하게 매고 있던 물방울 무늬의 넥타이를 보고도 못본 체 해주었다.

넥타이 말이 났으니 말인데 아이는 일층 아줌마와 그 식구들이 번번이 못입는 옷이며 음식 따위로 아이네에게 선심을 쓰는 것을 볼 때마다 세상 참 고르지 않다는 생각에 젖어 들곤 했다. 주인인 일층 아저씨는 돈이 많다는 것을 빼고는 아이의 아버지보다 나은 게 외관상으로 아무 것도 보이지 않았다. 국회의원 선거 때 투표를 하러 나란히 동사무소로 갈 때는 양복에 넥타이까지 맨 그보다 잠바때기에다 허름한 카키색 바지를 입은 아이의 아버지 쪽이 키도 크고 훨씬 미끈하게 보기 좋았다. 그런가 하면 그는 인사성도 없다. 동네 사람에게 보다 더 공손한 자세로 아이가 인사를 해도 그는 답 한 번 변변히 해주지 않고 지나치기 일수였다. 그런 사람을 보면 아이는 참 외롭고 막막한 생각에 빠진다. 남보다 잘 났거나 부지런하지도 않은 그는 왜 잘 사는데 우리 아버지 같은 사람은 이 동네에 온 지 몇 년이 지나도 지하 셋방을 벗어나지 못할까. 너희들이 잘 커서 훌륭한 사람이 되면 저절로 아버지 찾아와서 인사하게 될 거니까 너는 그런 같잖은 생각 말고 공부만 열심히 해. 어머니는 그때마다 많은 말이 감추어진 말로 아이를 달랬다. 어머니의 말이 핀잔으로 들린 아이는 슬그머니 고개를 떨구고 만다. 그것은 공부 잘 하는 사람만이 훌륭한 사람이 된다는 무언의 압력이었던 것이다. 사실 아이는 공부를 잘 하지 못할 뿐더러 열심히 하고 싶은 마음도 없고 또 잘 되지도 않는다. 그리고 도대체 공부를 잘 하게 받쳐주는 여건이 아무 것도 없다. 아이네보다 더 못한 동철이까지 가는 웅변속셈 학원 한 군데도 다니는 데가 없으니 어떤 때는 아이 자신이 누려도 되는 방과후의 자유시간에까지 아이는 기가 죽는다. 꼭 웅변 속셈을 배우는 것만이 맛이 아니라 남 보는데 폼이라도 좀 재게 학원가방을 흔들며 골목을 나가보고 싶지만 할머니의 약값 때문에, 아버지가 청산 해야될 시골의 빚 때문에, 분위기상 그런 투정을 할 수도 없다. 아이를 기죽이는 그 조기 영어교육만 해도 그렇다. 엄마 아빠가 대학 출신인 아이들, 게다가 카세트 테이프까지 산으로 쌓아놓고 공부하는 아이들이 반도 넘는 곳에서 아무리 밤잠을 안자고 연습을 해가도 선생님의 관심을 끌고 친구들 앞에서 의기양양 발표를 해보기는 어렵다. 그렇지만 어머니는 '아버지가 왜 여기로 이사를 나왔는지 아니?' 이유가 아이네 형제 때문인 양 말한다. 하긴 도회지 기슭에 슬그머니 잔뿌리 붙이고 사는 이농출신의 아버지들 치고 자녀 교육을 빌미삼지 않는 사람은 드물다. 변두리 학교에서 만난 아이의 친구들도 공장에 다니거나 푸줏간에서 뼈를 발기거나 비어 있기 일수인 리어카를 끌고 다니는 아버지를 두었어도 다만 한 군데라도 과외학원에 다니지 않는 아이는 없었다. 아이는 아직 교육은 문화인의 필수요건이며 삶의 수준을 높이는 지름길임을 잘 알 나이가 아닌대로 생활여건에 잘 맞추어 가고 있었다. 그러나 무언가 조금씩 자신들의 생활도 변화가 필요한 것을 느끼고 있으며 또 원하거나 원하지 않는데 상관없이 전과 조금씩 달라지고 있는 어떤 징조를 감지하게 되었다.

그러나 대장인 아버지가 파는 우물은 깊고 어두웠다. 아이가 아무리 엿보려해도 속을 드러내 보이지 않았다. 개새끼도 밥 공은 하는 법인데. 앓고 있는 할머니의 물심부름이라도 하라고 이른 것인데 숙제를 하러 친구 집에 갔다가 늦게 온 날 밤에 아버지는 화를 내며 아이의 책을 집어던지고 호통을 쳤다. 내내 책과 씨름을 하며 문제를 푼 것은 아니었지만 참고서 한 권 변변히 못사주는 아버지가 보인 행위로는 납득할 수 없는 부당한 꾸지람이었다. 이로써 아이는 다른 친구들과 경쟁을 하며 무조건적인 학업에서는 훨씬 자유로울 수 있었다. 따라서 해도 해도 목 치달리는 골치 아픈 공부보다 아버지의 일을 돕거나 어머니의 잔심부름을 하는, 착한 아이 노릇을 하는 횟수가 많아졌다.

　아이가 알고 있는 아버지는 흔히 볼 수 없는 효자였다. 비록 할머니나 집안 어른 뿐 아니라 생판 남인 낯 선 노인에게 보이는 관심도 다른 이들과 달랐다. 이사온 그 해 봄이었다. 아버지를 따라 어딘가로 가고 있는 중이었는데 무엇을 보았는지 아버지는 길을 꺾어 골목으로 들어갔다. 아버지를 따라 가던 아이는 아버지가 멈춘 곳에서 풍겨오는 역한 냄새에 코를 쥐며 옆으로 얼굴을 돌렸다. 웬 거지 할멈 하나가 쓰레기통을 휘젓다가 손가락 끝에 걸린 음식 찌꺼기를 입으로 우겨 넣고 있는 중이었다. 치마 밑으로 나온 야윈 다리는 부러졌는지 아예 누운 채로 더러운 물로 얼굴과 옷이 더럽혀지는 것도 아랑곳하지 않고 먹는 일에만 열중하고 있었다. 기가 막힌 듯 내려다보고 있던 아버지가 담배 한 대를 꺼내 물었다. 아버지가 뿜어낸 담배 연기를 맡았기 때문인지 거지노파가 슬며시 돌아보았다. 순간 거지노파의 눈에서 예상하지 못했던 파란 광선이 폭발하는 것 같았다. 그리고 먹이를 본 독뱀이 움직이는 듯한 순간적인 동작으로 상체를 아버지 쪽으로 돌리더니 아버지의 다리를 움켜잡았다. 이 놈아. 어데 갔다 인제 왔노. 내가 닐로 얼매나 찾았는디. 인자 죽어도 니 말 안들을 끼다. 죽어도 살아도 니랑 같이 산다. 금의옥식 좋은 집도 내사 싫다. 점점 기어올라온 노파의 손은 아버지의 허리띠를 용케 찾아 쥐고는 찰거머리처럼 물고 늘어졌다. 손을 떨치려고 몇 번 시도를 해보던 아버지는 약속 시간이 늦은 것도 아랑곳없이 손수건을 꺼내 노파의 더러운 손과 얼굴을 닦기 시작했다. 언젠가의 그 일과 비슷한 상황이었다. 치매에 걸린 상할머니가 살아 계실 때의 일이니까 시골서 살 때의 일이다. 상할머니는 누가 지키고 있지 않으면 어느 사인가 집을 나가버리기 때문에 온 동네 사람들까지 동원되어 찾아나선 적이 한두 번이 아니었다. 언젠가 한 번은 연락을 받고 가니 이웃동네의 길가에서 오줌똥 싼 옷을 그대로 입고 태연하게 앉아 어린애처럼 흙장난을 하고 있었다. 구경하고 있는 사람들을 비집고 들어간 아버지는 할머니의 더러운 옷을 벗기고 자신의 윗도리를 벗어서 대강 하체를 감아 두른 뒤 리어카에다 태웠다. 그리곤 구경거리난 듯 둘러 서 있던 사람들을 보며 '나이 들고 아프면 당신들이라고 다 별수 있겠어요?' 하며 머쓱해진 사람들 사이를 비집고 할머니를 모셔왔다. 어린 눈에도 아버지가 그렇게 당당하고 멋져 보일 수 없었다.

이건 또 이 도시로 이사와서의 일인데, 어느 날 모처럼 온 식구가 한 자리에 모여서 저녁을 먹고 있을 때였다. 변변찮은 밥상이지만 여러 식구가 그렇게 오순도순 하기도 흔찮은 일이라서 제법 화기애애함마저 누리고 있던 저녁인데 복덕방 아저씨가 아버지를 불러냈다. 하루만에 끝나는 날품일망정 일감을 더러 엮어 주었기 때문에 또 그런 일이겠거니 여기며 귀를 기울이고 있는데 '장의사를 부를 형편도 못되고 어쩌겠나' 그런 복덕방 아저씨의 목소리가 들려오고 잠시 뒤에 방으로 들어온 아버지는 숟가락 걸쳐놓은 밥상도 마다한 채 일복을 찾아 입고 나갔다. 누구를 동네 머슴인 줄 아는지 아무 데나 사람을 부르고 그러네. 어머니는 따라 나가며 푸념을 했지만 '뿌려야 거두지, 하루쯤 일 안 한다고 안굶어 죽네' 하면서 어머니의 불평을 막았다. 아버지가 불려가서 해주는 마을일은 별 것들이 다 있었다. 죽은 개를 처리해주는 일이며 겁 많은 아주머니의 부탁으로 닭모가지를 비트는 일, 차가 들어오지 않는 골목 안까지 이삿짐을 나르는 일까지 사람들은 걸핏하면 아버지를 불렀고, 아버지는 무엇이든지 꾸벅꾸벅 잘 해 주었다. 당신이 군말 않고 잘 해주니까 이 사람 저 사람 불러다가 종처럼 부리는 거지. 자기 남편이 남보다 돋보이는 대접받기를 원하는 것은 어머니도 여느 여자들과 마찬가지였다. 그렇지만 아버지는 '남이 바보로 본다고 바보 아닌 사람이 바보로 변할까' 자기만 아는 속셈으로 어머니의 말을 막는 것이었다.

그러다 보니 아이는 새삼스레 아버지의 정수리를 본 적이 없음을 깨닫는다. 다 안다고 생각했는데 그렇지를 못했다. 그런 맥락으로 꼽아 보니 이해하기 어려운 일은 더러더러 만들어졌다. 어떤 때 아이의 집에는 아버지의 명에 의해 분수에 넘치는 성찬의 식탁이 마련되기도 했다. 기본으로 상에 오르는 간장을 제외하고 김치가 배추와 무로 담근 짠 김치 국물 김치로 두 가지, 어쩌다 아이 형제의 비위를 맞춘답시고 올리는 어묵볶음이 있고 도시락 반찬으로 만든 오징어포 무침이 가물에 난 콩처럼 드문드문 상에 오르는 게 고작이었다. 그래도 건강한 아이네 형제는 미처 반찬 썹을 사이도 없이 밥 한 그릇을 뚝딱 먹어치운다. 고개 비틀고 앉아서 밥투정하는 아이들을 텔레비전에서 더러 보았지만 왜 그렇게 밥맛이 없을까, 이해가 되지 않았다. 그런데 한 번씩 아버지의 기분에 따라서 이변이 일어나는 것이다. 아는 사람에게 터무니없는 오해를 받았을 때, 동생이 시름시름 앓을 때면 그런 명이 느닷없이 떨어졌기 때문에 어머니는 울며 겨자 먹기로 비상금을 풀지 않으면 안되었다. 돼지고기 삼겹살 구이 파티가 될 때도 있고 보기만 해도 고급스러워 보이는 롤케익, 아니면 과자 몇 봉지라도 평소에 흔치 않던 좌석이 베풀어지면 촌뜨기 티를 쏙 벗고 예감의 지각부터 생쥐 눈처럼 발달해 있는 아이는 눈치로 확 긁어서 아버지의 그날 기분을 헤아리게 되었다. 사람이 사람값을 해야 하는 거야. 늬들도 단단히 정신 차려. 짓밟히지 않고 사는 길은 한 가지, 남보다 잘 사는 거야. 아버지는 사연은 깊이 묻어둔 채로 웅얼거리며 곯아떨어질 때까지 소주를 마시곤 했다. 그럴 때면 아이는 아연한 심정이 되곤 했다. 잘 사는 것. 아버지의 잘 사는 것에 대한 의미는 무엇일까. 아이가 알고 있는 아버지와는 아무래도 아귀 맞지 않는 조건이었던 것이다.

아버지의 직장은 이웃동네에 있는 고물상이었다. 망령든 노모를 모시고 사는 가여운 사람들, 아침마다 동네의 골목을 청소하고 집집에 궂은 일이 생기면 자기 일 제쳐놓고 나서서 해주는 사람들. 아이네 식구들은 자신들도 모르는 사이 동네사람들의 마음속에 그렇게 자리를 잡았다. 고물상에 불이 났을 때 물 젖은 담요를 둘러쓰고 손자를 구해준 은혜를 못 잊어하던 고물상 주인이 아이의 아버지더러 자기를 도와달라고 했던 것이 이제는 아주 책임을 맡기고 있었다. 열 두 가구 동네사람 모두가 같은 성인 정씨 아니면 친척뻘들이라서 네 일 내 일 가리지 않고 돌보던 시골에서의 습관을 그대로 이행했을 뿐인데 그것이 월급을 받는 직장과 연결되리라고는 생각도 못한 일이었다. 참 희한한 일도 다 있다. 우리가 가서 사정을 해도 될똥말똥할 텐데. 어머니는 아무래도 감잡을 수 없는 도시의 속내에 어리둥절한 양 좋아도 좋은 표정을 얼른 짓지 못했다.

그런데 그 일이, 음험해서 속을 알 수 없다는 어머니의 말대로 이 도시가 아이네를 다시 한 번 어리둥절 시키고 말았다. 복덕방 아저씨가 아버지더러 15통 1반의 반장을 맡아 달라는 것이었다. 정씨는 이 동네 누구 집 장맛은 어떻다는 것까지 다 아는데, 그야말로 동네 일 맡을 사람으로는 적격 아닙니까. 직업상 동네의 허접쓰레기를 다루는 일이라 비아냥거림인지 칭찬인지 가름 안되는 얼굴로 망설이던 어머니는 주인이 오면 말은 전하겠다고 했다. 전처럼 일일이 세금을 걷으러 다니는 것도 아니고 애들이 반 회보나 돌리는 정도니까 부담스러울 건 없어요. 말 난 김에 내일 동장님께 인사나 다녀오자고 그러세요. 어머니가 망설이는 기색을 보이자 복덕방 아저씨는 그럼 반승낙은 받은 것으로 알고 가겠습니다, 잘라서 말했다.

복덕방 아저씨가 돌아가고 나자 어머니는 아이를 손짓했다. 애. 이리 좀 와봐. 어머니의 목소리는 낮았지만 탄력이 있었다. 전에 없이 윤기도 흘렀다. 아빠 오시기 전에 우리 이거 하나 골라 놓자. 동장님께 인사라도 갈려면. 어머니는 장롱을 열고 넥타이를 꺼내 들었다. 기댈 언덕이 생긴 것이니 해 될 거는 없지. 아버지에게 어울리겠다 싶은 넥타이를 이것 저것 골라내며 어머니는 조금 흥분해 있었다. 인제야 발붙이게 되나 보다. 어머니는 미아처럼 낯선 골목에서 서성거렸던 지난 날이 생각 난 듯 만감이 어린 목소리로 칠 년…하고 덧붙였다. 엄마, 아빠가 얼마나 좋아하실까. 곁에 있던 동생도 덩달아서 딩굴며 손뼉을 쳤다. 동네 사람들이 이제는 우리 보고 반장집이라고 하겠네. 전출입 신고증에 도장을 찍으려면 아빠 도장도 근사한 걸 새로 파야 되잖아. 적십자 회비는 엄마가 받으러 가나? 나하고 형아가?. 어머니는 사뭇 조심스러운 손길로 넥타이의 매듭을 풀면서도 네 아버진 참 …. 난 그때 어찌나 자존심이 상하는지 곧 바로 쓰레기통에 쳐박아버리고 싶더니만, 하면서 얼굴에 번진 미소를 감추지 못했다. 넥타이가 들어온 날 상했던 자존심이 이렇게 치유받게 되어있었는데 대한 감회가 새로워지는 모양이었다.

아무래도 와이샤쓰 하나는 새로 장만해야겠다. 더러 반장들 모임도 있는 갑던데. 어머니는 소리나게 문을 닫고 계단을 올라갔다. 솟구쳤다가 대문께로 낮아지는 어머니의 머리꼭지를 바라보던 아이는 더 멀리로 습관적인 눈길을 보냈다. 지금은 맨발로 서 있어도 곧잘 보이지만 걸상을 놓고 서야 내다보이던 언덕. 도시로 이사간다며 알지도 못하고 들떴던 깐에 비하면 창피스럽게도 비좁던 실내에서 아이가 마음이나마 도시를 느낄 수 있는 곳은 지표 위의 이 손바닥만한 창이 고작이었다. 아이들이 놀고있는 건너편의 공터, 그 옆에 있는 커다란 낡은 건물, 그리고 건물을 에워싸고 있는 담, 그 하나의 측면을 울울한 수풀마냥 뒤덮고 있던 담쟁이덩굴. 골목을 눈 익히고 나서 동네아이들의 한 멤버가 되었을 때 아이는 비로소 낡은 건물 옆의 공터까지 진출하게 되었는데 옆에서 본 건물의 담벼락은 생각보다 훨씬 낡아 있었고 아이들이 몇 힘 모아서 밀기만 해도 파스락 넘어져 버릴 듯한 몸체를 담쟁이 덩굴에 의해 그나마 버티고 있는 것을 알게 되었다.

대체 언제부터. 아이는 노는 것도 잊어버리고 담을 움켜잡고 있는 담쟁이 덩굴의 실하고 질긴 연결목을 눈으로 짚어 나갔다. 아이의 눈에는 아무래도 담장이 그대로 버틸 수 있는 힘은 담쟁이 덩굴의 도움이 확실했다. 얼기 설기 얽힌 덩굴들이 담벼락을 아금받게 움켜잡아주는 대신 담장은 낡은 어깨나마 힘이 되어 저 높은 곳으로 뻗어 올라가고 싶어하는 담쟁이들의 욕망을 도우고. 그러나 잘 흡착되어 있는 담쟁이 덩굴과 담장, 그들의 상생 협력에도 불구하고 왠지 마음이 아슬아슬해졌다. 이미 평균 수명을 훨씬 넘긴 시멘트블록과 아무리 강해도 버팀목이 되지 못할 덩굴식물의 한계는 뻔한 것이었다.

　사실은 아이도 복덕방 아저씨로부터 그 말을 듣는 순간 아, 하는 소리가 나오게 막혔던 심호흡을 토해냈다. 그것은 기쁨일 수도 있었고 우려일 수도 있었다. 턱없이 조숙해진 아이는 전부터 가족들을향해 도래하고 있는 어떤 기미에 긴장하고 있었던 것이다. 가진 것 없이 사는 도시생활은 불안하기 그지없었다. 곰팡이 냄새가 폭폭 나는 이 시궁쥐 같은 지하셋방 생활도 아이네에겐 보장이 없었다. 주인의 비윗장이 꼬이면 전에 살든 사람들처럼 어느 때라도 비켜주어야 했다. '전세 얼마라도 밤직하게 물려 놓도록 숨도 크게 쉬지 말고 지내라'며 엄마는 시도 때도 없이 종주먹을 내밀어 아이네의 입을 막았다. 고향의 내 친구들은 이런 내 신세를 알까. 그렇게 구슬퍼지는 기분으로 아이는 언제나 창가로 갔다. 조금만 참아라. 뜻이 있는 곳에 길이 있고 소망하면 얻을 수 있는 힘도 생기느니라. 창밖으로 보이는 담쟁이덩굴은 아이에게 그런 말을 해주는 것이었다. 내 그럴 줄 알았다. 그게 성공이지 뭐냐. 아버지의 친구들도 그렇게 기뻐해 줄 것이었다.

　생활이 안정되면 마음의 여유도 생기는 법인가. 아이는 요즘들어 부쩍 할머니 생각을 한다. 도시의 낯선 환경에 적응하지 못하고 불행하게 세상을 떠난 할머니, 그에 대한 그리움, 죄책감…. 그러면 아이는 그날의 일에 대한 묘한 의문점에 빠져들고는 한다. 고향에서의 아버지는 효자였고 착한 사람이었다. 그러나 사위가 한 못된 짓 때문에 할머니에게 아들은 멀고 멀었다. 할머니는 아들 앞에서 어깨 한번 바르게 펴지 못했다. 설령 죽음에 이르는 길을 가자한들 아들이 가자면 가야 한다고 생각했다. 쓸모 없는 늙은이 조석이나마 끓여대서 아들의 재기를 도와야 한다. 그것이 도시로 따라 나설 때 가진 할머니의 결심이었다. 그러나 할머니는 막상 지하로 이어지는 계단에서 어린애처럼 발을 버티고 서서 극도의 공포를 나타냈다. 애비야, 나 혼자 굶어죽어도 좋으니 날 집으로 데려다 다오. 갈퀴처럼 뻣뻣한 손으로 아버지든 어머니든 닥치는 대로 거머잡고 애원하는 할머니를 겨우 집안으로 밀고 들어갈 때 맨 처음 눈길을 끈 것은 어두컴컴한 벽 틈으로 재빠르게 도망가던 바퀴벌 레 떼였다. 할머니는 강구가 온몸을 기어다닌다고 소리치며 자리 에서 벌떡 벌떡 일어났다. 아버지는 다시 방을 찾아 나섰다. 단칸 방이라도 지상의 구조물이어야 했다. 다섯 식구 몸 겨우 뉘일 수 있고 볕 잘 드는 방을 찾아 놓고 돌아왔지만 아이네는 이미 지하 방의 문고리에 발이 묶여 있었다. 배나 되는 위약금을 물거나 할머 니를 설득하거나 쉬운 것 중 하나를 택하는 권리만이 아버지의 몫 이었다.

　우리가 찬 밥 더운 밥 가릴 수 있는 처지냐?. 흐린 정신을 조금 회복한 할머니는 가족들이 기껏 풀었던 짐을 다시 챙겨들고 나서 는 어려움도 어려움이지만 성사 안될 일을 두고 새로 정한 주인집 과 옥신각신하게 될 것을 더 염려했다. 어머니 감사합니다. 열심히 돈 벌어서 이 토굴 같은 집에서 어서 어머니 모셔 내도록 할께요. 눈물어린 목소리로 중얼거리며 아버지는 어린애처럼 할머니의 등 을 토닥거렸다. 그러나 할머니는 잠자다가도 무덤의 지붕이 팍삭 무너져 덮치는 바람에 숨이 막혀 잠을 깼다며 달려나오기도 했고 잠자고 있는 아이네 식구들을 모두 깨워 일으켜 놓고 여기는 저승 인데 너희들은 언제 죽었느냐고 물어 보는가 하면 싱크대 위에 데 뚝 올라앉아서 노 젓는 시늉을 하며 '저리 가라. 물이 너무 깊어서 한 번 빠졌다 하면 몰죽음 난다' 하면서 식구들이 접근하지 못하게 국자를 휘둘러 댔다. 또 밥이나 반찬을 마음대로 훔쳐먹고 설사를 아무 데나 해놓는가 하면 변기에 있는 물에서 걸레를 빨아 온 집안을 물 묻혀서 기어다니며 청소를 한다고 소란을 떨기 일쑤였다. 그리고 무엇보다 큰 일은 조금만 틈이 나면 지상으로 나가 대문을 벗어나는 바람에 아버지는 아예 열쇠를 여러 개 만들어서 식구들께 하나씩 돌리며 특별 문단속을 엄명했다. 그러나 아버지나 식구들의 마음대로 할머니는 따라주지 않았고 할머니로 인한 실랑이로 온 집안은 항시 불안하고 시끄러웠다. 소문으로 이리 저리 일감이 들어오던 어머니의 파출부 일도 할머니 때문에 취소하는 날이 늘어났다.

그 철저한 문단속에도 불구하고 감쪽같이 할머니가 증발을 했다. 당번이었던 동생은 열쇠를 사추리에 숨겨놓고 잠시 낮잠을 잔 것 밖에 어디를 나간 적도 없다고 울며 말했다. 그래 알았다. 파출소에다 신고했으니 기다려보자. 혼날 것을 내심 기대하고 있던 아이네는 자신들의 귀를 의심했다. 뜻밖에도 관대한 반응을 보인 아버지는 어두운 바깥을 내다보고 하염없이 담배를 피우더니 어머니에게 물 한 그릇을 청해 마시고는 전화를 걸러 밖으로 나갔다. 지레 겁을 먹은 아이와 동생은 밤이 늦도록 동네의 구석구석을 살피며 할머니를 찾아 다녔다. 걱정으로 짓눌려 있다가 아무 데나 쓰러져 피곤한 잠이 들었다. 이상한 느낌에 퍼뜩 눈을 뜨니 아버지와 어머니는 아직 그대로 앉아 있었다. 대낮같이 환한 불빛 아래 입상처럼 마주 보고 앉아있는 두 사람의 모습이 현실을 배반하는 묘한 평온함을 지어내고 있었다. 그 애 입살에 가만있겠나, 공박만 당하지. 무슨 말끝인지 알 수 없는 아버지의 대답이었다. 애들 고모 이름은 잘 써서 넣었죠?. 불안함이 배인 어머니의 물음에 아이는 아찔, 정신이 들었다. 믿고 매달렸던 끈이 순식간에 잘려서 검고 아

득한 나락으로 추락하는 느낌이었다. 날마다 빚쟁이에 시달리면서
도 자신의 잘못을 인정하고 당당하게 맞서던 아버지였다. 아이는
두 눈을 꽉 감았다. 온 몸에 소름이 끼치는 것 같았다. 예전처럼 아
버지를 믿고 싶다. 아이는 게울 것 같이 메슥거리는 속을 억지로
눌러 참았다. 답답했다. 전처럼 무람하게 끼어들 수 없는 집안 분
위기에 눌려 아이는 잠 든 척 가만히 있었다. 혹시 저네 고모 눈에
안띄면 어쩌지요?. 어머니의 걱정스러운 목소리를 아버지의 낮은
고함이 덮어 눌렀다. 소리 좀 죽여.

　다음다음 날 저녁 때 아이네는 주인집의 부름을 받았다. 찬이 고
모라네요. 어디 병원이라는데 울며 야단났어요. 세상에 어쩜 이런
일이, 귀신이 끌어당겼을까. 망령든 할머니가 어떻게 그 먼 데까지
가서 사고를 당했을까. 통화를 하고 있는 아버지 옆에서 주인댁은
연신 고개를 갸웃거렸다. 늘 지키고 있을 수도 없어 혹시 하고는
네 주소하고 내 주소를 같이 적어서 채워 둔 거야. 가해자인 운전
자를 용서하고 아버지는 누구보다 슬피  울며 상주 노릇을 했다.

　그 후로 아이는 아버지 앞에서 고개를 들지 못했다. 아버지의 얼
굴을 대하면 눈이 먼저 시어져 바로 볼 수가 없었다. 중학교에 들
어간 아이의 생물 시험은 반에서 항상 수위였다. 특히 해부 시간에
보이는 열의는 담임의 칭찬을 독차지 했다. 아이는 물체의 겉과 속
이 다른 구성에 대한 조바심나는 흥미에 맛을 들였던 것이다.

　어머니가 요즘 한창 유행이라는 물색 새 와이셔츠를 풀어놓고
넥타이와 맞춰보고 있을 때 아버지는 퇴근을 했다. 아버지는 얼큰
하게 취한 채 집으로 돌아왔다. 방으로 들어가려는 아이를 불러 앉
힌 아버지가 술 냄새 풍기는 얼굴을 바짝 들이밀며 식구들을 향해
말했다. 이것들이 머리통이 커지더니, 얌마, 너희들은 아버지를 어
떻게 생각하는지 모르지만 나는 억수로 기분이 좋다. 여보, 오늘

나 기분이 좋아서 한 잔 했어. 사장이 나 보고 뭐랬는지 알아?. 의 형제 하자더라구. 아버지의 말에 어머니가 반색을 했다. 어머나, 당신 그럴 줄 알았어요. 당신이 어떤 사람인데. 특용작물 한답시고 빚까지 얻어서 시작했던 농사를 처남 매부 같이 말아먹고, 그뿐인가요, 형제들까지 의절하고 희망도 기대도 없는 먼길을 단보따리 싸서 떠난 게 언젠데…. 지난 날의 고난들이 다시 회상되는 듯 어머니는 눈물까지 찔끔거리며 좋아했다.

여보 좋은 일 또 있어요. 늘어 놓여있는 셔츠와 넥타이를 들어 보이며 어머니는 복덕방 아저씨의 말을 전했다. 옆에 있던 아이는 얼른 아버지의 눈치를 봤다. 아이는 어머니만큼 기뻐 오르지 않는 제 마음속 깊은 곳에 들어 있는 졸아든 작은 풍선을 의식했다. 아버지는 알 수 없는 사람이었다. 아버지는 무슨 넥타이를 맬까. 어머니는 벌써 앞으로 필요하게 될 도장도 새로 새겨다 놓았다. 반을 대표하는 반장이 당신 아녜요. 장부에 이름도 오르고 얼마씩 월급도 나온답디다. 말없이 술 취한 고개를 주억거리고 있는 아버지 옆에서 어머니는 말 많고 성가시런 일이기는 해도 이 동네 발붙이고 인정받았다는 거 그게 그리 좋을 수 없네요, 하며 아버지의 반응을 유도했지만 다른 사람이 된 듯 팔짱을 끼고 앉은 아버지는 아무런 반응을 보이지 않았다.

다음 날도 아버지는 여전히 그 일에 대해 가타부타 말이 없었다. 내일은 꼭 동사무소로 같이 가자며 복덕방 아저씨가 데리러 온다는 전갈을 받고도 아버지는 굳은 표정을 풀지 않았다. 가부좌하고 앉은 각진 어깨가 가슴에 과녁판을 붙인 사격장의 인물대를 연상시켰다. 아버지는 무슨 생각을 하고 있을까. 어느 해인지, 이제는 아이도 잊어버린 어느 연도에 어찌 어찌 이 지하 방을 얻어들면서 아버지는 울었다. 저녁 먹을 생각도 않는 어른들의 곁을 피해 비실

비실 걸어가서 바라보았던 손바닥만한 작은 창문, 그 창문을 에워싸고 있는 막막한 어두움. 썩은 냄새 풍기는 지하의 초라한 둥지에다 새끼와 노모를 가두어놓고 아내는 근처 식당으로 자신은 날품을 팔러 다니면서 내일, 내일을 되뇌며 가족들을 끌어안던 아버지. 그 내일이 막상 앞에 있자 아버지는 말을 잃어버렸다. 감격이 격앙되면 저런 표정이 되는 것일까.

조마스러운 마음으로 둘러앉아 자신을 바라보고 있는 아이네를 발견하자, 중요 부분에 찍히는 방점인양 아버지의 표정이 꿈틀 경련을 일으켰다. 그리고 뜻밖의 말을 했다.

"나더러 그까짓 반장이나 하라고?"

아이는 창문 쪽으로 걸음을 옮겼다. 밖은 어둠에 묻혀 이제 아무 것도 보이지 않았다. 오늘 학교에서 늦었던 관계로 서로 의지하고 있던 담쟁이 덩굴과 낡은 담장의 운명이 어떻게 되었는지 보지 못했다. 아이는 소리나게 열려있는 창문을 닫았다. 그렇지만 몸을 돌려 가족들이 있는 자리로 돌아가지도 않았다. 굽이쳐오는 망망대해에 관한 어떤 예감을 감당하기 어려웠던 것이다. 🔘

# 뜸부기

    나를 준공식에 보내기 위해서 남편은 일부러 그런 꾀병을 한 것이 아닐까.

    문득 그런 생각이 든 것은 시내를 빠져나와 창을 열어놓고 드라이브를 즐기던 쾌적한 바람 속에서였다.

    그녀는 달리는 차의 속도를 늦추었다. 확인을 하고 남편에게 이의를 걸고-. 그러기로는 이미 떠나온 거리며 장소 모두가 적합치 않은 상황이었다. 세월이 좀 먹는대요. 특유의 굼뜬 동작으로 손님이나 옆 식당에다 앗기지 않을까. 진동댁에게 맡겨놓고 온 식당 일도 무릇 아심찮음이 일었다.

    도저히 앞으로 더 나갈 기분이 아니어서 그녀는 차를 길섶에다 세우고 머리를 뒤로 젖혔다. 길게 늘어선 가로수며 둥둥 떠 있는 구름 몇 점이 파란 하늘과 함께 유리창을 어루만졌다. 내가 장인어른 산소에 벌초를 할 때마다 무슨 생각을 하는지 알아?. 킬리만자로의 표범이야. 어느 해 그녀 아버지의 산소에 벌초를 하고 온 남편이 얼근하게 취한 음성으로 뱉아냈던 말이었다. 또 뭐라고 먼 나라에 이민가 있는 처남들의 처세를 비난하려는 걸까. 늘 마땅찮아 하는 가운데서도 잊혀지지 않는 단어였다. '킬리만자로' 만년설 쌓인 정상에서 시체로 발견된 표범, 왜 그곳까지 표범이 가서 죽었느냐, 굶주림이라느니, 방황이라느니, 고독의 향유라느니 한 때 문학을 하는 사람들 가운데 화두처럼 회자되었던 말이잖아요. 설명을 해주는 아이들도 제 아버지의 의도를 정확하게 짚은 것 같지는 못했다. 그렇게 지나간 상념을 되씹고 있는 복잡한 머릿속을 비집고 언뜻 스치는 일이 있었다. 아침에 남편의 서재로 들어갔던 건 아무래도 어젯밤 딸애와의 실랑이가 마음에 걸려서였다.

누가 하늘의 정수리를 보았는가.

누가 돌의 목소리를 들었는가.

어둠을 물리친 작은 손전등 아래 확대되어진 글귀였다. 아무리 곱씹어서 뇌어도 이해가 되지 않는, 글자는 단 두 줄 뿐이었다. 하다 못해 흘려 썼거나 썼다가 지운 흔적도 보이지 않았다. 남편이 빠져서 허우적거렸을 여백의 공간은 너무나 넓고 아득했다. 혹시나 집히는 것이라도 있을까 하여 어둠속 한 점에다 응시의 눈길을 보냈지만 시인인 남편이 끄적거리다 만 일상의 편린 외의 그 무엇도 그녀는 발견하지 못했다. 그렇지만 그녀는 남편에게서 무심해질 수가 없었다. 그녀는 고개를 저었다. 한숨이 새어나왔다. 그는 어디에 있는가. 아들과의 말씨름이 있었던 언젠가의 새벽처럼 또 함초롬히 밤이슬을 어깨에 받고 들어온 것은 아닐까. 그녀는 책상 옆의 방바닥에 길게 드러누워 있는, 거기 있으나 있다고 할 수 없는 검은 실루엣의 남편을 내려다보았다.

베개도 베지 않은 뒤통수를 포개진 두 손으로 받치고 그는 가라앉아 있었다. 쓸쓸함과 자포자기, 그가 잘 내뱉는 엄살스러운 단어를 염두에 올리며 살펴보지만 그의 표정을 읽기에는 실내의 명도

가 턱없이 낮았다. 꼭 닫지 않은 문틈으로 막대기처럼 길고 희미한 빛이 들어와 사선으로 어둠을 가르고 있지만 그를 읽는데는 아무런 도움도 되지 않는다. 커튼을 걷을까. 북창에 드리워진 밤색 커튼을 바라보다가 그냥 두었다.

베개를 넣어 줄까. 또 전처럼 화라도 벌컥 낼라. 그녀는 붙박이처럼 서서 박명의 저쪽으로 멀고먼 남편을 내려다보았다. 파리한 얼굴에 움푹 팬 두 눈자위가 가라앉은 의식의 앙금처럼 어둡고 칙칙하다. 어린아이마냥 너무 작아 보이기도 하다. 원래도 가늘고 왜소하기는 하지만 오늘 아침 따라 더욱 깡말라 보이기조차 하다. 누가 저 속에도 한때는 산맥과 같은 힘과 용기가 꿈틀거리고 있었음을 알까. 그녀는 병든 노새 같다는 생각을 그에게서 떼칠 수가 없었다. 어제도 그제도 그의 후배인 김 기자는 모처럼 할애한 지면인데 이번에도 그냥 넘기면 어쩌냐고 질책성 원고 독촉을 했다. 그녀는 왼쪽에 있는 서가로 고개를 돌려 그의 시집이 꽂힌 자리를 눈어림으로 찾았다. 흙에서 나서. 네 이름이 뭐냐고 묻거든. 희망은 사기다. 환상, 극치의 황홀. 잃어버린 이름을 확인하듯이 입술을 가만히 움직여 본다. 그러나 왠지 초승달처럼 신선하던 그때의 이미지가 살아나지 않는다. 낡고 해져서 지금은 그 누구의 뇌리에서도 존재하지 않을 것 같은 고뇌의 흔적들. 흙에서 나서. 그때만 해도 남편은 너무 순수했다. 문학에, 아니 시에 대한 열정이 흙덩이를 뚫고 올라오는 새싹처럼 무한의 가능성으로 푸르고 탐스러웠다. 그러나 '네 이름이 뭐냐고 묻거든' '희망은 사기다'에서 올랐던 주가는 더 이상 올라가지 않았다. 주위의 권에 못이겨 출판한 제 3 시집은 천 권 초판이 채 나가지 않았다. 이상으로 불타고 있던 청년의 혈기가 그에게 무엇을 가르쳐준 것일까. 다시 일어나서 '환상, 그 극치의 황홀'을 냈다. 가까스로 끌어 모은 재기의 불씨였다. 다니던 직장마저 그냥 두고 가장 나답게 가장 시인다운 시를 쓰겠노라 전력으로 매달렸던 노작이었다. 그 역시 너무 현실 비관적이고 관념적이라는 평단의 딱지를 받고 매대의 먼지 속으로 그의 의욕은 쓰러져버렸다.

냉배를 잘 앓는데…. 무게 없는 차렵이불이라도 살짝 덮어주려고 허리를 굽히다가 그녀는 허억, 비명을 베어 불었다. 꺼멓게 열린 남편의 눈이 그녀를 향해 열려 있었던 것이다. 뻗으려던 손을 허공에다 멈춘 채 그녀는 뒤로 벌렁 주저앉았다. 뒤로 비켜난 그녀는 뚫어지게 남편의 얼굴을 살폈다. 입술도 얼굴도 으스름한 빛의 어우름에 가린 채 전혀 움직이지를 않는다. 사십대의 심장마비. 스트레스가 심한 사십대 남성의 횡사. 빈번해진 보도기사를 떠올린 그녀는 재빠른 동작으로 남편의 가슴에다 귀를 갖다댔다.

〔왜 그래? 꼭 죽어 있기를 바라던 사람처럼〕

그녀는 왈칵 노여움을 느끼며 남편을 쏘아보았다. 그러나 다음 순간 낭패스러움이 몰아쳤다. 다 들었겠구나, 죽은 듯이 미동도 않는 이 자세로. 그녀는 서재와 현관까지의 거리를 빠르게 가늠해 보았다.

딸아이는 아침에도 또 그냥 가지를 않았다.

〔편집장이라고 썼어. 뭐 일일이 확인해 볼 것도 아닌데, 장관이라고 쓸까 하다가 그만 뒀어. 전직인지 현직인지 알게 뭐야〕

그리고 한술 더 떠서 현관에서는 낡은 구두코를 손가락에 걸고 돌려 보이며 된목소리를 냈다.

〔보통 다른 부모들이 다하는 것 중에서도, 아빠가 특별히 우리에게 해준 게 뭐야?〕

〔또 그런다. 네 아빠가 언제 그런 거 신경 쓰는 사람이냐〕

〔그래도 또 자기 짝지라고. 난 그래, 솔직히 환상과 이상만 나열

하는 아빠보다는 우리한테 친절하고 선물도 잘 사다주는 그런 아빠가 부러워]

술김에 큰소리나 치지 말지. 딸애는 기어이 어젯밤에 내뱉었던 말을 되뇌었지만 그녀가 서둘러서 등을 떠밀었다. 어젯저녁에도 계집애는 제 아버지의 체면을 말 아니게 짓밟아 놓았던 것이다.

남편은 그때 마침 자신을 대접해 주는 화수회(花樹會) 회장 오빠한테서 걸려온 전화를 받고 모처럼 밝고 가벼운 기분이 되어 차를 마시고 있었다. 헌시(獻詩) 다 되어 있습니다. 집사람하고 꼭 같이 갈 겁니다. 암 가야죠. 어떤 잔친데요. 허허허…. 언제 같이 간다 했느냐고 그녀가 따질 겨를도 없이 뾰루퉁한 얼굴로 딸애가 제 방에서 건너온 것은 그때였다. 들고 온 펜과 인쇄물을 팔랑 탁자 위에다 던져 놓으며 대뜸 뱉아냈다.

[아빠 직업을 뭐라고 써야 돼요?]

음미하며 마시고 있던 찻잔을 슬며시 내려놓으며 남편의 표정이 굳어졌다. 입맛 다시는 쓴 소리가 떨어져 앉은 그녀의 귀에도 또렷이 들렸다. 파르족족 냉기 도는 얼굴로 제 아버지를 내려다보고 서 있는 딸애의 눈길도 만만치 않게 도전적이었다. 한창 기승할 나이 중3이었다. 그녀는 불안한 기색으로 두 사람의 눈치를 살폈다. 며칠 전에는 아들애들과 부자간의 신경전이 한판 살얼음을 얼게 한 일도 있었다. 엄마가 여자의 몸으로 생활전선에서 저렇게 고역을 치르는 게 아버지는 안쓰럽지도 않아요?. 그녀는 자신을 연민하는 아이들의 반항이기에 시킨 것처럼 민망스러웠다. 엄마도 바로 말해. 시인의 아내가 무슨 영광스런 자리라고 아무 소리 않고 묵묵히 참아내니까 아버지가 점점 뻔뻔스러워지잖아. 그녀는 그때 자신의 위치가 묘한 자리에 놓여 있음을 알았다. 언제 저 아이들이 저렇게 자라서 어미의 고통을 이해할 수 있게 되었나 싶었으나 막상 되새겨 보고 당혹스러워진 것은 엄마에 대한 효성으로 그러는 것만도 아니란 점이었다. 하지만 그녀는 능히 남편을 두둔할 수 있는 말을 한 마디 입밖에 내지 못했다. 아이들의 말은 곧 자신의 속을 시원하게 풴 말이기도 했던 것이다. 기를 쓰고 식당에서 찌개백반만을 팔다가 죽기는 싫었다. 그가 경제적인 일에 조금만 신경을 쓰고 도와주면 뼛골을 파고드는 짐의 무게가 훨씬 가벼워질 것이라는 바람이 성성했다. 그러나 왠지 자신마저 엎어진 자의 꼭지를 치는 것처럼 아이들과 입을 모아 남편을 비난할 수는 없었다.

내려다보는 딸애와 고개 숙인 아버지, 부녀간의 대치 각도는 좀체 어그러질 기미를 보이지 않았다. 남편의 늘어뜨린 고개 위로 쏟아지는 딸의 눈총이 콩뒤듯 따갑게 느껴졌다. 벽시계의 초침 소리가 커지기 시작했다. 요지부동으로 버티고 선 딸애의 어깨선이 숨결마다 조금씩 부풀어올랐다. 그들에게 맡겨 놓아서는 안될 충돌의 시점이 도화선처럼 절박해지고 있었다. 보다 못해 그녀가 끼어들었다.

〔애도 참, 아빠는 시인이 시잖니. 시인〕

그 순간, 놀랍도록 큰 남편의 홍소가 터져나왔다.

〔시인? 시 쓰지 않는 시인도 시인인가?〕

자조의 웃음을 키들거리며 남편은 거실을 벗어났다. 자신이 가할 일격을 날치기 당한 듯이 딸애마저 당황스런 표정이었다. 남편은 이미 옛날의 그가 아니었다. 술이 취해 온 날의 그는 정말 기고만장했었다. 이 자식이, 바로 안서? 아직도 잠이 안깼어. 시키는 대로 안하면 과자 안준다. 차렷 열중 쉬어. 아직도 잠이 덜 깼어. 차렷 열중 쉬어. 차렷 열중 쉬어. 네 아버지 이름이 뭐야? 이창순. 그래 그래 잘 했어. 너 아빠 뭐하는 사람이지? 몰라? 그래 그래 시인이잖아. 시인이 뭔지 알아? 모른다고? 쎄애끼 그것도 모르면 어떡해. 그거 알아오기 전에는 아빠라고 절대 부르지 마. 알았어?.
시인이 무엇인지, 시고 떫게 아이들이 인지해 가는 동안 남편의 당
당함은 사라져가고 있었다. 남편은 쓰디쓴 표정으로 밤늦게까지
담배만 피우고 있었다. 황당하달 밖에 없도록 두껍던 배짱은 어느
결에 초짓장이 되어 버렸을까. 사나이는 곧 죽어도 대의명분에 산
다 이거야. 잘 다니던 직장을 집어치우고 땡전 한 푼 없이 출판사
를 열었고 사양길에 접어든 이념서적을 찍어낼 때도 그의 목소리
는 등등했다. 시인, 시인 이창순이면 됐지 더 이상 무슨 관형사가
필요한 거야. 자신의 뜻대로 훨훨 자유인이 되어 이제는 시다운 시
를 쓰게 되었다고 홀가분해 하며 친구들과 지방여행을 다니다가
교통사고를 내서 거금만 합의금으로 날리지 않았다면, 그게 바로
엊그제 있었던 일만 아니라면 호랑이뼈 죽어도 삼년이라고 그도
지난밤을 그렇게 무기력하게 넘어가지는 않았을 것이었다.
　〔잘 됐군. 가정교육이 아주 제대로 됐어〕
　예상대로 아침의 소란은 고스란히 남편에게 전이되어 있었다.
억울함이 목젖을 짓눌렀지만 뭐라고 할말을 못잇고 있는데 상쇄할
길은 이것 뿐이라는 듯이 준비해 두었던 봉투를 남편은 그녀에게
로 내밀었다. 내용물이 무언가를 알아차린 그녀는 당연히 봉투를
비켜섰다.
　〔엇나가기는 당신도 똑같아요. 안간다는 사람을 왜 억지로 자꾸
끼워 넣고 그래요〕
　〔나이가 오십 줄에 앉았는데도 철딱서니없는 마음 여전히 고수
하겠다 그 말이지? 그래 알았어. 열심히 찌개백반 팔아서 돼지새
끼처럼 통통하게 자식들 살찌우고 유명메이커로 포장시켜 보라구.
장차 어떻게 되나〕
　자식에게 당한 화풀이라면 그녀는 안쓰러운 마음으로 받아줄 마

음이 있었다. 그러나 남편이 꺼낸 화제의 방향은 이음새를 달리하고 있었다. 그녀는 짜증이 벌컥 났다. 자리를 박차고 일어서자 볼멘 소리가 밀려 나왔다.

〔그깟 낙성식에 가고 안가고 그게 무슨 대수라고 신경 건드리고 자꾸 그래요. 처음부터 안간다고 그랬잖아요. 그 일 아니라도 나, 일 쌔고 쌨는 사람인 줄 당신 몰라요?〕

〔그래 그렇게 아이들 북 돋우면서 열심히, 뼈 빠지게 열심히 해보라고〕

〔그래요. 나는 아버지란 이름만 들어도 몸에서 가시가 돋아요. 내가 고학을 할 때, 내가 어땠는지 잘 알면서 그래요〕

그녀는 팽 돌아서 안방으로 들어와 서둘러서 출근채비를 했다. 누구에겐지 모를 분노가 이를 악물게 했다. 낙성식에 가는 것보다 그녀는 열심히 장사를 해야 했다. 나날이 벌어지고 있는 아이들과의 관계를 비끌어매는 일은 아무래도 돈을 많이 벌어대는 길 밖에 달리 없다는 생각 뿐이었다.

알았어, 누가 뭐래. 열심히 일해서 자식들이나 꽃돼지처럼 통통하게 살찌워야지 그래. 분주하게 손님 맞을 준비는 하고 있을 망정 남편에게서 듣고 나온 비아냥거림이 목엣 가시처럼 심중에 박혀 깐질거렸다. 그럼 나더러 어쩌란 말이야. 그녀는 들고 있던 행주를 탁자에다 메다쳐놓고 아무 의자에나 철부덕 엉덩이를 걸치고 앉았다. 아무래도 이게 아닌데 싶은 생각은 전에도 없잖았지만 그녀는 어떻게 시정을 해야 할지 방법이 막연했다. 남편이 안되니 나라도 나서야 된다는 마음으로 힘든 하루하루를 버티기는 하지만 제법 살뜰하게 어미의 고충을 이해해 주는 것 같던 아이들마저 요즘에는 이상한 방향으로 돌아가고 있다. 남 뒤처지지 않게 기본적인 것만을 갖춰주기에도 이렇게 삭신이 아린 어미를 그들은 이해하지를 않는다. 저희 아버지에게 갖고 있는 불만만 해도 그렇다. 돈을 벌어들여서 제 어미를 호강시키거나 고생시키는 것은 어미와 아비와의 일이지 저희들이 간여할 것은 아닌데도 한 번 말만 나왔다 하면 저희들 식의 계량기로 가차없이 아비 어미의 역량을 잰다. 저희 아버지가 얼마나 불리한 입장에서 망망대해 같은 이 세상을 헤쳐가고 있는지, 찌개백반 한 상을 팔기 위해 제 어미가 얼마나 애쓰고 있는지, 그들은 잘 알지도 못하면서 무엇이든 평가를 매기려고 든다. 뭔가 잘못되어가고 있다는 느낌은 들었지만 남편인가 아이들인가 딱 누구라고 잘잘못을 지적할 수도 없었다. 수저를 챙기다 말고 그녀는 또 일손을 놓았다. 옥신각신하던 집에서의 분위기가 되살아나자 추를 단 듯이 허리가 뻑지근했다. 뚜우우, 뚜우우…. 카운터의 전화기가 신호음을 냈으나 그녀는 몸을 움직이지 않고 그냥 멍하니 앉아 있었다. 계속해서 안달인 전화소리를 듣다 못한 진동댁이 '배달인가 보구만 왜 안받고 그래' 하면서 간 보던 국자를 입에 문 채 뛰어나와 전화를 받았다. 네 식당입니다. 병원요? 아이구, 선생님이…. 네, 전 아니구요, 사모님 바꿔드리겠습니다. 선생님이 병원에 실려 가셨다는데요.

응급실 침상에서 남편은 눈을 감고 말했다.

〔집을 나서다가 쓰러졌어〕

〔아프단 소리 아침에는 안했잖아요. 하여튼―〕

서재에서 보았던 검불 같던 남편의 실루엣을 상기하며 못마땅한 눈길로 흘겨보았다.

〔약속도 안지키는 사람이라는 소리까지 듣고 싶지는 않았어. 처자식에게는 이미 제로 점 인생이지만 말이야〕

축 처진 그의 음성이 그녀의 측은지심을 자극하며 젖은 헝겊처럼 착 들어붙었다. 어쩔 것이냐는 추궁처럼 남편의 머리맡에 있던 서류봉투.

〔그냥 전하기만 하면 되는 거죠?〕

〔뭐 바쁠 텐데 갈 것 없어. 똥막대기 한 번 더 될 각오하는 게 낫지〕

열두 시 반. 제막시간은 한 시간 여 밖에 여유가 없다. 그녀는 시계를 보며 빼앗듯이 남편의 손에서 서류봉투를 건네 받았다.

눈을 감고, 아버지, 그를 떠올리면- 가슴이 답답하다. 열 살이 넘도록까지 아버지를 반벙어리로 오인하도록 어눌하고 말수 적던 외골수 성격. 요지부동이던 고집처럼 흙을 이기던 근육질의 짧은 장딴지. 그리고 막상 손댈 일꾼 없이 방치되어있던 군데군데 허물어진 노후한 긴 담장이 둘러쳐진 고가, 그악스럽게 매미가 울던 여름, 시꺼멓게 몰려오던 먹구름, 양동이 물을 쏟아붓듯이 억수로 내리던 장대비…. 뭉클뭉클 무너져 내리는 갓쌓은 담장을 두 팔을 벌려 버티며 같이 힘을 모아서 도와 줄 그 누군가를 소리쳐 부르다가 마침내 짧은 말뚝처럼 담장 밑으로 묻혀버리던 사내…. 그녀는 고개를 저었다. 핸들을 잡은 손이 떨리기 시작했다. 그녀는 꺼졌던 시동을 걸다 말고 감겨드는 애달픈 심사를 떨쳐버리기 위해 음악을 넣었다. 들어 있던 테이프에서는 랩송이 흘러나왔다. 아주 오래 전, 내가 올려다 본 그의 어깨는 까마득한 산처럼 높았다. 그는 젊고, 정열이 있었고 야심에 불타고 있었다. 나에게 그는 세상에서 가장 강한 사람이었다. 내 키가 그보다 커진 것을 발견한 어느 날 나는 나 자신에 대해 생각하기 시작했다. 그리고, 서서히 그가 나처럼 생각하지 않는다는 걸 알았다. 이 험한 세상에서 내가 살아나 갈 길은 강자가 되는 것 뿐이라고 그는 얘기했다. ……. 그룹 넥스트의 '아버지와 나'라는 건데 어때?. 진짜로 이런 자식이 있다면 죽음도 행복할 것 같잖아?. 언젠가 남편이 그랬었다. 그녀는 음악을 껐다.

　의식하지 않으려 해서 그렇지 아버지의 흔적은 집안 곳곳에서도 그녀와 호흡을 같이 하고 있었다.

　〔남들은 장식삼아 돈주고도 사다 놓는데, 우리 애들한테 선대인 외조부의 얼을 심어주는 거야〕

　방구리, 멍석자리, 바소쿠리, 갈토시…, 심지어 개똥망태까지 벌초를 다녀올 때마다 하나씩 남편은 장인영감의 손길이 간 물건들을 가져다 모았다. 그는 유난히 아내인 그녀에게나 아이들에게 얼굴 한번 본적없는 장인영감을 강조했다. 내 앞에서 아버지를 들먹거리지 말아요, 강한 어조로 그녀가 반발했으나 막무가내였다.

　어지간히 심호흡을 고른 뒤 핸들에다 손을 올리던 그녀는 옆자리로 고개를 돌렸다. 흩어진 종이가 발등까지 날아와 있었다. 조수석에 놓여있던 것들이 아까 바람을 탄 모양이었다. 그녀는 안전벨트를 끄르고 종잇장을 주워들었다. 고적지에는 돌들이 많다. 방이었던 곳, 벽이었던 곳을 돌들의 흔적이 가르쳐준다. 세계의 돌들은 세계의 역사를 이야기해 준다. 남편이 적은 메모였다. 인더스강의 유적, 메소포타미아, 유프라테스강, 잉카, 피라미드, 스핑크스…. 연화산 봉화대, 낙안읍성, 거제 사등성, 남는 것은 돌, 돌 뿐이다. 돌이 박혀 있지 않은 산맥은 웅장할 수도 없지만 설사 그렇다 할지라도 힘없는 흙무더기나 다를 바 없다. 아주 작은 돌, 나의 장인-. 철편으로 묶인 교재용 팜프렛도 섞여있었다. 시골 읍성의 길고 높은 돌각담이 찍힌 사진도 있고 부도만 동그마니 남아 있는 사찰지, 후미진 시골마을의 오솔길 가에 있는 성황당이며, 목이 없는 석상도 있다. 남편은 근래 들어 역사의 유구성을 자주 말했다. 경주 불국사의 석탑에 얽힌 이야기를 할 때는 하마터면 그녀와 언쟁을 벌일 뻔도 했다. 누구, 무엇을 위한 업적이냐. 당사자는 추구하는 목표가 있으니까 그 희열이라도 맛보지만 기다림에 지쳐서 물에 빠져 죽은 아사녀도 과연 그렇게 말할까요. 주위 사람의 인내와 고통을 담보한 비정한 내력에 대해서는 생각이나 해보고 그런 소리를 하는 거예요?.

어디선가 뜸부기 소리가 났다. 논이나 평지의 풀숲에다 둥지를 틀고 번식을 하는 생태습성 때문에 사람들과 가까운 동물이었는데 지금 멸종의 위기를 맞고 있다는 새다. 그녀는 동물의 왕국이라는 텔레비전 프로에서 들은 소리를 상기하며 길옆 들판으로 고개를 돌렸다. 짙푸른 벼논에는 바람을 탄 싱싱한 여울이 물결처럼 번져간다. 머잖아서 전설이 될 소리에 귀를 기울였다. 그때, 혹시 그 뜸부기의 자손은 아닐까. 남편을 초대해 놓고 고향에다 닻을 내린 젊은 시인은 그랬다. 어버이의 닳아진 손발톱을 이제야 바로 보다니 철이 늦들어도 한참 늦었지요. 시인의 논에서 그때 뻐꾸기가 울었다. 가까이서 들리는 소리만 좇아 뜸부기를 잡겠다고 나서는 그녀의 아이들에게 해 저물도록 헤쳐 다녀 보라고 시인의 늙은 아버지는 노회한 미소를 지어 보였다. 뜸부기는 적에게서 제 둥지를 보호하기 위해 방향을 바꿔 가면서 소리를 흘려보내는 거라.

수몰지구가 되면서 사당을 건설하는 일은 갑론을박 말이 많았다. 종손도 마을을 떠나야 하기 때문에 젯상을 차릴 장소는 필요하지만 일 년에 한두 번 시제 때나 사용할 제각을 짓기 위해 고향이라고 교통도 불편한 이곳에다 거금을 들여서 굳이 제각을 지을 필요가 있느냐는 거였다. 그렇기에 더욱 후손들의 결속을 위해서도 사당은 필요하다고 목청을 돋우는 쪽도 있고 남이 하니까 우리도 하는 식으로 무리를 할 게 뭐 있느냐는 측도 은근히 끼어들었다. 또 건물을 짓는 돈으로 차라리 남편을 잃고 어린아이를 등에 업고

리어카 장사를 하는 집안 종수를 도와주고 중 고등학교도 못가는 가난한 문중의 후손에게 장학금을 주어서 인물을 먼저 키우는 것이 우선이라는 장래 기약성 발언도 드세게 대두되었다.

〔돈 벌어서 뭐에 쓰자는 겁니까. 사장 처남들 접대비 좀 줄이고 성을 받은 영광으로 헌금하듯이 조금씩 모금을 하세요. 조상이 곧 나의 근본 아닙니까? 형편이 어려울수록 마음이나마 결집되어야죠. 문중의 구심처가 있어야 힘이 한 곳으로 모일 것 아닙니까〕

벌초를 갔다가 우연히 처갓집 문중회의에 참석하게 된 남편도 거들었다. 뒤에 안 일이지만 장인 어른의 유지를 성사시키는 일이라며 그녀 몰래 남편도 얼마의 돈을 주춧돌 값으로 낸 모양이었다.

그녀가 눈을 감자 작동된 필름의 한 장면처럼 아버지의 장딴지가 떠올랐다. 저 속에 든 장단지에서 남자의 힘은 나오나보다. 그래서 아버지는 힘이 세고, 어머니도 자식들도 그의 앞에서 기죽어 살아야 하며 무엇이든 자기 고집대로 하려고만 하는 것일까. 만약 저 장딴지가 실수해서 떨어뜨린 부뚜막의 간장단지처럼 깨어진다면 어떻게 될까. 학교에서 '종아리'라는 낱말을 배우기 이전까지 그녀를 골몰시키던 울근불근 현란하던 그 '장딴지'라는 근육다발의 율동. 그녀는 아버지를 별로 기억하고 있지 않았다. 굳이 회억하자면 같이 살았던 십여 년 중에서 단 몇은 더 건져 올리지 못하랴만 그녀는 애써 아버지의 존재를 재생시키고 싶지 않았다. 생각하면 숨부터 턱 막혀오는 우직하고 답답한 느낌의 증오. 그나마 남아 있는 감정의 뿌리에서 유추하자면 어머니와의 이유를 알 수 없었던 티격태격이었다. 아버지는 위로 네 형들과 다섯 딸들이 있는 집안의 있으나 없으나한 막내였다. 대접 역시 그렇게 밖에 받지 못했다. 그러나 아버지는 반거충인 장손 큰형을 대신하여 큰집 일을 도맡다시피 돌보았다. 참다 못한 어머니는 매양 반기를 들었다. 당신은 밸도 없소. 당신이 그 집에서 뭐요. 처자식이 있고 서야 큰집도 있는 법이지, 우리 자식들도 많아요. 먹이고 입히고 가르치려면 한 몸을 열로 쪼개서 나대도 모자랄 텐데. 아버님은 당신 말고도 자식이 많지만 우리 아이들한테 아버지는 당신 하나 뿐이요. 아버지는 그때 마시던 숭늉 그릇을 어머니의 얼굴에다 집어던졌다. 실속 차리자는 어머니의 말은 끝내 아버지를 설득시키는 데 실패했다. 생각하면 할아버지가 계시는 큰집 일도 답답하기는 했다. 아직 상투머리를 하고 있던 할아버지는 무슨 병인지 하루 종일 까맣게 윤나는 손때 묻은 돌로 꽁꽁 가슴을 치고 앉아 있었다. 사뭇 기계적이고 무의식적인 동작은 일변 치열하고 끈질긴 생의 표현이기도 했다. 인민군이 사당을 불태우고 그 서슬에 아이를 낳던 둘째 큰어머니마저 세상을 떠나고, 거듭되는 충격을 견디지 못해서 등신이 되었다고 사람들이 말했다. 우째서(어째서), 우째서. 할아버지는 그 말 말고는 다른 언어가 있었다는 것조차 망각해 버린 것 같았다. 하지만 그녀네 가족에게 필요한 것은 할아버지의 효자보다는 자신의 처자를 보호하는 책임감 강한 아버지였다.

〔당신은 아들이 아니라 종이고 머슴이야. 그렇게 빌붙어서 당신이 얻는 게 뭐야〕

아버지는 아무런 대꾸를 하지 않았다. 도대체 당신 속은 어떻게 되어 있는지 모르겠다고 자신을 남인 양하는 아버지의 태도에 어머니는 번번이 심장을 긁어댔지만 아버지는 한 번도 속시원히 자기의 생각이나 행동을 설명하는 법이 없었다. 반응이 있다면 무슨 말인가를 하려던 입으로 한숨을 내쉴 뿐. 어떻게 보면 어머니를 무시하는 것 같았고 또 바꾸어서 말하면 혼자만 아는 아주 굳은 신념을 관철시키기 위해 단단히 마음 무장을 하고 있는 것 같았다. 그것은 일하는 틈틈이 붙어 앉아서 할아버지의 시중을 드는 곰살스러운 모습을 보면 느낄 수 있었다. 어떤 간절한 소망을 가진 비굴한 인간이 신의 제단에다 온갖 치성을 드리는 것이었다. 아무튼 아버지는 어떻게도 표현할 수 없는 효자였다. 뒷산으로 까맣게 피난꾼들이 넘어가고 있는데도 그 사내는 보이지 않는 거라. 하는 수 없이 젖먹이를 들쳐업었지. 남들은 먹을 것이며 옷가지라도 식구끼리 어울려서 대강은 챙겼더라만 나야 줄줄이 아이들 손을 잡고 남는 손이 있어야 뭘 좀 가져가지. 방공호에 갇혀서 주먹밥을 얻어먹으며 이틀을 지내고 나서 그 사람을 만났는데 자기 아버지를 업고 먼저 피난을 떠났던 거야. 그 사내 말도 마라. 이가 득득 갈린다. 어떻게 삼신님네 조화 탓으로 자식은 낳았지만 그 사내는 그런 사람이라. 기술 이민을 가있는 아들들을 따라 독일로 떠나면서 어머니는 그렇게 남편을 달랑 혼자 떨어뜨려 두고 떠나는 몰인정에 대한 이웃들의 비난을 반박했다.

할아버지를 쾌차시키는 방법은, 우뚝하게, 전날에 못지 않은 전각을 지어드리는 일 밖에 없다고 생각했던 아버지는 곧고 좋은 재목만 있으면 산이 아무리 험하고 거리가 아무리 멀어도 장나무를 만들어 집으로 운반 했다. 목수 댈 비용은 사업이 좀 펴이면 우리가 대마. 덩실하게 야적되는 집나무를 보고 아버지의 형제들도 약속했다. 그러나 노적(露積)된 장나무는 거뜬하게 집의 형상을 이루기도 전에 좀이 쓸고 비바람에 부식되어 갔다.

허물어진 돌담 밖에 남은 것이 없는 폐허 곁으로 길은 흐르고 있다. 오뉴월 불볕을 모아 응결시킨 듯 빨갛게 지천으로 피어 있는 백일홍. 어느덧 옛길로 접어든 것이다. 화무십일홍을 은근히 부인하던 사내. 그는 옛 영지의 끝자락이던 곳까지 열심히 백일홍을 심었다. 당집 둘레며 앞동산 뒷동산, 또는 오고가는 들길에도 활활 백일홍을 피웠다. 문중 사람들의 뇌리에도 그 빨간 꽃이 무리 져서

만발하기를 바랐다. 하나 둘 아내와 자식들이 곁을 떠나간 뒤에도
화상을 입어 흉물스럽게 변한 얼굴 가득 꿈을 머금고 만발한 백일
홍 덤불 속을 헤매 다녔다고 그랬다. 할아버지의 슬하에다 그토록
자신을 얽어맨 이유가 무엇인지. 아버지 그는 끝내 이유를 설명하
지 않았다.

　길가의 수풀 속에서 한 무리의 염소가 달려나왔다. 무심히 달려
나오다가 놀랐는지 웅깃쭝깃 되돌아서다 길섶으로 곤두박질하는
놈도 있었다. 지천으로 풀이 돋아 있는 폐농지에다 흑염소를 방목
하러 가던 남자가 아카시아 숲에서 불쑥 모습을 드러냈다. 어허이.
챙이 찌그러진 밀짚모자를 쓴 늙은이는 차안의 그녀를 흘끗 돌아
보며 염소 떼를 진정시켰다. 어디서 많이 보던 사람 같다. 몹시 행
방이 궁금하던 사람 같은 감정이 깃든. 얼마간 스쳐가다가 그녀는
낮은 탄성을 질렀다. 아, 그렇다. 쌍방울. 그녀는 차를 세웠다. 멈
추어 서며 늙은이도 돌아보았다. 현옥이 아버지, 어디서 사시나 했
더니. 그녀는 호기심을 도로 접었다. 원치 않는 아린 추억을 상기
시키는 것은 그에 대한 모독일 수도 있다. 고대도 형편이 그렇네
요. 짐작컨대 그가 할 수 있는 대답은 쑥스러운 몸짓이 고작이리
라. 현옥아버지는 그녀네 동네에서 구멍가게를 하던, 거기서 살아
온 가난한 세월보다 쌍방울이라는 별명 하나로 더 유명해진 남자
였다. 새벽녘에, 길가에 쓰러져 있던 피투성이 남자 하나가 동네
병원으로 업혀 왔다. 누구에겐가 몹시 쫓긴 것 같군요. 입회한
경찰 앞에서 하나하나 상처의 정도를 점검하던 당직의사가 말했
다. 찢어지고 긁히고 부딪혀서 성한 곳 없는 사내. 어렴풋이 정신
이 들기 시작한 사내는 이상하게 불룩한 사타구니를 막으며 한사
코 다른 사람의 손길이 그 부분으로 접근하는 것을 거부했다. 지켜
보고 있던 경찰의 눈초리가 아연 긴장되는 순간이었다. 의사의 침

착한 손길은 시궁창냄새 나는 사내의 젖은 속옷을 벗기고 사타구니로 손을 넣었다. 나 원, 병원생활 삼십 년에 이런 쌍불알은 또 첨이네. 허탈해진 의사는 곁에 있던 사내의 아내에게, 이 돈 쓰지 말고 천장에 매달아 놓고 항상 목숨 걸고 돈 벌러 나간 남편 생각해요, 소리치며 해감냄새 밴 젖은 돈주머니를 내던졌다고 했다. 아이들 학비야 어머니 병원비야 하도 밀린 게 많아서…. 가난한 노동자인 아비. 아비가 뭔지. 불한당들로부터 돈을 지키기 위해 목숨을 건 그 밤의 질주는 쌍방울만 크게 부풀려져서 그들이 이사를 가고 난 다음까지도 무심한 이웃 사람들의 입에서 한동안 쓸려 다녔다.

심부름 보낼 아이라도 있을까. 고향 마을로 들어선 그녀는 빨래가 걸린 집으로 들어갔으나 모처럼 열리는 동네 잔치에 초대되어 갔는지 마을은 온통 비어 있었다. 축 낙성. 00김씨 화수회 일동. 일용품이며 과자며 업체의 상호가 박힌 타월이 든 선물 봉지를 마루에 받아놓은 집도 있었다. 주머니 많이 끌렀다고 생색내는 사람 있으면 괜히 위화감만 생기고 곤란하니까 회장님이 역할 잘 해야 될 겁니다. 남편이 해준 조언은 얼마나 보탬이 되었는지. 양봉을 하거나 흑염소를 키우는 타지 사람들에 점유되어 있는 마을 풍경은 낯설기조차 했다. 오물 퇴적장으로 변한 공터에 득시글거리고 있던 파리 떼가 색다른 냄새라도 감지한 건지 와그르 끓어올라 그녀를 에워쌌다. 아무리 외면하려 해도 눈길이 절로 돌아가는 곳이 있다. 아버지가 생전에 기거하던 팽나무 밑의 사랑채였다. 아버지의 몸집처럼 작고 빠끔하던 그 방문도 허물어지고 보이지 않는다. 그러나 그녀의 뇌리에는 거기 도사리고 앉았던 아버지의 영상이 기를 세우고 도드라져 나왔다.

당산제를 지내는 데 부정을 탄다고 고작 심부름을 맡은 아버지는 집에도 오지 않았다. 온 몸에다 열꽃을 받고 있는 동생을 안고 어머니는 연이어서 그녀를 쫓았다. 당산제 참여는 올해 못하면 내년에 해도 되잖아요. 행아가 다 죽어 가느만요. 열 내리는 주사 한 대면 거뜬하다는데요. 아버지는 귀머거리인 양 굴다가 요사한 악귀의 유혹이라도 물리치는 듯 진저리를 치며 등을 돌렸다. 저거는 아비도 아니다. 흔들던 구원의 손길을 배반당한 어머니는 불덩이 같은 아이를 업고 의원을 찾아 나섰다가 중도에서 숨진 아이를 데리고 집으로 돌아와야 했다. 문중의 일이 우선이요, 아픈 자식을 살리는 게 우선이요. 실성한 어머니는 아이의 시체를 안고 울부짖었다. 사람 노릇 못할 자식은 일찌감치 잘 죽은 기라. 깍지 낀 어머니의 손을 비틀고 주검을 빼앗아 묻은 아버지는 괭이에 묻은 흙을 떨며 줄담배를 피워댔다. 그 날 저녁, 울분을 참지 못한 첫째 오빠는 몇 년 동안 아버지가 장만해 놓은 재목더미에다 불씨를 당겼다. 세상이 모두 죽은 듯이 깊은 밤, 부나비처럼 이리 저리 파닥이며 불을 끄던 아버지….

그녀는 신축된 제당으로 올라가는 샛길이 있는 개울둑으로 나섰다. 뜻밖에도, 거기 있는 느릅나무 그늘 아래 허수아비처럼 큰아버지가 앉아 있었다. 큰아버지. 허옇게 된 안구를 불안하게 굴릴 뿐 말이 없다. 무슨 말인가를 할 듯 퍼렇게 부르터 보이는 입술이 조금 일그러지다가 이내 다물어졌다. 아무리 화수회에서 주관 한다지만 당연히 참석하셔야 할 종손어른이 왜 여기 계셔요. 반응이 없다. 찌적하게 눈곱이 괴어 있는 눈자위에 꼬물꼬물 붙어 있던 파리 몇 마리가 이마로 콧구멍으로, 얼룩진 불결한 고쟁이 위로 서로 하체를 붙였다가 떨어지기도 하면서 난무를 그리고 있다. 종손 잘 사는 데 없다는 말의 증명이라도 하듯이 개인적인 삶이 영 엉망이던 큰아버지. 약샘 너럭바위에다 속옷을 빨아 널어놓고 그가 불던 풀피리는 정말 애간장을 녹였다. 처량해 보이는 환경임에도 멋은 버리지 못했던 사람. 평범한 가정만 가질 수 있었다면 그의 몰골은 아직 저렇게 망가지지 않았을지도 모르는 것을. 마디가 꺾인 장대한 기골이 그의 초라한 몰골을 더욱 쓸데없이 도우고 있다.

그녀가 큰어머니라고 불렀던 여자는 줄잡아 다섯은 되었다. 전 남편의 자식을 데리고 들어오는 여자, 술 잘 먹고 욕 잘 하는 여자, 제 재미에 겨워서 여기 가서 이 말하고 저기 가서 저 말하여 동기간이나 이웃끼리 날마다 싸움질을 시키는 여자, 어디서 그렇게 어긋지게 안맞는 여자들만 찾아드는지, 병들어서 세상을 떠난 두 큰어머니가 남긴 아이들은 뒷전으로 밀려나고 집안 꼴은 더욱 말이 아니었다. 그녀는 뜬눈으로 꿈을 꾸듯이, 지금은 아득한 옛날 영화의 한 장면처럼 되어버린 지난 일이건만 그래도 달밤이면 선명하게 떠오르곤 하던 어느 가을밤을 더듬는다. 처량하게 달이 밝았다. 제삿장을 보러 닷새 장에 간 술 잘 먹는 큰어머니가 술 한 잔에 한 차례씩 노래를 불러주고 얻어 마신 술에 곤죽이 되어 고개 밑의 소나무 아래 누워 있다는 전갈이 왔다. 횡설수설 제 정신이 아닌 아내를 리어카에 담아 싣고 큰아버지는 허적허적 걸었다. 영원에서 영원으로 마치 운명의 길을 가듯이 달빛과 고요함으로 충만한 잿길을 마치 그 일을 하기 위해 살고 있는 사람처럼 무게없이 큰아버지는 걸었다. 문중의 여론을 끌어들인 아버지의 성화에 못이겨 그 여자는 짐을 싸야 했다. 야, 이 놈아. 네가 뭐이관데 남의 상에 감 놔라 배 놔라 하노. 야이 이 주제넘은 놈아, 네 놈이 뭐이관데. 네 놈이 뭐이관데. 떠나가는 여자를 다시 끌어들이지는 못하고 악동처럼 버티고 선 아버지께로 달려들며 큰아버지는 울었다.

그녀는 큰아버지를 껴잡고 블록으로 성글게 지어진 큰아버지의 거처로 갔다.

[아이구, 식당 시매님 오셨네. 시매서님도 같이 오신다더니?]

시내에 사는 사촌올케가 급한 김에 화장실부터 갔다 오는지 바지말에다 블라우스를 밀어 넣으며 나타났다.

정한 자리에다 큰아버지를 앉혀놓고 올케를 보고 물었다.

〔오빠는?.〕

변명스럽고 삐딱한 어조로 사촌올케가 답을 했다.

〔요새 뭐 종손이 따로 소용 있더냐. 돈 있고 일치는 사람이 종손이지〕

이 잘못 탄 가르마처럼 열등감 어린 여인에게 무슨 부탁을 하랴. 그녀는 제 발로 낙성식이 열리는 곳으로 갈 작정을 했다. 같이 안 갈려나?. 돌아보니 노인의 반찬을 해왔는지 풀어놓은 보따리 옆에서 올케는 냉장고 안을 들여다보고 있었다. 그럼 뒤에 천천히 와. 마당을 벗어나서 여기 어디쯤이었지, 그 여름 날 무너지는 돌담을 안고 아버지가 깔렸던 곳, 돌무더기를 가늠하며 무너진 돌담을 넘어가는데 뒤에서 새된 목청이 들렸다. 시매님, 갈 때는 나 좀 태워주이세이. 동승 차 놔뚜고 뭐한다꼬 헛차비 디리끼고이. 틀리지 않는 말이었지만 왠지 동의할 마음이 나지 않아 못들은 척 앞으로 나갔다. 제멋대로 자란 잡초와 돌, 바람, 그리고 무심한 햇볕….

위선재(爲先齋). 날아갈 듯 번듯한 한식 처마 아래 당호는 걸려 있었다. 자네 아버지인 텃골아재가 쌀 닷섬을 주고 국필한테서 받아 두신 거라네. 그랬을 것이다, 아버지라면. 전쟁 중에는 족보를 독에 넣어 땅속에다 묻어 놓고 숨어서 확인해가며 지켰다는 아버지였다.

〔잘 왔어. 이 시인한테 전화 받긴 했지만〕

〔그놈의 술 때문에 몸 다 망쳤다니까요〕

〔술 때문에 몸 다 망쳤다? 허어허허허…〕

뜻 모를 웃음을 날린 회장오빠는 그녀가 내미는 봉투를 받았다.

〔우선 이리로 좀 올까?〕

뜯어보지도 않은 헌시 봉투를 휘적 흔들며 회장오빠는 앞장을 섰다. 아직 조경공사가 덜 마무리 된 후원이었다. 어때?. 회장 오빠가 가리키는 손가락 끝 지점에는 지금 막 땅속에서 솟아오르는 옹골찬 왕죽순처럼 작은 비석 하나가 오똑 버티고 서 있었다. 짐작 가는 일이어서 그녀는 가까이 가서 비문을 읽거나 하는 관심을 보이지 않았다.

〔문중의 이름으로 아저씨께 올리는 거야. 크고 작은 수난을 몇 번이나 거쳐도 한 권 멸실없이 족보를 우리가 이어받고, 이런 잔치를 열게 그분이 이끌어주신 거 아니겠나. 그 분의 열성이 온 문중을 감동시킨 거야. 자, 이것도 받아〕

회장오빠는 '증보판'으로 된 족보 한 권을 그녀의 품에다 안겨주며 어깨를 다독거렸다. 야릇하게 측은함을 바르는 손길이어서 그녀는 등을 피했다. 회장오빠는 덧붙였다.

〔늦었지만 아저씨가 원하시던 대로 족보에 올리게 돼서 무척 기쁘게 생각한다. 펴서 봐. 성자(字) 철자(字) 할아버지의 다섯째, 용자 우자〕

〔그게 무슨 말이죠?〕

〔오, 내가〕

당황한 듯 말을 끊은 회장오빠의 눈길이 옆에 있던 친척을 돌아보았다. 오빠의 팔을 저만큼 끌고 간 친척 뻘의 남자가 뭐라고 귀엣말을 했다. 거리를 띄웠대야 거기가 거기였고 아무리 낮추었다고는 해도 남자들의 목청이었다. 그런 말이 자식들 귀에 들어가기만 하면 누구든 원수를 삼겠다고 텃골아재가 어지간히 보안을 했어야죠. 지금쯤은 다 아는 줄 알았더니, 내가 큰 실수를 했다.

그녀는 머릿속이 하얗게 비어버리는 충격을 받았다. 반벙어리 행세를 했던 아버지가 하고 싶었음직했던 많은 말들이 돌무더기처럼 와르르 그녀에게로 쏟아져 내렸다. 할아버지와 문중들의 제풀에 붙여두는 듯한 무심함, 그 무심함을 관심으로 이끌기 위해서, 아버지는 그처럼 비굴스럽게 지성을 바쳤던 것인가.

〔그럼 우리 아버지는 뭐였죠?〕

〔다 지나간 얘기니까 마음에 끼지 말어. 이제껏도 잘 살았잖아〕

무슨 말로 위로를 해야 할지 난감해 하는 회장오빠의 목소리를 귓전으로 들으며 그녀는 하늘을 올려다보았다. 이제껏도 잘 살았잖아. 맞는 말이긴 했다. 김 누구누구로 불렸던 적은 언제였던가. 까마득했다. 살림 사는 주부로 들어앉아 누구 아내 누구 엄마로도 불편없이 살아왔으며, 버젓한 제 성과 이름을 두고도 필명이나 예명을 쓰는 사람들도 많다. 바보. 그녀는 누구에게라 할 것도 없는 잠긴 목소리를 냈다. 차라리 넓은 품안에 깊이 가족을 끌어안고 다정하게 어루만져주면서 '아버지는 이렇고 이렇다'며 인간적인 고뇌를 나누었던들 단 하나의 자식이라도 이해하는 자식이 있었을 것이다. 울컥 솟구치는 감정을 입술을 깨물어 삼켰다. 무너지는 담장을 버티다 쓰러지던 근육질의 장딴지와 사람 구실 못하고 살 바에는 차라리 죽는 게 났다던, 남아 있는 처자들을 분노하게 했던 그 속 깊은 반응…. 그 때, 아버지는 해도해도 가망없는 노력에 대한 회의에 부딪혔는지도 몰랐다. 혼자 어디로든 가서 종적을 감춰버리고 싶었는지도 모른다. 문득, 아침에 남편의 서재에서 읽었던 시구가 되살아났다. 누가 태산의 정수리를 보았는가. 누가 돌의 목소리를 들었는가. 자식은 늘 후회할 수 밖에 없고 아버지는 늘 고독할 수 밖에 없다.

왔으니 손님들에게 인사나 하러 가자는 회장오빠의 권유를 마다하고 바쁜 핑계를 대며 그녀는 위선재를 떠났다.

〔이 서방이 아마 조만간 큰 계획을 펼칠 모양이지?〕

시동을 건 차안으로 화수회에서 마련한 선물꾸러미를 넣어주며 회장오빠가 말했다.

〔왜 무슨 이야기를 해요?〕

〔그야 이 시인한테 직접 들으면 되겠지만 이것 하나만은 명심하고 있어라. 자기 가족들한테 이해 받는 당당한 아비는 이 세상에 아무도 없을 거라는 거〕

휘얼 날아갈 듯 높이 쳐 들린 위선재의 처마 너머로 누가 연결시켜 놓은 천상의 다리인 양 구름이 비스듬히 걸려 있었다. 자기 가족들한테 이해 받는 당당한 남편은 이 세상에 아무도 없다?. 그녀는 손을 흔들고 있는 회장오빠를 백미러로 바라보며 빙긋 웃었다. 당신은 늘 군림하면서 사는 것 같았는데.

제 철을 만나 흐드러진 백일홍 길 저쪽 짙푸른 논배미에서 다시 또 뜸부기 소리가 들렸다. 뜸북, 뜸북, 이어질 듯 말 듯 한 음절 사이로 아버지가, 그 짧은 아버지의 장딴지가, 아니 이 시대의 아버지인 남편까지 무너지는 각담을 버티며 후들거리고 있었다. ◉

# 칠석이

전화를 받으러 아내가 나간 사이에 찻잔을 들고 나는 창가로 옮겨 앉았다. 서재 밖에는 명주 바닥에 물들여진 고운 물감처럼 노을이 잦아지고 있었다.

전화 상태가 좋지 않은지 꽥꽥 지르는 아내의 말소리를 먼 데 소리처럼 아련히 들으며 황홀경 속으로 빠져들었다. 단단하게 굳어 있는 오른 손 장지의 펜혹을 모지로 어루만지며, 노을을 일러 여한 없이 살다가는 이의 영혼에 비유한 누군가의 말을 음미해 보고 있었다. 아침엔 안개, 한나절엔 구름으로 흐리던 날이어서 노을의 장관은 더욱 경이롭기까지 했다.

〔여보 이 일을 어떻게 해요. 이 일을!〕

핼쑥하게 굳은 표정이 된 아내가 소리치며 뛰어 들어왔다. 아내는 억장이 무너진 듯 잠시 말을 잇지 못했다. 채근을 받은 뒤에야 그녀는 얼굴을 싸쥐면서 오열을 터뜨렸다.

〔밤실 삼촌이 운명하셨대요〕

망치로 정수리를 맞고 숨지는 짐승의 충격이 이와 비슷할까. 나는 망연자실해지며 찻잔을 떨어뜨리고 말았다. 허망, 혹시 이런 내 기분을 미리 알고 그 말은 만들어졌던 게 아닌지. 나는 떠듬떠듬 벽을 짚고 우리가 좀 전까지 펼쳐놓고 일하던 책상 쪽으로 나아갔다.

박소양의 5남, 승명.

삼촌은 이제 그렇게 완전한 혈맥의 한 흐름에 복권되어 다시 또 한 흐름의 본류를 이루게 되었는데….

아내와 나는 좀 전까지 해 묵은 족보를 현대식 주해와 편집으로 다시 펴낼 작업의 마지막 원고 정리를 하고 있었다.

〔사관이 사초의 기록을 뭉개는 음모에 가담하는 것만 같아서 어째 찜찜한데요〕

조수 역을 부탁 받았을 때 아내는 농담을 하며 웃었다. 그도 그럴 것이 구본에는 오르지도 못했던 서자(庶子)와 딸들의 신분을 회복하여 태어난 서열대로 버젓하게 족보에 오를 수 있게 정리하는 일을 우리는 요즘 하고 있었다. 엄연히 한 핏줄을 타고 났으면서도 그들이 받아야 했던 불평등에 대한 수모와 앙원을 푸는 일이어서 아내와 나는 보수도 없이 떠맡겨진 일이었지만 동족사에 기여하는 뿌듯한 긍지로 피로도 잊고 있었다.

특히 밤실 삼촌에 대한 나의 감정은 해 묵은 빚을 갚는 듯한 채무변제의 심리적 부담까지 가중되어 있었다. 동판만 제작된 것일지라도 제일 먼저 그분에게 보여드려야 되겠다고 작정하고 있었던 일인데 그만 그가 이 세상을 하직하고 말았다니.

〔이러고 있을 게 아니라, 어서 가서 마지막 모습이라도 뵙시다. 여보〕

아내의 재촉을 받고서야 간신히 현실적인 감응을 할 수 있었다.

우리는 가까스로 막차를 탈 수 있었다.

시내를 벗어나자 창 밖은 칠흑의 어둠이었다. 부옇게 내리비춰는 차내 등이 마치 깊은 밤인 듯 고즈넉한 안온감까지 느끼게 했다. 승객들마저 피로에 지친 모습으로 제가끔의 의식 속으로 들어가 버린 차내는 가끔 흔들리는 차체의 진동만 아니라면 적막하기조차 할 것 같았다.

나는 담배 한 개피를 피워 물었다. 그러나 이내 꺼버렸다. 쓰고껄껄한 게 영 담배맛이 나지를 않았다. 아내는 어둠에 찬 창 쪽으로 무연히 시선을 돌린 채 앉아 있었다. 그 쪽도 나름대로 나에 못지 않은 감상이 있을 것이었다. 비록 시삼촌이기는 해도 아내는 그분의 사랑을 많이 받았다. 핵가족 시대에도 종부(宗婦) 노릇을 해야 되는 아내의 고충을 이해하는 삼촌의 배려는 끔찍했다. 가을이면 일 년 내내 쓸 알맞은 제숫거리를 몫으로 사서 선물하는 것으로도 더욱 도타운 정을 표시해 왔다.

〔질부 수고를 왜 모르겠나. 하지만 찬물 한 그릇이라도 정성이라했으니 조상님들 서운치 않으시게 해주시게〕

하시며 마치 손위에게 하듯이 고개까지 깊이 숙이시는 것이었다. 아무리 제 몸 아끼는 시대의 여자라지만 물심 양면으로 그 같은 지원 아끼지 않는 시어른이 있는데 아내인들 자기 책임에 소홀할 리 없었다. 그러므로 두 사람의 관계는 어느 시아버지와 며느리이상으로 따뜻하게 유대되어 있었다.

자갈이 걸렸는지 차체가 기우뚱 덜컹하는 게 비포장 도로에 접어든 모양이었다. 서슬에 이쪽으로 아내가 고개를 돌렸다.

〔참, 미륵도 작은 집에는 연락했을까요?〕

〔글쎄〕

숨기고 있는 상처를 찔린 듯 뜨끔한 기분으로 짧게 말했다. 혈기방장하던 시절의 큰삼촌과 그 후예들의 꾀죄죄한 현재의 모습이 동시에 떠올랐다.

〔이제 그분들이 저승에서 만나시면 어떤 표정들을 지으실까요?〕

아내의 치기스런 의문이 고문처럼 계속해서 가슴을 찔렀다.

〔만나는지 안만나는지 알 게 뭐야〕

〔뭐 아버님하고 다른 삼촌들이 화해시키시겠죠〕

내 기분을 알아차린 아내의 일변 재치스런 자답이 뒤따랐지만 접질린 상처의 아픔은 쉽게 가시지를 않았다. 앙숙 같았던 두 분의 관계며 할아버지가 돌아가신 날 산 위에서 맞춰 보던 두 핏방울의 선연한 동색, 희미한 달밤에 대숲을 헤치며 들려오던 바람 결 속의 신음이나 절규는 추억하기조차 싫은 아프고 음울한 기억이었다.

나는 어릴 때 딸만 많이 둔 아버지의 늦게 얻은 장남이어서 애정 반(半) 강요 반으로 할아버지 슬하에서 유년기를 보냈다. 하므로 집안의 대소사, 특히 밤실 삼촌에 관한 일은 나만큼 자세하게 보고 겪은 사람이 없었다.

내가 그를 처음 인식하게 되었을 때 그는 우리 집에 들어온 개구 멍받이라고 했다. 나중에 안 일이지만 '칠석'이라는 이름은 칠석에 들어온 새끼 종 이상으로는 봐 줄 수 없다는 시위로 할머니가 지어서 내린 것이었다.

집에는 대대로 내려오는 노복이나 머슴들이 많았던 모양이나 시대 상황과 아들들의 활동 능력에 따라 줄어드는 가세 때문에 줄이고 줄이다가 결국 그 하나만 남게 된 것이었다. 그것도 사실은 제일 나중에 집을 떠난 늙은 종 쑥개를 데리고 있을 요량이었으나 집을 나간 뒤 소식 없던 칠석이가 스물이 넘은 청년으로 장성하여 날 아든 뒤에 결정된 일이었다. 칠석이는 식구들의 구박에 못이겨 열다섯 살 때 온다간다 말도 없이 가출을 해버렸었다. 그런데 다시 나타난 그는 모종의 위기의식을 집안에 뿌리기 시작했다. 하므로 할아버지는 여러 좋은 말로 칠석이를 타일러 다시 떠나 보내려 했다.

〔사람으로 태어나서 어찌 평생 남의 집 살이만 할 거냐. 그 덩치에 그 마음씨면 어디를 가도 재산 모아가며 사람 행세하고 살 게다〕

했지만 칠석이는 무슨 꿍꿍이속을 지녔는지 떠나지 않겠다고 버텼다. 떠나라는 할아버지와 떠나지 않겠다는 칠석이의 실랑이는 해괴한 양상으로 여러 날 계속 되었다. 그러나 결국 할아버지는 칠석이에게 지고 말았다. 칠석이가 어떤 폭탄선언으로 할아버지의 고집을 꺾었을지 모른다는 말도 있었지만 내용이 무엇인지 정말로 그런 일이 있었던지는 내가 알 수 없었다.

〔못난 놈, 종살이가 제 허물이나 되는가. 좋다!〕

씹어뱉듯이 단호하게 뇌인 할아버지는 일부러 그러기라도 하듯 칠석이를 구박하고 냉대하기를 전보다 더했다. 대신 칠석이가 고분고분해진 건 전혀 딴판이었다. 거저 어르신네 슬하에 있게만 해주신다면 새경 같은 것도 필요없다고 감지덕지였다.

할아버지에게는 아들이 넷이나 있었지만 모두 빛 좋은 개살구였다. 빚잔치를 하기 위해 사업을 하는 것 같은 나의 아버지를 비롯하여 의원 한 번 되는 것이 필생의 숙원이어서 선거 때마다 불나비처럼 뛰어드는 첫째 삼촌, 병실 몇 백은 되는 병원의 원장이 되기 위해 푸줏간집 외동딸과 결혼하여 데릴사위가 되어버린 둘째 삼촌, 판·검사가 되어서 몰락 일로에 있는 가운을 일으키는 것이 자신의 소명인양 육법전서를 식량삼아 책벌레가 되어서는 아예 산골의 토굴에서 내려오지도 않는 셋째 삼촌 등. 그야말로 자기 일에 바빠서 자금이나 딸릴 때면 할아버지를 찾아왔을 뿐 일 년에 한 번 있는 생신 때에도 제대로 참석 못하는 허울 뿐인 아들들이었다.

그런 아들들을 대신하여 칠석이는 집안 일을 도맡아하는 것은 물론, 날만 궂으면 몸부림치도록 저리고 아리는 할아버지의 전신을 밤낮도 구별없이 지키고 주무르는 것도 그가 했다. 보행이 불편한 할아버지를 업거나 달구지에 태우고 바람을 쐬어 드리기도 하고 일보러 가시는 데까지 모셔다 드렸다가 모셔오는 일도 혼자서 했다. 그러나 할아버지는 빈말이라도 듣기좋게 공치사 한 번 해주지 않았다. 학대를 견디다 못한 그가 도망이라도 가길 바라는 눈치였지만 할아버지의 노골적인 구박에도 그는 표정 하나 달리하지 않았다. 아들보다 더 고마운 그에게 그럴 수 있느냐고 옆 사람이 충고라도 하면 단호한 음성으로 할아버지는 말했다.

〔이 없으면 잇몸으로 살지〕

젊은 시절에 독립운동을 하느라고 대륙의 황야를 넘나들며 냉담함이 체질로 굳어버렸고 덧난 상처에서 우러나는 고통 때문에 괴팍을 부리는 것이라고 치부해 버리곤 했지만 도시 이해가 되지 않았다. 그 중에서도 내가 가지게 된 묘한 느낌은 할아버지 외에도 칠석이를 좋게 봐주지 않는 식구들이 여럿 있었지만, 할아버지가 워낙 그러시니까 감히 미움을 표시할 엄두를 못 내고 오히려 칠석이를 두둔하는 듯 쉬쉬하게 되었다.

칠석이는 참 묘한 끈기로 집에 붙어 있었다. 건강한 한 마리 야생마 같던 그가 귀머거리가 되어야 했던 일도 그렇다. 마침 덧났던 상처 때문에 할아버지는 운신을 못한 채 집에 남아서 육이오 전쟁의 시기를 넘겼고 당연한 일처럼 칠석이도 남았다. 목숨을 부지하기 위해서 인공치하의 인부 노릇도 해야만 했고 그 후 이적행위를 했다는 죄목으로 반죽음이 되게 매를 맞고 귀머거리가 되어 돌아왔다. 그게 미안했던지 어디 불쌍한 처녀라도 구해서 짝 지어주려 했지만 종살이는 제 대에서 끝낸다며 서른이 다 된 떠꺼머리 총각으로 그냥 지냈다.

　동요없이 끈질긴 그의 집념은 혹시 남의 소리를 듣지 못하므로 세상 물정을 몰라 쇠고집을 부리는 게 아닌가 여겼지만 그의 행동 하나 하나는 소신과 애착으로 가득 차 있었다. 그의 복안을 알 수 없었던 나도 어린 소견이지만 칠석이가 참 답답하고 불쌍하게 느껴질 때가 많았다.

　한 번은 이런 일도 있었다. 볼 것도 읽을 것도 마땅찮던 시절이 어서 어른들의 이야기를 양양이 삼아 성장하던 나는 그날 밤도 할아버지에게 이야기를 해달라고 졸랐다. 동나버린 이야기 주머니를 깊숙이 뒤지던 할아버지는 자신이 활동하시던 시절의 독립군 이야기까지 시나브로 접근을 해버렸다. 누나들에게서나 학교에서 듣고 익힌 상식으로는 훌륭하고 좋은 이야기거린데도 할아버지는 좀체 그 이야기를 해주시지 않았던 것이다. 나는 바짝 다가앉으며 호기심을 발동했다. 그제서야 아차 싶었는지 할아버지는 이야기를 서둘러서 끝내려고 하셨다. 나는 어머니가 그리워서 곧 울어버릴 듯한 표정으로 엄살을 부렸다. 할아버지는 한참을 더 망설이다가 뒷방 서가(書架) 사이의 냉기찬 고리짝 속에서 검은 보자기 한 개를 꺼내오셨다. 군자금을 마련할 때 사용하시던 물건이 증거로 남았다는 소리를 누나에게 들은 뒤 어느 날 할아버지 몰래 꺼내 본 것이었다. 나는 시치미를 떼고 할아버지의 입술에다 호기심 어린 시선을 집중시켰다. 할아버지가 그것을 막 펼쳐 들었을 때 뜻밖에도 마을갔던 칠석이가 화로와 밤바가지를 들고 들어섰다. 순간 할아버지는 이불 속에다 황망하게 그것을 숨기며 불같이 화를 냈다. 자리끼 한 양푼이 칠석이를 향해서 날았던 것도 물론이었다.

　〔네이 요망한 것, 어디서 배워먹은 버르장머리로. 기척 좀 못하고 다니느냐!〕

〔죄송합니다. 새끼 꼬러 장수넬 갔더니 밤을 좀 주길래 어르신이랑 도련님이랑 드시라…〕

그날 저녁 할아버지는 보자기를 몇 번이나 작게작게 접으며 한숨을 쉬었다. 어린 판단에도 그것은 칠석이가 보아서는 안될 것을 들킨 데 대한 당황함이란 걸 짐작했을 뿐, 내게는 햇솜같이 포근한 할아버지의 자정이 칠석이 그에게서는 왜 그렇게 돌변하는지 이유를 알 수 없었다. 고마운 그에게, 왜, 하필이면 유독 그에게 그렇게….

어쨌든 칠석이와 나는 절친했다. 그는 산이나 들로 가는 데마다 나를 데리고 다녔으며 나도 그를 든든한 보호자나 친구처럼 졸졸 따라 다녔다.

그러나 칠석이로 인한 고통이 내게는 또 하나 있었다. 할아버지 말고 칠석이를 집에서 못쫓아내서 원한인 사람이 또 있음을 인지해야 되는 일이었다. 그 중에서도 더욱 기승한 사람은 벌써 몇 번이나 도전한 선거마다 고배를 마신 큰삼촌이었다. 그는 칠석이가 할아버지 때문에 피난을 못가고 부역한 것을 꼬투리잡아 더욱 못살게 굴었다. 독립투사의 자제임을 내세워 득표 전략을 펴는 삼촌에게 칠석이의 이적행위는 치명적인 걸림돌이 된다는 것이었다. 그는 승부욕이 활촉 같은 기질을 갖고 있어서 인근에서는 맞설 사람이 없는 주먹쟁이로 통하던 과거도 있었다. 맹수같은 야망 때문에 설치고 다니다가 동네를 넓게 둘러싸고 있는 대밭도 남의 손에 저당된 상태였고 탐내는 사람이 많은 올곧은 송림이며 전답 등속도 조각조각 송사 비용으로 흩날려 보냈건만 티끌 만한 양심의 가책도 없이 사나이란 무릇 풍운을 거쳐 나온 자라야만 큰 인물이라고 어깃장을 놓았다. 그러나 한 번만 당선하면 모든 것 보상한다고 큰소리친 선거전마다 그는 늘 개구리처럼 나가 떨어졌고, 얼룩진

패배에 대한 울분으로 건수만 잡히면 맹수처럼 으르렁거리는 삼촌의 성화 때문에 가족들까지 늘치가 되었다.

그 해의 민의원 선거에도 삼촌은 예외없이 출마했다. 상대는 외국 유학까지 하고 온 참신하고 역량있는 젊은이여서 삼촌의 참패는 처음부터 예견된 상태였다. 그러나 삼촌은 독립투사인 할아버지와 잠영세가였지만, 첩과 서자도 없는 청빈한 가문의 이미지를 등에 업고 계란으로 바위 치기 같은 선거전에 돌입을 했다. 하지만 돈도 인물도 치달리는 처지로서는 밑이 다는 작전임을 주제파악은 했는지 과히 넋나간 사람처럼 먹지도 잠자지도 않고 있다는 소리가 빈발하게 전해왔다.

그날도 칠석이와 나는 가마솥 아궁이 앞에 앉아 새총을 만들고 있었다. 지게에 걸터앉아 반만 내민 혀를 휘돌려 가며 탱자나무 새총가지를 열심히 다듬고 있는 칠석이의 어깨 너머로 대숲으로 날아드는 새떼들이 보였다. 나는 칠석이의 옆구리를 꾹꾹 찔렀다. 칠석이가 고개를 들면 새떼를 가리키고 새총 쏘는 시늉을 하면서 어서 새총을 만들어 달라고 안달하는 모습을 지어 보였다. 칠석이는 씨익 웃으며 고개를 끄덕이더니 더욱 빨리 손을 놀렸다. 할아버지 할머니도 삼촌의 성화에 못이겨 선거 운동차 나가시고 괴괴한 집안의 분위기는 둘 사이의 거리를 더욱 차지게 다잡아 주었다.

벌겋게 술에 전 삼촌이 들어선 것은 그 때였다. 원래도 칠면조처럼 얼굴이 붉어서 상대방으로 하여금 더욱 위압과 거부감을 느끼게 하는 그였지만 지나친 불면 때문에 그날은 눈빛까지 벌겋게 충혈되어 있었다. 삼촌은 누가 온 것도 모르고 제 일에만 열중한 칠석의 목덜미를 다짜고짜 정권으로 내려쳤다. 칠석이는 목을 싸쥐며 꼬꾸라졌다. 얼마나 벼르던 일이었던지 삼촌의 거친 숨결은 증오심으로 들썩거렸다.

〔너 이 노무 새끼, 나하고 무슨 원수가 맺혔어? 왜 진작 나가지 않고 번번이 나서서 산통을 깨뜨리느냔 말야. 너 누구 죽는 꼴 봐야겠어? 니 놈이 되든 어느 년이 되든 오늘이 제삿날인 줄 알아라. 어따 숨겼어?!〕

무슨 말을 알아들었는지 그 순간 번쩍 쳐들렸던 칠석의 고개가 힘없이 떨구어졌다. 삼촌의 기세는 더욱 등등해졌다.

〔말 못하겠어? 어서 못대겠어?〕

짚단 던지듯이, 엎드려서 빌고 있는 칠석이를 패대기친 삼촌은 집안을 뒤지기 시작했다. 방, 벽장, 마루에는 그의 흙발이 어지럽게 자국을 남기며 찍혀나갔다. 심지어는 헛간에 있는 잿무더기며 나뭇동까지 속을 꼬챙이로 쑤셔 나갔다.

〔야! 이 새끼야, 정 못대겠어? 모르고 온 줄 알아? 다 알고 왔단 말이야〕

삼촌의 초조하고 성급한 주먹이 다시 칠석이의 면상을 갈겼다. 얼굴에서는 다시 피가 흘렀지만 칠석이는 입을 떼지 않았다.

〔오옳치!!〕

섬광이 파랗게 느껴지는 눈빛과 고함을 동시에 내지른 삼촌. 야비한 회심의 미소를 칠석에게로 흘려보낸 뒤 저벅저벅 대밭으로 나아가는 발소리.

〔뭘 말이야, 그만 말해줘 버려〕

부당하게 당하는 칠석의 불행을 아무런 힘도 보태지 못한 채 보고만 있어야 되는 안타까운 고함이 삼촌이 멀어지자 내 입에서 튀어 나왔다. 그러나 내 말은 입 밖에도 나가지 못한 채 덜컥 혀를 물고 말았다. 사색으로 변한 칠석이가 제 정신 아닌 동작으로 나를 와락 껴안아버린 것이었다. 칠석의 옷섶에서는 피비린내가 났고 잡혀온 산토끼처럼 그의 온 몸은 떨리고 있었다. 조마조마한 근심의 빛이 선량한 그의 눈동자를 온통 뒤흔들어 놓았다. 일몰 후의 푸르스름한 잔광과 가느다란 초승달, 그 검지도 희지도 않은 부유스름한 빛이 지어내는 이도 저도 아닌 빛으로 어울린 요상한 공포의 지배 속에 우리는 버려져 있었다. 더구나 할아버지도 할머니도 안계신 집안에서 삼촌은 미친 것처럼 날뛰고 있지 않은가.

〔왜 저래? 뭣땜에 삼촌이 저래?〕

공포 속에서도 호기심을 누르지 못하고 흔들었지만 칠석에게서는 껵, 껵, 목 잠기는 소리만 들렸다. 버석버석, 발목까지 빠지는 댓잎을 밟고 가는 삼촌의 뒷모습을 안타깝게 헤아리고 있던 칠석이는 불현듯 나를 밀쳐버리고 삼촌을 뒤쫓아갔다.

삼촌은 어느 새 움집 앞에 도착해 있었다. 땅 위로 보이지 않도록 굴을 파고 만든 움안에는 제주를 빚을 때 쓰는 누룩과 밀주가 감추어져 있었다.

〔제발…〕

칠석이는 털썩 무릎을 꿇고 삼촌의 다리를 끌어안았다. 그러나 이미 삼촌의 열화 같은 성질은 달구어질 대로 달구어져 있었다. 상대가 치받으면 물이라도 태워 없애버려야 직성이 풀리는 삼촌이었다.

〔확 꼬실러버려?〕

확신을 얻은 삼촌이 라이터를 켜들고 웃었다.

〔제발…. 본의가 아닙니다. 어째서 제가…. 병중입니다. 사정이 하도 딱해서…〕

그러잖아도 어눌한 칠석의 목소리는 다급함으로 더욱 갈피를 못 잡고 떠듬거렸다.

〔네 손으로 끌어내〕

〔제발…병중입니다…〕

[너 이 노무 쌔끼 누구하고 작당했어. 얼마 받고 날 파멸시키기로 했어]

[자식이 안 이상 어찌…. 짐승이 아닌 이상… ]

[야 이 새끼야, 사또 떠나고 나팔 불거야!]

두 손을 비비며 칠석이가 애걸했지만 다시 또 삼촌의 주먹과 발길질이 가해졌다. 그러나 삼촌은 멈추지 않고 익숙한 유도 동작으로 저항 없는 그의 몸뚱이를 움막 위로 집어 던졌다. 이어 독 깨어지는 소리, 비명 소리도 그 속에서 났다.

[어머니이- ]

이어서 들리는 짐승 같은 오열, 칠석의 울음이 터져 나왔다.

[쥑인다, 모조리 죽여 뻬린다!]

그래도 설마 싶었던 모양, 막상 들어맞는 예상을 확인한 삼촌은 미치광이처럼 날뛰며 움집에다 불을 붙였다.

[너 미쳤구나, 이럴 때일수록 냉정해야지. 저쪽에서 알면 어쩌려고- ]

어둠 속에서 불쑥 아버지의 음성이 들리고 삼촌을 낚아채는 아버지의 모습이 보였다. 아버지의 고함과 불티 속에서 버르적거리는 삼촌의 광란이 어우러졌다.

[세상에, 아무리 그렇지만 이럴 수는 없습니다… ]

움집에서, 거뭇거뭇 검댕 칠갑이 된 노파 한 사람을 끌고 기어나오며 칠석이는 피맺힌 소리를 질렀다. 아니, 그 소리는 차라리 소름 끼치는 냉소에 가까웠다.

[자기 어머니의 뼛가루를 가슴에 싸안고 다니며 원한을 되새겼던 게, 삼촌의 오늘을 있게 한 원동력이겠죠? 그러고 보면 삼촌은 원한을 자기 성장으로 승화시킨 참 멋진 분이에요]

내 회상의 맥을 빤히 짚고 있었던 듯 아내가 불쑥 끼어들었다.

〔그걸 다 어떻게 말로 하겠어〕

〔그러니까 좋은 인연으로 부자 장인도 만나고 하시는 일마다 잘돼서 끝이 훤하게 펴인 거 아니겠어요〕

우리는 이미 차에서 내려 마을로 진입하는 소롯길을 걷고 있었다. 어둠의 바다에 선등처럼 둥둥 떠 있는 마을의 불빛들을 보면서 나 역시 둥둥 뜬 한 척의 배가 되어 회상의 여울 위를 표류해 가고 있었다.

아내가 말하는 뼛가루를 내가 본 것은 큰삼촌의 장례 때였다. 미륵도로 이사간 아들에게 얹혀 살던 큰삼촌은 여든도 훨씬 넘어서 세상을 떠났다. 날마다 갯가에 나서서 넓은 바다를 향해 선거 유세를 하는 실성기만 아니라면 마음 착한 아들 덕에 그런 대로 안온한 노후를 보낼 수 있었으련만 허망한 집념을 버리지 못하고 허우적거리다가 구름이 짙은 어느 날 장아찌처럼 뻘에 박힌 주검으로 발견되었다.

우리는 그날 상가를 빠져나와 말없이 갯가를 거닐었다. 너무 많은 회억들에 넋이 빠져 할말을 잃었음이었다. 게다가 칠석이 삼촌이 거느린 복잡하고 침통한 분위기는 뭐라 섣불리 말을 걸 수 없게 했다. 물이 빠져나간 시커먼 갯벌에는 꼬막이나 바지락을 캐는 아낙네와 아이들이 가마우지 떼처럼 바글거렸다. 큰삼촌이 익사한 지점에서 걸음을 멈추었다. 만감이 교차하는 착잡한 표정으로 삼촌은 눈을 감았다. 이윽고 그의 눈에서 주루루 눈물이 훑어져 내렸다. 한동안 눈을 감고 있던 그는 무어라고 중얼거리며 안주머니를 열고 작은 주머니 하나를 꺼내더니 그것을 천천히 풀어서 바다에다 기울어뜨렸다. 병중입니다. 애원하던 절박한 목소리와 그을린 노파의 환영이 빠르게 스쳐갔다. 바람결을 타고 흩날리는 그 회색의 비말을 바라보다 그게 무엇인지를 깨달은 순간 나는 차마 고개를 들 수가 없었다. 그가 흘렸을 한없는 절망과 비통이 거기에 얼버무려져 있을 것이었다. 오늘날처럼 그를 우뚝 서게 한 인내의 극한 의지도 거기에 있었다. 굳이 입을 통해 듣지 않아도 막대한 재산가가 되어 있는 그의 저력이 해부되어 보이는 표징이었다. 갯밭 얼마라도 장만할 수 있는 거금을 상가에다 부조하는 삼촌에게 과거를 말하는 조카는 아무도 없었다.

칠석이 때문이라고, 탓하기도 좋게 또 다시 고배를 마신 삼촌이 한바탕 집안을 뒤집은 것은 물론이었다. 그 무렵 이미 할아버지는 문밖 출입은커녕 몸을 일으킬 기백도 잃고 있었다. 칠석이도 없었다면 쇄락감만 쓸쓸하게 감도는 집안은 보기에도 딱할뻔했다. 하지만 전 같으나 전과 다른 칠석이의 어떤 면모를 비록 활동사진의 한 부분처럼 짧게나마 확실하게 느꼈으므로 내 마음의 평화는 다시 서서히 회복되고 있었다.

어느 날 허물어진 토담 가에 멍하니 붙어 서서 먼산바라기를 하고 있는데 턱없이 큰 소리로 칠석이가 불렀다. 나는 힐끔 돌아보다가 언뜻, 불탄 자리에 새파랗게 움 돋아나는 짧고 야무진 찔레 덩굴의 왕성한 생명력을, 폐허의 토담 옆에 피어나는 새빨간 명자꽃과 같은 강한 환상을 발견하고 나도 몰래 쿵 가슴 무너지는 소리를 들었다. 시련을 겪을수록 더욱 의연해지는 교목, 그의 모습은 그렇게 우뚝 돋보였다.

〔들어가 봐라, 찾으신다. 기운 없으시니까 말 많이 씹히지 말고〕
대답이 필요없는 대화에 우리는 익숙해 있었기에 서로 눈빛만 보아도 의사가 통했다. 나는 아무 말도 하지 않고 할아버지가 자리보전을 하고 누워 계시는 방으로 들어갔다.

할아버지는 그 해 봄에 돌아가셨다. 봄이라긴 해도 높은 산에는 잔설이 뽀얗게 남아 있었지만 부지런한 농부는 쟁기질을 하고 낫과 호미를 성냥해 들이던 때, 방안의 동정에 신경을 쓰면서 사랑채 마당에서 칠석이도 가만가만 새 농사 채비를 하고 있었다.

환절기의 감기처럼 덮친 할아버지의 병세는 회복되지 않고 끝내는 아들딸들이 불러모아진 가운데, 옥실할아버지를 부르라는 할아버지의 영이 떨어졌다. 옥실할아버지는 작은 집 할머니의 오라버니로 할아버지의 둘도 없는 친구였다.

늦어도 옥실할아버지는 오시지 않고 둘러앉은 자녀들을 하나 둘 둘러보다가 할아버지는 안간힘을 써 입을 열었다.

〔그 애. 치, 칠석이를… 〕

밖에 있던 칠석이가 불러들여져 옆에 앉자 할아버지는 다시 아버지 형제들 쪽을 향해 말을 이었다.

〔내, 이, 이이제사…, 무, 무엇을 수, 숨기랴… 이, 이애는… 너희 도, 동생… 〕

아무도 놀라지 않았다. 아무도 놀라지 않아서 놀라운 표정으로 경직된 것은 오히려 할아버지와 나였다.

〔예에…. 진작부터 알고 있었습니다〕

뭐라고 외치며 나서려는 큰삼촌을 막으며 아버지가 말했다. 할아버지는 더 숨길 것 없는 편안함으로 조금 기운을 차린 듯했다.

〔명색 애비라면서…. 내 네게 사과한다…. 후회는 앞서지 않는다는 말… 맞고, 체통에 너무 얽매여…, 죄만 짓고 살았다… 〕

방안에는 소요가 깔렸지만 임종 직전이라는 엄숙함이 자제를 시켰다. 임종 때의 별증으로 혼수와 몸부림을 계속하면서도 할아버지는 반짝 정신이 들면 남은 말을 다하려고 애를 썼다.

〔애, 너희들…, 동생으로 별 부끄럼 없을…, 놈이다… 〕

아, 단련이셨구나, 그것은. 순간 내 의식을 강타하며 지난 날 있

었던 냉혹한 닭달들이 떠오르고 그 어느 여름의 옥녀봉 사건으로
까지 기억은 줄달음쳐 나갔다.

　나는 그때 옥녀봉 기슭으로 아이들과 소를 먹이러 갔다. 소를 먹
인대야 풀이 많은 야산에다 소를 방목해 놓고 놀다 날이 어두워지
면 찾아서 몰고 오는 것이었다. 옥녀봉은 깎아지른 절벽이었는데
그 아래로는 소(沼)를 이룬 강물이 흐르고 있어 나무꾼도 섣불리
접근하려 들지 않는 곳이었다. 그러나 그 곳의 풀은 여느 곳보다
수북하고 부드러워서 초식 동물을 유혹하기 맞춤이었다. 마침 내
가 소를 찾았을 때 공교롭게도 소는 그 부근에서 스름스름 위험지
역으로 나아가고 있었다. 소리치면 소가 놀랄까 봐 살금살금 다가
가서 고삐를 끌어낸다는 게 그만 발이 미끄러져 오히려 큰 소리를
내고 말았다. 그 순간 흠칫 놀란 소의 공근 발톱이 경사진 곳을 헛
딛으며 눈 깜짝할 사이에 언덕 아래로 굴러 내려갔다. 당황한 소도
무서운 소리를 지르며 안전지대로 나오려고 요동쳤지만 노력도 헛
짓이 되어 두 번 세 번 굴러 내리기만 했다. 저 아래쯤 가다가 다행
스럽게도 돌출된 평지에 가까스로 소는 멈추어 섰지만 돌아나올
길은 아무 데도 없는 곳이었다. 소문을 듣고 일하던 사람들이 몰려
왔을 때는 소도 그 특유의 굼뜬 동작으로 안정을 되찾고 서서 천천
히 새김질을 하고 있었다. 그러나 아무래도 소를 산 채로 구하기는
어렵다고 모두들 혀를 찼다. 어차피 물가에 떨어질 것 고기 장만하
기는 좋겠다고 미운 소리를 하는 사람도 있었다. 할아버지도 칠석
이 등에 업혀서 왔지만 난감한 표정이기는 마찬가지였다. 철부지
에게 소먹이는 일을 시켰다고 나무람이라도 당했는지 칠석이는 죄
인처럼 겁먹은 굳은 얼굴이었다. 할아버지는 칠석이더러 내려가서
소를 구해 오라고 명령했다. 아무리 농우가 살림 밑천이지만 너도
내려가서 같이 죽으라는 소리나 마찬가지지 그럴 수가 있느냐는

숙덕거림에도 할아버지의 단호함은 흔들리지 않았다. 궁지에 몰린 칠석은 체념의 빛을 지우지 못한 채 낫 한 자루를 빌려서 들고 아래로 내려갔다. 벼랑을 타는 재주가 진중하고 민첩했지만 보는 이들은 아슬아슬했다. 그가 어떻게 소를 구해낼 것인가 보다 그가 어떤 모습으로 소와 같이 낙하할 것인가를 예감하는 눈빛들이 더 역력했다. 이윽고 소에 접근한 그는 위워, 하며 소를 쓰다듬어 안심을 시킨 뒤 한 손에 쥔 낫으로 소의 발 밑을 조심스럽게 팠다. 제법 넓은 홈이 패이자 주인도 모르게 소의 뒷발이 그 속으로 내려섰다. 다음도, 또 다음도, 이런 방법으로 자리를 만들어서 소를 안전하게 세우는데 칠석이는 성공을 했다. 손에 땀을 쥐고 지켜보는 사람들의 눈길 속에서 칠석이는 더욱 침착해진 동작으로 옆에 있는 제법 큰 바위의 뿌리를 아까처럼 후벼파기 시작했다. 벼랑 끝의 얇은 지층에 묻혀 있는 것이어서 바위는 곧 아래로 굴러 내렸다. 칠석이는 바위가 박혀있던 우묵한 터로 소를 다시 옮겨 세웠다. 지켜보고 있던 사람들 속에서 그제야 손뼉이 터져 나왔다. 바위를 캐서 만든 길로 칠석이가 소를 몰고 올라오자 사람들의 칭찬과 웃음이 개선장군을 맞이하는 것 같았다. 그러나 어두운 들판을 그의 등에 업혀서 돌아오면서도 할아버지는 끄응 한숨과 함께 눈을 감았을 뿐이었다.

할아버지는 그 해 백중의 씨름판에 일등상으로 우리 소를 희사했다. 나는 할아버지에 대한 실망으로 세상이 비관될 지경이었다. 남 주어버리느니 죽었을지도 모르는 소를 칠석이에게 주는 것이 당연하다고 울면서 앙탈을 부렸다.

〔사내자식이 찔찔 짜기는, 칠석이가 따서 가지면 되잖느냐. 뺏기지 않으려면 이겨야지!〕

할아버지는 정도 이상으로 역정을 냈고 할아버지의 처사에 나는 절망을 느꼈다. 칠석이는 재작년에 3등을 했고 작년에는 4등을 했던 것이다. 들쭉날쭉인 그의 기량도 문제지만 그보다 나이 젊은 청년들의 도전을 또 어쩌란 말인가. 그러나 할아버지의 기대에 힘입었음인지 칠석이는 그 해 역전승을 해서 당당하게 소의 임자가 되었다.

운명 직전에 있는 할아버지의 손을 움켜잡고 꿇어앉은 칠석의 눈에서는 김이 날 듯 뜨거운 눈물이 줄줄 흘러내렸다. 아버지, 아버지. 부를 때마다 솟구치는 감정 때문에 두 손은, 아니 전신마저 와들와들 떨고 있었다.

〔이 애 호적 말인데…〕

가빠졌다가 쉬어지기도 하는 숨결을 억지로 가누는 할아버지, 그의 콧날은 점점 오뚝해져 갔다.

〔… 내 손으로 올린다는 게…. 너희들 항렬 따서 …. 이길 승, … 밝을 명…〕

뒤미쳐서 칵 막혀오른 가래 때문에 마지막 말은 뚝 끊어진 연줄처럼 다시 이어지지 않았다. 그 때, 허겁지겁 옥실할아버지가 도착했다. 하필이면 이즘에야 출타했던 당신의 유람행각을 탄식하며 이미 의식도 없는 할아버지의 손에다 누런 봉투 한 개를 잡혔다. 그러나 곧 이어 애끓는 음성으로 초혼(招魂)을 해야만 했다.

할아버지를 입관해 놓고 칠석이는 기어코 집을 쫓겨날 위기에 놓였다. 그러잖아도 소용없어진 녀석을 봉투의 내용물이 화근이었다.

〔자네들 부친이 칠석이 몫으로 십여 년 전에 맡긴 쌀 한 가마니를 굴린 것이네〕

논 다섯 마지기와 밭 두 마지기까지 부인하는 건 아니었다. 그 중에서도 큰삼촌이 더욱 솔직하게 나섰다. 사위어가는 선량의 불씨를 되살리기에는 적으나마 구세주처럼 나타난 공돈을, 인정해서 명예로울 것 없는 놈을 위해 눈감아 줄만큼 바보 같지 않다고 삼촌은 기를 썼다. 악화되는 분위기를 누그러뜨린다며 아버지가 칠석이를 밀어냈다. 옥실할아버지가 가만 있지 않았다.

〔나가긴 상주가 어딜 나가〕

눈치를 읽은 칠석이가 앞질러서 선언을 했다.

〔아닙니다, 제가 이 자리에서 빠진다고 긴 자식이 아니겠습니까〕

칠석이는 스스로 상청을 하직했다. 그러나 옥실할아버지의 지시대로 옥실로 가지는 않고 앞산에 올라가서 집을 내려다보고 한없이 울었다. 이끌리듯 따라가서 말도 못붙이고 서 있는 내 손을 끌어당기다가 그가 말했다.

〔너 어디서 찍혔구나, 피가 많이 난다〕

손등에 맺힌 피를 닦아주려던 칠석은 무슨 생각을 했는지 날카로운 억새잎 한 줄기를 쥐고 힘껏 쭈욱 훑었다. 그의 손가락에는 금새 새빨간 피가 방울져서 맺혔다. 그는 내 손의 피 옆에다 제 핏방울을 똑똑 떨구었다. 그의 피와 내 피는 어느 새 한 덩이로 뭉쳐 버렸다.

〔수야, 네 피는 붉고 내 피는 푸르재?〕

그의 엉뚱한 물음에, 영리함이 돋보일 큰 목소리로 나는 또렷이 말했다.

〔아냐, 똑 같이 빨개〕

〔그래, 똑 같다. 맛도 똑 같다〕

칠석은 피를 핥아먹으며 흐으흐으 느껴 울었다.

〔난, 늬 삼촌이다. 울아버지 아들이고〕

칠석이는 그 후 종적을 감추고 영 나타나지 않았다. 우리는 모두

저 살기 바쁜 나머지 그의 존재를 까마득히 잊다시피 했다. 그런데 그가 다시 나타났을 때에는 유급 상황이 된 나의 대학 등록금이 들려 있었다.

이런 경우를 두고 침묵하는 사람이나 행방불명된 사람의 귀추를 주목하는 건 아닐까. 칠석의 변모는 실로 엉뚱한 것이었다. 불과 이십 년도 안된 사이에 그는 꽤 실한 주물공장을 운영하고 있었고 결혼은 물론 아들 딸이 있는 화목한 가정도 거느리고 있었다.

우리는 꽤 이슥해서야 상가에 도착했다. 상청에 놓여 있는 사진을 보는 순간 내 가슴은 어쩔 수 없는 혈연의 확증으로 벅차 올랐다. 하다 못해 일용 잡부나 간병인을 댔어도 공임을 모았으면 이만 못할까. 늙은 사람에게 진정한 자식은 어떤 것인지 자네들도 꼭 늙어보아야만 알겠나? 승명이 모자가 자네들 아버지한테 어떤 사람들인지 다리의 상처를 봐서도 알 일. 생명을 구해준 은인에게 보답하듯이, 단 한 번의 인연으로 맺혀진 운명이라면 자네들이 부인한다고 지워질 정도 가벼운 인연 아니네. 가슴이 아무리 솔(小)다고 뜻조차 도랑물 같아서야 쓰겠는가. 양반가에 인연 맺은 광영으로 여한없이 죽겠다던 그 여인의 무구한 희생이 아깝네, 자네들 하는 것 보니까. 준열한 음성으로 아버지 형제들을 꾸짖으시던 옥실할아버지의 목소리가 어제인 듯 되살아났다.

유가의 예법대로 거행된 할아버지의 장례는 정말 거창했다. 할아버지의 명예나 족벌들의 면모를 감안하면 당연하다 했지만 피폐해진 아버지들의 경제로 그 같이 거대한 잔치는 고혈과 같은 허세였다. 아직도 권토중래의 큰 뜻을 단념하지 않은 아버지 형제들의 의식 속에 기대와 희망을 안겨주는 광고적 효과가 숨어있었던 것이다.

어쨌든 7일간의 장례 잔치는 보릿고개의 메마른 봄 인심을 한 번 걸판지게 들쑤셔 놓았다. 술 취한 사람들이 골목마다 복작거렸고 발길에 채는 게 먹다가 패대기친 떡과 고기였다.

〔형님께 드릴 거라고 아버지께서 준비해 계시던 거랍니다〕

조문이 가고 오고 난 뒤 큰상주가 봉투 한 개를 건네주었다. 거기에는 당신이 일군 앞 뒷산의 넓은 밤밭을 집안 아이들의 장학기금으로 내놓는다는 증서가 들어 있었다. 그가 파 놓은 큰 흐름 속으로 빠져든 미생물처럼, 승부를 걸어본 적도 없는 열패감이 나를 엄습했다.

〔명정(銘旌)은 형님이 손수 써주시는 것 덮고 가시는 게 아버지의 소원이셨답니다〕

저쪽 문으로 들여다보며 숙모도 아들의 말에 고개를 끄덕였다.

〔이 사람아, 그거야 국전에 입선한 자네 솜씨가 있지 않나〕

겸양한다고 일언지하에 거절을 해 놓고 나니 그때서야 불쑥 삼촌이 가졌음직한 깊은 뜻이 감지되었다. 네 피는 붉고 내 피는 푸르재?. 아냐, 똑 같이 빨개.

이튿날 나는 미륵도에서 온 사촌형을 찾았다.

〔뭐 갖고 올 게 있어야지〕

영판 갯가 사람이 되어버린 그는 미역 한 짐을 부려 놓고 허기진 배를 채우고 있었다. 자필로 삼촌의 명정을 쓰면 어떻겠느냐는 내 뜻을 대강 이해한 그는 모필을 잡아본 적도 없다고 낯을 붉히며

〔먹이나따나 내가 갈겠네〕

했다.

나는 눈을 감고 잠시 호흡을 고른 뒤, 갚아도 갚아도 남을 것 같은 채무감을 녹여서 각인하듯이 정성스럽게 명정을 썼다.

　－학생반남박공지구(學生潘南朴公之柩) ㊧

# 인생 단면과 픽션의 미학
## - 박주원의 작품세계 -

강 희 근
〈평론가 · 慶尙大學校 敎授〉

　작가 박주원의 소설들은 대체로 가족관계에서 일어나는 갖가지 애환을 소재로 다루고 있다. 〈뜸부기〉는 문중문제를, 〈칠석이〉는 적서문제를, 〈판구〉는 오늘 농촌 문제의 하나인 장가 못드는 노총 각 문제를, 〈영락복지원〉은 자식 기르기와 노인 이성문제를 내용 으로 하는 양로원 이야기를, 〈동반과 배반〉은 소목장이의 인생문 제를, 〈삭풍〉은 계모 문제를, 〈서포 젓장수〉는 이혼과 개가 문제 를, 〈마른 대궁〉은 손자 돌보는 노부부 이야기를, 〈풍매화〉는 계모 와 의붓딸 이야기를, 〈포구〉는 술집여자로 도는 여인 이야기를, 〈 넥타이〉는 도시로 옮겨 사는 곤고한 가족 이야기를 각각 다루고 있기 때문이다.

　그 중 〈영락 복지원〉은 양로원 문제나 양로원 안에서의 애증에 초점을 맞출 때 일종의 사회소설에 속할 것이다. 〈동반과 배반〉도 예인으로서의 소목장이에 초점을 맞추면 단순한 가족문제의 범주 밖에 놓일 것이다. 그러나 〈영락 복지원〉은 그런 제목에도 불구하고 자식을 키우는 여인의 애환이 줄거리로 잡혀 있고 〈동반과 배반〉 또한 한 여인의 사랑과 집념이 담겨 있어 한 측면이 가족관계 소설에 닿아 있다.

　작가 박주원은 소설이 갖는 서사성을 드러내기 위해 극적인 결말을 시도하는데 몇 편을 제외하면 모두 이 범주에 속한다. 〈삭풍〉의 경우 결말 부분의 반전이 매우 돋보인다. 막내의 주선으로 큰딸을 제외한 전실 자식들이 개가해 가 사는 늙은 계모를 찾아간다는 이야기인데 가서 보니 관계가 가장 안좋았던 전실의 큰딸이 모셔가고 없더라는 결말이다.

　기다리는 시간이 지루했던 언니와 오빠들이 저만큼 오고 있다가 나를 발견하고는 잰걸음쳐 다가왔다.
　기다렸던 지루한 시간만큼 성급하게 의문의 표시를 했다.
　"왜, 무슨 일이 있어"
　"있어, 우리가 미처 생각지도 못했던 아주 큰 일이 났어."
　어투에다 곤혹스러운 바람을 넣으며 나는 언니 오빠들의 기색을 살폈다. 마저 들어보지도 않고 큰 일이라는 소리에 벌써 그들의 표정에는 난색이 반짝 올라앉았다. 너, 나 할 것 없이 우리는 모두 그랬다. 이들에게 어떤 방법으로 상황 설명을 해야 할까 망설였다. 준비해 왔던 음식을 강물에다 던져버리고 지척에서 엄마를 등지고 돌아 선 언니를 비웃으며 동정해 왔던 우리들. 색색의 층을 이루며 햇살을 받아 넌출거리는 바람. 그 넉넉한 바람의 소용돌이에 부대끼며 흔들리는 한낮의 태양. 바람은 여전히 거칠게 불어왔다. 삭풍이었다.

동행했던 전실 자식들이 막내의 전갈을 받고 놀라는 장면이다. 끝에 붙인 마무리 서정 묘사가 그동안 거칠었던 그네들의 삶을 그대로 반추해 내고 있다.

〈뜸부기〉도 문중일에 열심이었던 아버지를 평생 이해하지 못하고 지내왔는데 재실 낙성식에서 화수회 회장 오빠가 한 말이 그동안의 오해와 증오심을 한꺼번에 풀어버리는 충격으로 다가온다. 이 소설도 반전 대목에서 빛을 발한다.

"문중의 이름으로 아저씨께 올리는 거야. 크고 작은 수난을 몇 번이나 거쳐도 한 권 멸실 없이 족보를 우리가 이어받고, 이런 잔치를 열게 그분이 이끌어주신 거 아니겠나. 그분의 열성이 온 문중을 감동시킨 거야. 자, 이것도 받아." 회장오빠는 '증보판'으로 된 족보 한 권을 그녀의 품에다 안겨주며 어깨를 다독거렸다. 야릇하게 측은함을 바르는 손길이어서 그녀는 등을 피했다. 회장오빠는 덧붙였다.

"늦었지만 아저씨가 원하시던 대로 족보에 올리게 돼서 무척 기쁘게 생각한다. 펴서 봐. 성자(字) 철자(字) 할아버지의 다섯 째, 용자 우자"

"그게 무슨 말이죠?"

"오, 내가"

당황한 듯 말을 끊은 회장오빠의 눈길이 옆에 있던 친척을 돌아보았다. 오빠의 팔을 저만큼 끌고 간 친척 뻘의 남자가 뭐라고 귀엣말을 했다. 거리를 띄었대야 거기가 거기였고 아무리 낮추었다고는 해도 남자들의 목청이었다. 그런 말이 자식들 귀에 들어가기만 하면 누구든 원수를 삼겠다고 텃골아재가 어지간히 보안을 했어야죠. 지금쯤은 다 아는 줄 알았더니, 내가 큰 실수를 했다.

그녀는 머릿속이 하얗게 비어버리는 충격을 받았다. 반벙어리 행세를 했던 아버지가 하고 싶었음직했던 많은 말들이 돌무더기처럼 와르르 그녀에게로 쏟아져 내렸다. 할아버지와 문중들의 제풀에 붙여두는 듯한 무심함, 그 무심함을 관심으로 이끌기 위해서, 아버지는 그처럼 비굴스럽게 지성을 바쳤던 것인가.

반전 대목인데 그동안 친정 아버지가 다른 자식들에 비해 할아버지를 지성으로 모셨던 일이나 문중일에 극성으로 최선을 다했던 일의 비밀스런 원인이 밝혀지고 있다. 다섯 째 아들이었던 아버지가 족보에 빠져 있었다는 것이 그것이다. 왜 빠졌던 것일까? 본부인 아닌 쪽에서 태어난 아들이었거나 또 다른 모종의 이유로 태어난 아들이었을 것이다. 아니면 족보 편집의 오류 때문이었을까?

상상과 여운을 두게 하는 이 대목이 그만큼 독자의 몫으로 주어지고 있다 할 것이다.

서사성을 드러내기 위한 장치로서 작가는 토속적인 어휘 활용을 자별나게 하고 있음을 본다. 물론 이런 어휘 속에는 전방위의 사투리도 포함되어 있다. 대화 속에서는 말할 것도 없이 원색적이다.

· "아침부터 뭔 노므 새살로 까리 갖고 사람을 이리 죽상으로 맹글어 놓노. 누고 그 여자가, 정가 안사람은 아인 것 같고"

· "배달이 바뿌다고 떨과만 놓고 내뺐다. 그 다 니탓 아이가. 쪼끔만 살갑게 대해 주모 입에 든 쎄겉이 잘해 줄끼거마."
(이상 〈포구〉에서)

지문 문장 속에서 토속적인 언어는 간간이 나오지만 대화 속에서 있었던 토속적인 분위기를 상승시키는 효과를 준다.

· "그기 인연이요. 병 들었은께 더 안되고, 자슥이 있은께 더 안되고 도둑을 피하모 강도를 만낸다꼬, 내 속은 또 우찌 믿을 끼요. 나도 똑 같은 여잔디." 용네는 끓는 국솥을 열고 장국 한 투가리를 떴다.
(〈포구〉에서)

· "거 봐라. 내가 뭐랬노. 가재는 게편인 게 확실하재?"

석굴네를 놓친 안타까움으로 버르적거리던 박사장은 자줏빛 입술을 바르르 떨며……

(《영락 복지원》에서)


· "아궁이 앞에 언내 앉혀 논 것 맹키로 마냥 믿을 수 없는 게 늙은이 건강이라. 할망구가 불 병이 났지. 아침에 씨락국을 끓이 놓고 데릴러 가니 혼자서 밤새 얼매나 신고를 했는지, 산송장이 다 된 거라. 병원으로 가야 된다 싶으면서도 낸들 어쩌는 수가 없어 동당걸음만 치고 있는데 조상이 불러댄 듯이 지원이모가 들어온 기라."

나는 정옥할머니의 집을 나와 천천히 과수원 길을 걸었다. 천년 만년 늙지 않고 쇳덩이 같을 줄, 우리는 부모를 그렇게 생각하는 것일까. 엄마의 더럽혀진 옷을 갈아 입히며 언니가 늘어놓더라는 지청구가 투가리 부딪는 듯 꾸밈없는 평소의 음성대로 전해져 왔다.

(《삭풍》에서)


밑줄을 친 낱말이 그런 경우다. 지방이라는 배경과 처지가 '투가리', '버르적거리던', '지청구' 등으로 훨씬 상황의 직접성을 드러내 보인다. 토속어를 눈에 띄는 대로 찾아보면 다음과 같다.

알갱이, 고샅길, 매가리없이, 푸남색, 똥구녕, 거치적거리는, 고실고실, 먹새, 널부러뜨리며, 허깨비, 게걸스러움, 퍼뜩, 두엄더미, 어깃장, 숙지근히, 털렁걸음, 안터봉, 감발, 대고모님, 고명딸, 시부저기, 연장발, 차렵이불, 검불, 똥막대기

  등 쉽게 찾겨지는 토속어들은 배경과 인물, 상황과 이야기 전개를 톱니처럼 맞물려 가게 한다. 가족관계는 가족이 사는 지역의 언어에 힘입어 애환의 물굽이를 일으켜 낸다. 가족들이 항용 쓰는 언어에 눈을 뜨고 있음은 작가가 작가로서의 의식이 철저하다는 것을 말한다. 언어라는 기반 위에 서 있는 작가는 일단 문체를 획득하고 있다고 볼 때 박주원은 이미 문체로서 이야기의 길이, 주제의 깊이, 캐릭터의 빛깔을 운용해 가는 작가임이 확인된다.

  작가는 소설에서 서사성의 긴밀을 확보하기 위해 지문과 대화를 통합하는 경우가 있는데 박주원의 경우 〈넥타이〉, 〈풍매화〉, 〈마른 대궁〉, 〈판구〉 등 4편에서 시도하고 있음을 본다.
  이들 작품은 장가 못간 노총각과 그 가족들이 이야기(〈판구〉), 손자를 돌보고 사는 노부부의 이야기(〈마른 대궁〉), 계모와 의붓딸 이야기(〈풍매화〉), 도시에 이사 가 새로운 터전을 개척해 가는 이야기(〈넥타이〉) 등인데 다른 소설의 줄거리나 제재에 비해 플롯을 이루는 근거가 평면적인 것들이다. 단편소설이 단편인 까닭은 장편의 축도 내지 인생의 단면으로서의 자장을 확보하는 데 있을 것이다. 작가로서는 제재가 평면성을 뛰어넘도록 하기 위해 고도한 창작 전략이 필요한데 대화와 지문의 경계를 무너뜨리는 것도

그런 전략의 하나가 될 수 있다.

① 한 묶음씩 벽돌이 날라져 오고 있다. 양손에다 벽돌을 든 인부가 한 번씩 모습을 드러내는대로 저 담쟁이덩굴의 목숨은 짧아진다. 제 아무리 굳건히 담과 어울려 있다 한들 담장이 없어지면 담쟁이의 굳센 의지도 존폐의 위기를 맞고 말리라. 서로에게 힘이 되어주면서 오래 오래 그 모습을 유지해 주기를 바라는 아이의 마음과 상관없이 담쟁이덩굴이 엉켜 있는 낡은 담은 곧 철거될 것이다. 그 쪽을 바라보고 있는 동안 시나브로 고여든 물처럼 슬그머니 할머니 생각이 났다. 끈 떨어진 연처럼 지금도 그 영혼은 어느 시공간을 헤매고 있지나 않을까. 아이는 일곱 살 때, 손자국이 나도록 할머니에게 맞은 일이 있다. 개척교회에서 받아온 상품은 산산이 흩어져서 뒹굴었다. 이 놈아 늬애비랑 니는 칠성줄을 받아서 났어. 벌이 내리면 어쩔 라고. 샤먼의 맹목적인 신봉자였던 할머니에게서 납득할만한 대답을 얻기는 어려웠다. 그러나 아이는 배반해서 안 되는 길고 굵은 줄을 타고 아버지도 아이 자신도 이 세상에 온 것을 믿어야 했다.

(〈넥타이〉에서)

② 녹고 있는 동태처럼 누추한 땀을 흘리며 명구가 들어섰다. 뜻밖이었다.

이 사람아, 자네가 웬 일인가.

나는 물이 뚝뚝 떨어지는 붓을 들고 놀라며 그를 맞이했다.

오래간만이건만, 아니 그가 내 집에 이렇게 불쑥 단독으로 찾아오는 건 몇 년 전의 그때 말고는 처음이건만 반갑다는 인사치고는 아무래도 접근 금지의 금을 먼저 그은 듯한 어감이 내 귀에도 어색하게 들려 속으로 미안해졌다.

참 누님도, 내가 여기 못올 집인교?

그래 그렇긴 하지.

사촌도 핏줄인데, 천만에다 못올 데라니. 그런데도 나는 찬물 수건 하나 낼 생각도 잊은 채 명구의 위아래를 슬쩍 슬쩍 훔쳐보며 내가 감지할 수 있는 정보를 최대한으로 긁어모아 보려는 노력을 멈추지 않았다.

(〈풍매화〉에서)


③ 야, 이 놈아 똥을 쌌으면 쌌다고 하면 좀 좋으냐. 아무리 자정이 뚝뚝 묻어나는 사랑스러운 목소리를 내려고 해도 잘 되지 않는다. 그나마 침착한 동작으로 그는 온도 조절한 샤워기를 대야에다 내려놓고 제 부자지가 어떤 모양새를 하고 있는지도 아랑곳없이 그저 벌죽벌죽 웃기만 하는 녀석을 그 옆에다 앉혀 놓는다.

야, 이놈아 너 날 골탕 먹이기로 작정했지? 언제 너 할미랑 둘이서 쏙닥거린 거야.

비누를 챙겨 놓고 작은 대야에다 바가지로 물을 옮겨 담고. 그 사이에도 똥내는 변함없이 증식하여 제법 향기로운 화장실 공기를 영 엉망으로 만들어 놓고 만다. 그는 밖으로 나온다. 더운 김으로 땀이 맺힌 이마에 수건질을 하며 담배를 찾는다. 녀석이 이유식에 입질을 시작하고부터 냄새가 여간 고약해진 게 아니었다. 사랑으로 감수해야지 싶지만 매번 한 각오를 배반하고 담배부터 찾게 되어 어떤 때는 할애비가 이래서는 안되지 반성을 한다.

  (〈마른 대궁〉에서)


④ 오늘 저녁은 춘만네 잔칫집으로 부부동반 몰려가서 세상 부러울 것 없이 히히덕거리고 있을 그들을 생각하니 무릎에 힘이 빠지고 입맛이 쓰다. 그렇다고 어젯밤처럼 요령소리도 잠잠해진 우사에다 깔개짚을 던져 넣기도 하고 가마솥에다 물을 붓고 군불을 때다가 어머니에게 퉁박을 맞는 일도 지난하기 짝이 없다. 총총 하얗게 박혀 있는 별무리를 바라보며 그는 눈을 부릅떴다. 야야, 방바닥이 타는 디 뭔 군불은 때고 그러냐. 어머니는 모른다. 농사 정보지를 뒤적거리며 부농의 꿈을 꾸는 것도 한도가 있고 텔레비전을 멍청하게 보고 있는 것도 그렇고 오디오가 있다고 취미도 없는 음악을 마냥 듣게 되지도 않는다. 외톨이로 젊은 밤을 고독하게 보내보지 않은 그 누구도 판구의 심정은 모른다. 아, 쇠죽 끓이잖아요. 판구는 벌컥 소리를 질렀다. 날 샐라믄 아직도 멀었는데 쇠죽은 뭔 놈의 쇠죽을 한밤중에 끓이고 야단이여. 옛날처럼 여물을 넣고 쇠죽을 정식으로 끓이는 것도 아니어서 어머니의 말이 옳았지만 판구는 괜히 악다구니를 했다. 미리 해놓으모 어디가 탈난듀. 탈이야 나건 안나건 간에 지끔 할 일이 있고 낭중 할 일이 있제. 그래요, 아무 껏도 안할게요. 그래 이놈이 병신 축구 등신이란께요. 화가 난 판구는 불이 붙은 삭정이를 마구 꺼내어서 물을 부었다.

(〈판구〉에서)

　따옴대목 ①은 〈넥타이〉의 서두인데 시골의 삶이 거덜이 나고 도시로 옮겨가 살게 된다는 줄거리를 암시하고 있다. 벽돌을 헐어 내면 담쟁이 덩굴도 사라지게 될 것이다. 농촌의 삶을 마감한다는 의미로서 다음의 할머니에 관한 내용이 연결된다. 그 할머니로 상징되는 과거 내지 지나간 가족사가 결코 만만한 것이 아님을 지문에다 대화를 섞어서 드러내려 한 것으로 읽힌다. 어느 정도 문맥에 탄력이 붙여진 것이 아닌가 한다. 따옴대목 ②, ③보다 ④가 간문진술 흔들기에 효과를 보이고 있다. 두 개의 성격이 부딪치는 흐름을 격한 소용돌이로 몰고 가는 데 그 흔들기가 일정 부분 기여하고 있기 때문이다.

　작가 박주원은 단편 11편을 통해 픽션의 미학을 나름대로 구축해 놓고 있다. 물론 그의 미학이 기존의 서사성을 깨는 실험적 전략에 닿아 있거나 그만의 어떤 장르상의 흔들기와 무관하지 않는 등의 파격과는 거리가 있다.
　그의 소설들은 단아하다. 극적 결말이 단면을 완성하는 기법으로 살아 있고, 토속적인 어휘 활용으로 픽션으로서의 리얼리티를 살려 내고 있으며, 지문과 대화라는 소설문장의 정석을 흔들어 완만하거나 평면적인 제재에다 일정한 몫의 긴장을 부여해 놓고 있기 때문이다. 필자로서는 이런 측면에서 잘 읽히는 것으로 〈삭풍〉, 〈동반과 배반〉, 〈풍매화〉, 〈마른 대궁〉, 〈판구〉 등을 들고 싶다. 특히 〈마른 대궁〉은 시원시원한 문장에다 등장인물의 성격이나 심리 상태 묘사가 적확하다. 흠결이 없는 리얼리티, 공감의 폭이 넓은 보편성이라는 차원에서 그러하다.

이제 작가는 작가의식의 치열성이라는 새로운 지평에 서 있다. 단아하고 아름다운 이야기는 그것으로 사랑을 받을 수 있지만 시대를 뚫고 인간 실존의 땀 흐르는 상황의 복판을 가로지르려는 인류의 고뇌는 우리의 서사적 이상을 향해 계속 채찍질 해주고 있기 때문이다.

작가는 거기에 호응하는 등대가 되어야 한다. 박주원은 지금 그런 사명 안으로 발을 성큼 들여 놓고 있다. 🔴

뿌리출판사 에서는
다음과 같은 원고를 기다립니다.
훌륭한 글, 맞춤법이 어긋나거나
멋진 문장이 아니라도 좋습니다.
멀리 타국땅에서 삶의 향기가 짙게 배인
진솔한 이야기나, 다른 이들에게 기쁨을 줄 수 있는
이야기면 더욱 좋습니다.
모두 소중한 인연으로 여기고 반기겠습니다.

문학 창작 작품 : 시, 소설, 희곡, 기타 문학작품
비 소설 부분 : 최신 경영신서, 수기, 번역작품
산문 및 논문 : 인문, 사회, 철학, 여성, 과학, 기타 분야 등
위의 분야와 그 밖의 집필 계획이 있으신 분은 집필계획서를
제출하셔도 좋습니다.

그동안 뿌리출판사는 유명 중진작가 30여 분의 소설집 간행에
이어 앞으로 사업의 다각화로 위의 작품을 출판할 계획입니다.
독자님께서 출간 계획들을 갖고 계신다면
저희 출판사로 연락해 주십시오.

**뿌리출판사 · 뿌리문화사**
ROOT · Color Separation Publishing & Printing
서울 동대문구 답십리동 463-11 우130-032
TEL : (02)2247-1115 FAX : 2247-7865
HP : 011-304-1796